SALIERI

Dit boek is fictie, elke gelijkenis met bestaande personen of gebeurtenissen is louter toeval. Insinuaties of onderzoek naar doping op de renbaan zijn echter meer dan gegrond. Het verhaal is gebaseerd op ware feiten en praktijken in de wereld van de paardenrennen. Voor de research van dit boek wil ik graag volgende personen bedanken voor hun vrijwillige en deskundige medewerking: de heer en mevrouw Benoit en Ingrid de Keghel, de heer Wim de Schepper, de heer Jürgen Boel, de familie Duyck en alle medewerkers van de Faculteit Dierengeneeskunde Rijksuniversiteit te Gent.

Van deze auteur verscheen bij Davidsfonds/Literair:
SMAK

BAVO DHOOGE

SALIERI

Naar de gelijknamige TV1-serie 'Sedes & Belli'
met in de hoofdrollen Koen de Bouw en Tine Reymer.

Davidsfonds/Literair

Dhooge, Bavo
Salieri

D/2002/0201/17
ISBN: 90-6306-468-3

VERANTWOORDING

De uittreksels omtrent de regeling van het beroep van privédetective komen uit het Wetboek, meer bepaald de Wet 19 juli 1991 tot regeling van het beroep van privédetective, hoofdstuk 1 tot en met hoofdstuk 3.

'Als je op de tribune bent met een verrekijker, dan is het enige wat je ziet dat ze er plotseling vandoor gaan en dan gaat die bel en lijkt het wel of die duizend jaar blijft gaan en dan komen ze de hoek om vliegen. Voor mij was er niets dat het daarbij haalde.'

E. Hemingway

1

Art.1. § 1. In de zin van deze wet wordt als privédetective beschouwd elke natuurlijke persoon die gewoonlijk, al of niet in ondergeschikt verband, tegen betaling en voor een opdrachtgever activiteiten uitoefent, bestaande uit: het opsporen van verdwenen personen of gestolen goederen...

Als charmante strandhokjes stonden de verschillende trailers dwars door elkaar op de paddock. Ze hadden elk hun eigen kleur en hun eigen verleden. Iets verderop, in de jockeyruimte, zat Nico Rogge al klaar in zijn even kleurrijke blouson die sinds jaren zijn tweede huid was. De jockeyruimte was eigenlijk niets meer dan een veredelde kleedkamer met douches. De jockeys zaten er op de houten bankjes en kleedden zich om, maakten een praatje of concentreerden zich op de race. Nico Rogge had het raampje opengezet om zijn sigaretten- rook te laten ontsnappen en snoof die bekende lucht op: een menge- ling van uitwerpselen, hooi en haver. Hoe lang hij ook al meedraaide in dit wereldje, die geur raakte hij nooit beu. Het andere geurtje, dat van het geld en de bookmakers, hing er ook. Dat wist hij maar al te goed. Het maakte hem alleen niet meer zo misselijk als vroeger. Nico Rogge had er zich bij neergelegd dat hij een pion was. Een simpele ruiter op een paard. Het woord zei het zelf al: rij*knecht,* met de nadruk op dat laatste. Soms had hij het gevoel dat hij minder waard was dan het paard zelf. In feite was dat zo, als je afging op de prijzen die soms op die biefstukken werden geplakt.

Maar nu, na lange tijd, zag hij zichzelf nog eens als een echte joc- key. Hij voelde zich fit. Of was dat een illusie? Hij had ooit ergens gelezen dat een mens met het ouder worden sneller tevreden is met zijn lichaam. Misschien zag hij zelf niet eens meer dat hij aan het aftakelen was.

Vanuit het raam keek hij naar de taferelen en rituelen die hij zo vaak had gezien. Hij kende ze vanbuiten. Als een regisseur voorspelde hij elke beweging: een raspaard dat uit een trailer werd getrokken, een staljongen die het adellijke dier schoon stond te sproeien, de hoeven die werden gecontroleerd en het span dat werd vastgemaakt.

De Wellingtonrenbaan van Oostende had nog niets van haar oude glorie verloren. Terwijl op de paddock het werkvolk zich opmaakte voor de gladiatorenspelen, deden op de tribunes de toeschouwers, gewapend met verrekijker en formulier, hetzelfde. De paardensport was democratischer geworden, maar de mondaine sfeer van weleer hing er nog altijd spookachtig rond.

Nico zag een slanke, behaagzieke vrouw van bij de stallen de paddock oversteken. Een steigerend paard liet een droge stofwolk opwaaien. De vrouw droeg een brede zonnebril en had voor de rest haar kleding aangepast aan de sfeer van de renbaan. In haar beige, linnen tailleur met een wit T-shirt dat haar mooi gevormde lichaam in bedwang hield, leek ze een beetje op Rita Hayworth in haar jonge jaren. Hetzelfde vastberaden, jagerige vrouwengezicht met de verwonderde, prettige oogopslag en de lichtjes openstaande mond.

Drie of vier keer bleef de vrouw bij het oversteken even staan. Ze groette een paar stalknechten of maakte een praatje met enkele eigenaars. De meningen waren verdeeld. Maar de smaak bij de mannen was eensgezind.

'Nog niet genoeg van het verliezen, Kirstina?' Maar ook:

'Succes, Tina!'

Daarna draaide de vrouw zich om en begon aan een ander praatje. Tegen de tijd dat haar hakken door de gang van de jockeyruimte klakten, had Nico zijn sigaretten al vakkundig weggestopt. Vreemd, dacht hij. Hij was de dertig voorbij en nog moest hij zijn sigaretten verbergen alsof hij in een streng internaat zat met een tang van een directrice. Alsof hij niet alleen letterlijk maar ook figuurlijk zijn hele leven klein was gebleven.

De vrouw in de linnen tailleur tikte met haar vinger tegen de deur van de jockeyruimte en Nico zei: 'Binnen!'

Nico was alleen in de ruimte. Er was net een race begonnen en zijn eigen race was over een klein halfuurtje. Hij was ondertussen weer gaan zitten en trok zijn laarzen aan. Vanuit de douches kwam een dubieuze geur van zeep en zweet gedreven. De felle zomerzon werd zachtjes gefilterd door het dikke glas van het raam en zorgde voor een vreemde waas in de jockeyruimte. Binnen rook het naar aarde en leer.

'Alles in orde, Nico?' vroeg de vrouw terwijl ze gracieus ging zitten op het houten bankje.

'Gaat wel,' zei de jockey.

'Een mooie dag om een koers te winnen.'

'Een koers winnen maakt een dag altijd mooi,' antwoordde de jockey.

'Dat klopt,' zei de vrouw. 'Dat klopt. Denk je dat het vandaag een mooie dag zal worden, Nico?'

Ze keken elkaar even aan. De jockey schoot in een klein lachje, maar zijn opdrachtgever bleef hem strak aankijken. Het probleem met Kirstina Berk was dat je haar nooit kon inschatten. Nico kende haar nu al meer dan vijf jaar en nog kon hij de vrouw niet doorgronden.

'Dat hangt af van de vorm van het paard, nee?'

'Op jouw vorm hoeven we niet te rekenen, da's waar,' zei Berk. Ze stond op en gluurde door het raampje naar buiten. Er kwam geen antwoord van haar tegenpartij. Het bleef angstvallig stil. Alleen de leren laarzen reageerden. Het klonk als de sfeer in de ruimte: wrang en knarsend.

'Ik kom net van de weegzaal,' begon Berk ijzig kalm.

Er kwam weer geen antwoord.

'Ik zei: ik kom net van de weegzaal.'

Ze draaide zich om en keek de jockey aan.

'Je hebt me niet verteld dat je weer bijgekomen bent.'

'Ik zit nog onder het gewicht,' zei Nico vlug. 'Drieënvijftig. Geen gram meer.'

'Je zit ver boven je normale gewicht.'

Nico zuchtte. Hij nam die ijzeren dame Berk in zich op. Wie dacht ze wel dat ze was? Ze boerde achteruit en kwam hier nog even de plak voeren. Berk zelf had bovendien mooi spreken. Zij mocht de hele dag niets anders doen dan vijfgangenmenu's verorberen, dan nog zou ze met die verrukkelijke lijn van haar geen tweehonderd gram bijkomen. Tweehonderd gram! Nog niet eens het gewicht van zijn pakje L&M's. Nico Rogge zou zowat alles gegeven hebben voor tweehonderd gram minder vet.

'Ik voel me fit, Tina,' argumenteerde hij. 'Ik voel dat ik brokken ga maken.'

'Het is je geraden, Nico.'

Het was weer even stil. Buiten op de renbaan klonk de stem van de commentator uit de luidsprekers: *'Derde reeks: Prijs Forges-Triplet Galoprennen op de vlakke baan. Race over 3000m. Plus vijfjarigen. Start om 14.25. Deelnemers: Dark Moon, Amoroso, Loch Ness, Salieri, Avalon...'*

'Amoroso.'

De vloek ontsnapte als een venijnige wind tussen Berks tanden.

'Wat is er?'

'Die klootzak van een *Amoroso* zit in onze reeks.'

'En dan? Ik kan hem aan.'

Berk zette haar zonnebril af. De mengeling van sensualiteit en verwondering bleef in haar ogen, maar af en toe veranderde die in verwonderlijk ongenoegen. Zoals nu. Weg was de onschuldige charme van Rita Hayworth.

'Jij? Waarom kon je hem dan niet aan de laatste keer? En de keer daarvoor? Heb je jezelf al eens goed bekeken?'

De jockey zweeg en liet het allemaal over zich heen gaan. Hij deed verder met de laarzen. Hij luisterde zelfs niet eens. Kirstina Berk viel dan wel moeilijk te doorgronden, één zaak stond vast: van tact had ze nog nooit gehoord. Haar manier om haar werknemers te motiveren liet veel te wensen over. Haar peptalk bestond eerder uit donderspeechen en beledigingen. Typisch voor een feministe die met haar macht niet overweg kon.

'Ik kan niet alles alleen, Tina. Ik kan niet én het paard trainen én het berijden.'

'Dat zeg jij. Ik zeg dat je dat wél kan.'

'Dan zeg je dat maar.'

'Denk je dat ik niet weet waarmee je bezig bent, Nico? Bij iedere normale eigenaar stond je al op straat. Maar als je denkt dat je me kunt oplichten door je niet meer in te zetten, dan hou ik je nog liever vast. Als ik de boel verkoop, dan verkoop ik jou erbij. Ondertussen blijf jij mooi bij mij. Desnoods om de stallen uit te mesten.'

De jockey keek op; hij wist dat hij hiertegen niets in te brengen had. Het hing al een tijdje in de lucht. Als er al een keuze zou worden gemaakt tussen het paard en de jockey, dan was het zeker de jockey die mocht opstappen. Het paard was nooit verantwoordelijk voor winst of verlies. Nu ja, veel kon het hem allemaal niet meer schelen. De dag dat Kirstina de hele stal zou verkopen zou hij weer vrij zijn. Nico Rogge stierf zowat onder dat contract van Kirstina Berk.

'Dat begrijp je toch, Nico?'

'Natuurlijk,' klonk het bitter. 'Ik kan het ook niet helpen dat ik een dagje ouder word.'

'Nee, maar je kan wel je gewicht onder controle houden.'

En daarmee leek alles gezegd. Kirstina Berk hield er niet van om zo tekeer te gaan tegen haar *vluchter*. Echt waar, dat was haar stijl niet. Als ze kon, zou ze voor iedereen even goed willen doen. Maar ze begreep niet dat de kleine en tengere man die voor haar zat, zich zo liet gaan. Waar was de tijd dat hij elke maand wel een galopren op zijn naam schreef? Waar was de enthousiaste jongen die na het zien van *Black Beauty* ooit besloten had om niets anders te worden dan de grootste jockey van het land? Weliswaar niet als *pikeur* of als *driver*, maar als *vluchter*. Waar was die droom nu? Wellicht vertrappeld onder de hoeven van de sleur en de gemakzucht. Hij had het de laatste tijd natuurlijk wel hard te verduren gekregen, Rogge, met het wegvallen van de trainer, maar er werd van hem verondersteld dat hij met zijn ervaring de klus zonder problemen klaren kon.

'Ik zie je straks wel,' besloot Berk.

'Tina?'

Berk hield haar fijne hand op de deurklink, vond het niet nodig om zich om te draaien.

'Ja?'

11

'Je weet nooit,' ging de jockey verder, 'maar mocht het lekker gaan en de winst ligt voor het grijpen... mag ik voluit gaan?'

'Wat?'

Rogge sloeg de ogen neer, hoewel zijn eigenaar met haar rug naar hem gekeerd bleef staan.

'Ik bedoel, ik moet me toch niet inhouden? Niet zoals vroeger?'

De schouders van Berk begonnen zachtjes te schudden. Het leek erop dat ze was gaan huilen, maar toen lachte ze zoals iemand zou reageren op een beestige mop.

'Nee, Nico. Er is niets geregeld. Maak je geen zorgen. Zorg jij ervoor dat je wint. Ik zou mijn geld niet meer op jou in durven te zetten. Jij kan de laatste tijd geen race meer winnen, laat staan manipuleren.'

En met een laatste schoklachje opende Berk de deur. Tegelijk was het geluid te horen van haastige voetstappen door de gang. Tot haar verbazing stond Kirstina Berk plots oog in oog met Eddie, de jonge stalknecht. Hij zag lijkbleek. Het was niet de eerste keer dat de stalknecht zich rechtstreeks tot mevrouw Berk wendde. Berk maakte graag praatjes met iedereen, van de duurste eigenaars tot de domste stalknechten, maar deze stalknecht kromp bijna ineen. Zijn lip begon te trillen. Hoe ging die oude Romeinse legende nu ook weer over de boodschappers van slecht nieuws? Iets met afgekapte handen en uitgerukte tongen, als het al meezat.

'Mevrouw Berk...'

'Wat is er, jongen? Vooruit, zeg het maar. Het kan geen kwaad.'

'Mevrouw Berk... hij... hij is verdwenen!'

Berk draaide zich om naar de jockey om te kijken of het geen grap was.

'Wie is verdwenen?'

'*Salieri*, mevrouw Berk. Hij is verdwenen. Het ene moment stond hij nog in de trailer. Twee minuten later is de trailer leeg. Ik begrijp er niets van.'

''t Is niet waar, hè! Godverdomme!'

Berk schoot als een dolle hond naar voren. Ze liet daarbij de arme stalknecht bijna in het stof van de paddock bijten. Wat deed die knuppel van een knecht dan tijdens die twee minuten? Betaalde ze hem soms niet genoeg? Enfin, die zou ze later wel aan de paal nagelen.

Een paar omstanders keken belangstellend toe hoe de stalknecht achter zijn bazin aan huppelde. Ook de jockey kwam uit de officiële jockeyruimte gestapt. Hij stond in vol ornaat op de paddock, met hoofddeksel en laarzen. Hij hield zelfs al zijn zweepje in de hand. In zijn knalgroene uitrusting slenterde Rogge richting trailer.

'Hier stond hij,' legde de knecht overbodig uit.

'Waar was jij dan?'

'Ik was de uitrusting halen.'

'Godverdomme,' riep Berk weer onwaardig voor een vrouw, uitzinnig van paniek. 'Hoe kan dat nu? Waar is hij dan?'

'Rustig, Tina. Ver kan hij niet zijn,' probeerde de jockey haar gerust te stellen.

Berk zette een stap in de donkere trailer alsof ze zeker wilde zijn dat het paard zich niet onder het hooi had verstopt. Vervolgens keek ze wel drie of vier keer de paddock rond. Haar ogen tuurden over alle hoofden en keerden elke stal binnenstebuiten.

'Nee, hij is weg,' zei ze ten slotte. 'Hij is weg. Ik voel het.'

Een paar deelnemers kuierden opzettelijk traagjes voorbij en konden hun pret niet verstoppen. De man die eerder Berk had beschimpt, kon het niet laten om ook nu voor de hele paddock te sneren:

'Wel, Tina? Heb je hem een spuit te veel gegeven? Je moet opletten met die doping, meisje. Voor je het weet is hij de piste uit, nog voor de race begonnen is!'

Berk wilde uithalen naar de eigenaar, maar Nico kon haar tegenhouden.

'Pas op, mensen. Ze steigert nog meer dan haar paard.'

En terwijl de stalknecht het stof van zijn kleren sloeg en Berk berustend de trailer sloot, bleef de eenzame jockey daar staan, midden in de paddock. De stem van de commentator weerklonk:

'*Willen alle deelnemers zich naar de start begeven?*'

En even later lichtte dezelfde stem op dezelfde eentonige manier het publiek in:

'Derde reeks galopren. Prijs Forges-Triplet. Elf deelnemers. Nummer 8,
Salieri neemt niet deel aan de race. Ik herhaal: nummer 8, Salieri is niet komen
opdagen voor de race.'

Maar toen was het al volledig stil op de paddock. Berk was verdwenen, op zoek naar hulp. En Nico Rogge stond met zijn zweepje gaten in de lucht te slaan en bedacht dat hij inderdaad zonder paard weinig of niets voorstelde. Een klein, maar groot man, had Berk hem zovele keren gezegd na een klinkende overwinning. Nu was hij gewoon klein. En toen het startschot werd gegeven, zag Rogge dat als een teken om een sigaret op te steken.

2

Art 8.§1. *De privédetective of zijn werkgever is verplicht om met de opdrachtgever een voorafgaande schriftelijke overeenkomst te sluiten die, op straffe van nietigheid, ondertekend wordt door alle partijen.*

Frank Sedes en Lena Belli werden gewekt door de geluiden van een snorrende waterscooter en een stoepveger die zich luidkeels aan het uitsloven was. Als twee slapende honden wrongen ze zich los uit hun nachthouding en reageerden elk op hun eigen manier op de Oostendse dageraad. Terwijl Sedes het moeilijk kreeg om niet weer in te dommelen, was Belli al uit bed. Uit de wekkerradio klonk een doffe Georges Brassens, niet echt ideaal om op kruissnelheid te geraken. Belli haatte Brassens. Ze had er nog nooit van gehoord, maar ze haatte al wat met Franse chansons te maken had. Ze stond ondertussen al in haar joggingpak en liet Limp Bizkit door haar discman blazen. Ze bond haar blonde haar in een staartje en liep op een drafje naar buiten. De frisse zeelucht gaf haar extra energie en voor ze het wist was ze al voorbij de laatste aanlegsteiger van de Ryco, de Royal Yacht Club Ostend. Al drie jaar was het haar vaste gewoonte om elke ochtend, weer of geen weer, rond de jachthaven te gaan joggen. Er bestond niets beters om alle negatieve energie uit je lichaam te persen en met een schone lei aan een nieuwe werkdag te beginnen.

Terwijl ze in de verte aan de overkant, achter het oude weeshuis, de zon zag, keek ze al uit naar haar werkdag. Een tijdlang had Lena Belli zichzelf en haar job verwaarloosd. Alles was sleur geworden. Maar om de een of andere reden was ze in een paar weken veranderd in het frisse, jonge blondje dat zichzelf weer serieus nam. Misschien kwam het door de *cases* die steeds interessanter werden. Of door haar nieuwe partner die nu nog in bed lag.

Frank Sedes rekte zich uit en keek naar het hoge plafond van zijn artdecoslaapkamer. Hij voelde zich een moment lang even ellendig als gewoonlijk. Maar toen nam dat gevoel beetje bij beetje af. Hij was nu op een punt in zijn leven gekomen dat hij weer langzaam eens kon lachen om een goeie mop. Zolang die mop maar niet zijn liefdesleven betrof. Hij stond op en bekeek zichzelf in de spiegel, een vrij exclusief spul dat hij bij een antiquair op de kop had getikt.

'Jij ziet er niet zo slecht uit,' had ze hem gisteren in het café Den Artiest gezegd. 'Je doet me denken aan een acteur.'

Hij had erom moeten lachen, maar nu hij zichzelf zag in de spiegel, kon het wel eens waar zijn. Met zijn warrige krulhaar en zijn hardnekkige stoppelbaard moest hij wel iets dierlijks en exotisch uitstralen. Dat kon niet anders. Zijn donkere, mysterieuze ogen, die ietsje te dicht bij elkaar stonden en zijn sterke kin maakten het plaatje compleet. Al was ze flink wat aangeschoten toen ze het zei, toch kon hij haar geen ongelijk geven.

Hij mocht dan wel zo'n typisch dierlijke aantrekkingskracht hebben op vrouwen, betekende dat dan eigenlijk dat de meeste hem enkel als een, tja, seksbeest zagen?

Die twijfels vraten Sedes de laatste tijd op. Hij dacht eraan om een psychiater te raadplegen. De ene keer leek het hem doodgewoon, zoals iedere Amerikaan zijn eigen *shrink* had. De andere keer vond hij het al welletjes met de AA-groep en had hij niet veel zin om zijn eigen persoon nog meer te doorgronden. Hij zou wel eens kunnen schrikken.

'Als je nog één keer lacht, ga ik gillen,' had ze gezegd na de - wat was het - vijfde of zesde gin-tonic. Nog goed dat hij het al die tijd bij vruchtensap had gehouden. Hij had gebluft dat hij al vier wodka oranges naar binnen had geslokt.

'En als ik gil, gil ik meestal van genot,' had ze er ondeugend aan toegevoegd.

Terwijl Sedes onder de douche stond, voelde hij de twijfels zo van zijn lijf glijden. Hij voelde zich opgelucht, fier dat hij aan de verleiding had kunnen weerstaan. Hij voelde zich tevreden en genoot van de herinnering aan een zalige nacht zonder seks. Toen hij uit de douche kwam bekeek hij het lege, beslapen bed. En tot zijn eigen verbazing verlangde hij naar een dag met zijn nieuwe partner.

Na een douche, een snel ontbijt en de onvermijdelijke vloek raapte Lena Belli haar spullen bijeen. Ze was al te laat. Ze liet de poort van haar vaders loods aan de jachthaven openstaan en bond haar tas vast op haar scooter. Haar vader, een gezellige grijsaard die zelfs sliep in zijn overall, kwam haar tegemoet. Belli's vader leefde vanuit een rommelig winkeltje als opzichter en manusje-van-alles in de jachthaven. Hij verkocht allerhande bootmateriaal, maar stond vooral bekend om zijn goed humeur.

'Geen spijt dat Coene je niet meer oppikt?' vroeg hij, doelend op Belli's vorige partner.

'Wat denk je zelf, pa? Ik kom liever wat te laat dan helemaal niet meer opdagen.'

'Die nieuwe partner van jou is blijkbaar niet zo galant om jou te komen ophalen. Hoe heet hij? Sedes?'

'Sedes? Als het van hem afhangt, zou ik hèm moeten ophalen.'

'De *nieuwe man*, hè, Belli?'

'Zo nieuw ziet hij er bepaald niet uit.'

Toen Sedes goed en wel was aangekleed en hij niet beter voor de dag kon komen, begon hij echt aan zijn vaste ritueel van de dag. Elke keer voor hij het huis uitging, wandelde hij door de donkere, al even mysterieuze vertrekken van het oude herenhuis. En elke dag vond hij wel weer iets nieuws dat onder handen moest worden genomen. De oude plinten die een nieuw verflaagje konden gebruiken, nieuwe koperen deurklinken, een verjaardagskalender in de badkamer. Sedes had zich als een oude, verbitterde man de gewoonte gekweekt om van dit huis zijn levenstaak te maken. Vroeger had hij nog een échte levenstaak: zijn Phaedra gelukkig maken. Maar nu Phaedra uit zijn leven was verdwenen, had hij noodgedwongen een levenstaak in tweede klasse gekozen.

Dit art-decohuis in het hartje van Oostende was zijn *work in progress*. Gek, want Sedes was eigenlijk niet eens zo handig. Maar hij kon het niet laten om erin te werken. Het had iets primitiefs. Hij hoorde er niet bij na te denken, vooral niet over Phaedra. Dit huis was ook een beetje zijn wraak. Toen Phaedra en hij nog samen waren, zo'n slordige vier jaar, drie maand en negen dagen geleden, hadden ze plannen om een huis te bouwen. Phaedra had haar zinnen gezet op een nieuwbouwfermette in de streek van Mariakerke, het oude vissersdorpje waar James Ensor begraven ligt. Sedes had haar niet tegengesproken, al vond hij een nieuwbouw niet echt bij hem passen. In zo'n nieuwbouw hoorden nieuwe mensen te wonen en hijzelf was allesbehalve nieuw. Een oud herenhuis, vol scheuren in de muren en afgebladerde deuren, maar vol karakter, leek hem zinvoller. Zo was hij. Al bij al had Phaedra hem dus een dienst bewezen door hem te laten zitten. Nu had hij zijn eigen droomhuis. Maar wat was hij met dat donkere, grote herenhuis?

Phaedra zou hier... Ach, het had geen zin om het daarover nog te hebben. Sedes liep alle vertrekken door als iemand die voor de eerste keer het huis kwam bezichtigen. Soms vergat hij dat hij er zelf al in woonde.

'*Home sweet home*,' zei hij, sloot de fonkelnieuwe deur achter zich en dacht dat het deze week tijd was om nieuwe gordijnen op te hangen.

*

'Wat is het probleem, mevrouw Berk?'

Het kantoor van Vic Moens zag er zoals altijd even sober en onberispelijk uit als Moens zelf. Er stond niets te veel in. Er was veel ruimte en licht vrijgelaten om in te bewegen, om te ijsberen, om te gesticuleren en om desnoods uit pure frustratie een stoel naar de andere kant van het kantoor te gooien. Wat al eens gebeurd was. Nu zat Moens ijzig kalm achter zijn aluminiumgrijze bureau en liet zich als een vlieg op de muur opgaan in het decor. Hij droeg een vlekkeloos grijs pak en een rode das en zijn dunne, grijze haren waren allemaal één voor één met een likje gel bewerkt. Hij kon doorgaan voor een beursmakelaar of een advocaat of zelfs een dokter. Maar hij was niets van dit alles. Hij was hoofd van *SCAN Recherche* en elke opdracht beschouwde hij even belangrijk als een assisenzaak. De opdracht die nu voor hem zat, in de persoon van Kirstina Berk, leek op het eerste gezicht zeer ingetogen, en toch veelbelovend.

'Het gaat om een verdwijning. Ik had begrepen dat dit uw *business* is?'

'Eigenlijk niet,' repliceerde Moens snel. 'Verdwijningen zijn in principe voer voor de politie. Wie is er precies verdwenen, mevrouw Berk?'

'*Salieri* heet hij. Dat is zijn naam.'

Moens knikte en kruiste zijn handen. Hij wachtte op meer.

'Hij bleek vorig weekend plots spoorloos. Het lijkt of hij zomaar in lucht is opgegaan.'

Moens opende een lade van zijn bureau en haalde een document uit. Het was een contract met bovenaan het logo van SCAN.

'Wie is *Salieri*? Een man die geheim wenst te blijven?'

Berk keek Moens als een dolle koe aan.

'Uw minnaar, mevrouw Berk? SCAN garandeert...'

Moens dacht even dat de vrouw op het punt stond een tweede keer te huwen en haar verloofde liet opsporen. Maar blijkbaar sloeg hij de bal mis. Hard mis. Berk keek hem aan. Was ze het verkeerde gebouw binnengestapt? Het was dàt, of de man voor haar was een geboren grapjas. Toen schoot het haar te binnen dat wellicht niet ieders wereld draaide rond teugels en paarden.

'*Salieri* is mijn paard, meneer Moens. Een renpaard. Een raspaard.'

'Uw paard. Renpaard,' herhaalde Moens en hij legde zijn hand op het contract. Hij dacht er even aan het weer in de lade te steken, maar die beweging zou te bruusk en te veelzeggend zijn.

'Ja. *Salieri*. Genoemd naar de Italiaanse componist. U weet wel, de rivaal van Mozart.'

'Een paard...'

'Niet zomaar een paard,' legde Berk uit. 'Een *Thornbread*, een kruising tussen een Arabische en een Engelse volbloed. Hij komt uit Tsjetsjenië. Hij behoorde toe aan een of andere Russische gravin. Wijlen mijn man kocht hem een aantal jaren geleden en liet hem na toen hij stierf. Nu is hij van mij, of *was* hij van mij.'

Berk hield even halt en wachtte op een reactie van Moens. Toen die haar betekenisloos bleef aankijken, zag Berk dat als een teken om verder te gaan.

'Het zit zo,' stak ze van wal. '*Salieri* is een van de beste galophengsten van het land. Ik heb hem al vier jaar. Het is echt een prachtbeest. En een prijzenbeest! Hij heeft al meer dan twintig races gewonnen. Oostende, Kuurne, Sterrebeek, Waregem, Tongeren, ook in het buitenland, in Frankrijk en Duitsland. Zijn specialiteit is de 1500 meter zonder hindernis...'

Moens kuchte. Berk stopte even met haar zwanenzang.

'Sorry,' zei Moens, 'maar mag ik vragen waarom u net op ons een beroep doet om uw... volbloed te vinden?'

Berks blik werd iets venijniger, alsof Moens haar zonet fors had beledigd. Alsof dit eerder een zaak was voor de opsporingsbrigade van de zoo. Had ze het dier niet als haar oppergod, of toch ten minste niet als waardevolle partner beschouwd, was ze onmiddellijk het kantoor uitgelopen.

'Ik heb navraag gedaan. De politie schiet pas te hulp als de persoon officieel vermist is. Bovendien nemen zij zo'n zaak niet echt ernstig.'

'Hoe bedoelt u?' vroeg Moens, hoewel hij het antwoord wel kon raden.

'Laten we stellen dat de politie niet echt zit te wachten om op zoek te gaan naar een paard.'

'Hm.'

'Ze zien hem als niet veel meer dan een beest met vier poten en een staart.'

'Wat natuurlijk moeilijk te weerleggen is.'

Moens probeerde de sfeer wat te versoepelen, maar zag dat de glazige ogen van Berk nog meer verwonderd keken en hij wist dat hij aan het verkeerde adres was met zijn rake opmerkingen.

'Dat lijkt misschien zo voor een leek, meneer Moens,' verdedigde Berk zich, 'maar ik kan u verzekeren dat kenners daar anders over denken. *Salieri* heeft een stamboom om u tegen te zeggen. Hij is zowat de Testarrossa onder de paarden.'

'Hoeveel is zo'n paard waard?' vroeg Moens op de vrouw af.

'Elk paard heeft zijn prijs. Er zijn paarden die verkocht worden voor tweeduizend euro, andere voor een half miljoen euro. Ik ken iemand die een paard kocht voor amper drieduizend euro, maar hij had geluk want het won zowat alles en in geen tijd kon hij het kwijt voor tien keer zoveel.'

'En *Salieri?*'

'*Salieri* situeert zich in de hogere prijsklasse,' sprak Berk in vastgoedtermen. 'We hebben hem destijds gekocht voor vijftigduizend euro, maar nu is hij al tien keer zoveel waard.'

Moens liet het niet aan zijn hart komen. Een paard bleef een paard, dacht hij, ook al was het een miljoen waard.

'Goed,' besloot hij. 'Dat is nog altijd geen goede reden om de opdracht aan SCAN te geven.'

Hij wilde antwoorden dat commissaris Musseeuw en de haren voor een keertje groot gelijk hadden om zich niet op zo'n zaak te storten. Hij hield zich in. Hij gaf de sensuele, maar harde vrouw voor zich nog een laatste kans.

'Is er echt geen andere reden, mevrouw Berk?'

Berk zweeg. Maar nu was het niet de stilte van het ongenoegen. Het was de stilte van de schaamte, en van de échte reden. Moens wist dat er altijd wel een echte reden achter stak. Daarvoor had hij al te veel ervaring. SCAN koesterde niet voor niets de slogan '*de laatste toevlucht*'. Berk kwam schoorvoetend over de brug met haar verhaal.

'We hebben in het verleden wel eens een paar wedstrijden gemanipuleerd.'

'Ja...'

'Toen we goed op dreef waren en *Salieri* in vorm stak, lieten we hem wel eens opzettelijk tweede of derde worden. Dat kan. Het wordt steeds moeilijker, maar met een goeie jockey lukt het wel. Ik ben er niet fier op, maar u moet weten dat de paardenwereld een harde wereld is. Hetzelfde gebeurt trouwens in alle sporten.'

Moens ging vooroverzitten. Er was altijd wel een reden, maar deze reden was nieuw.

'Dat wist ik niet,' zei hij.

'Het gebeurt wel vaker,' zei Berk. 'Er is natuurlijk grof geld mee gemoeid. Het is een bekend gegeven dat eigenaars ook zelf inzetten bij de bookmakers. Daarom wil ik liever dat de politie zich erbuiten houdt. Als die... zaakjes ooit uitkomen, kan ik het vergeten in dit wereldje.'

'SCAN garandeert optimale discretie, mevrouw Berk.'

Berk had het gevoel dat ze er nog iets aan toe moest voegen.

'En zonder *Salieri* kan ik het zeker schudden. Ik sta nergens zonder hem. Bovendien was ik van plan om er in de nabije toekomst een punt achter te zetten. Ik zat eraan te denken om de hele stal te verkopen. Nu, zonder *Salieri*...'

Moens voelde zijn maag kriebelen. De vrouw voor hem sprak over een paard zoals een andere vrouw over haar zoon sprak. Berk keek smachtend naar het papier dat onder Moens' hand lag. Moens nam de vulpen die hij van Carine voor zijn vijftigste verjaardag had gekregen en begon de datum in te vullen. Ondertussen stelde hij zijn nieuwe klant gerust:

'Wat is er precies gebeurd die dag, mevrouw Berk?'

En zo deed Kirstina Berk het verhaal van de gruwelijke ontdekking. Ze kleedde het mooi in en probeerde de teugels strak te houden omdat ze wist dat ze zich met een verhaal over paarden altijd te veel liet gaan. Ze moest zich beperken tot de feiten en die waren duidelijk. Na haar betoog bleef alleen de airco ronken.

Toen het contract ondertekend was stonden ze allebei op.

'Heeft u enig idee wie hierachter kan zitten?' vroeg Moens.

'Ik veronderstel dat iedereen wel vijanden heeft,' antwoordde Berk. 'Zeker in de wereld van de renpaarden. Maar ik ben er mij niet van bewust. Ik ben een vrouw en in dat wereldje is een vrouw nog niet echt ingeburgerd. Ik ga hier niet beweren dat ik een maagdelijk geweten heb, maar ik dacht dat het wel meeviel.'

'Kan het niet zijn dat uw paard gewoon zelf gaan lopen is?'

'Dat lijkt me uitgesloten,' zei Berk streng alsof Moens het paard beschuldigde van overspel. 'De paarden zitten altijd vast in de trailer en als die openstaat, dan hangen ze nog vast aan een reling.'

'Een stom ongelukje van de stalknecht?'

'Geen kans,' zei Berk. 'Hij beweert van niet. Ik geloof hem. Hij weet wat er zou volgen mocht ik erachter komen dat hij liegt.'

'Enig idee over het motief?'

Berk zuchtte en leek na te denken.

'Ik weet dat onze stal altijd al een paar mensen in het harnas heeft gejaagd door te verklaren dat de sport niet meer clean is. Maar...'

'U denkt dat er doping in het spel is?'

'Sport is sport, meneer Moens. En paardenrennen verschillen daarin jammer genoeg niet veel van pakweg wielrennen. Daarom hebben we het de laatste tijd zo moeilijk om een race te winnen, denk ik. Clean zijn is een handicap.'

Moens liet zijn klant uit. Hij liet haar zelf de weg vinden langs de koele trappen naar beneden waar de rest van de kantoren van het SCAN-gebouw lagen. Met de afgebladderde gevel en de ijzeren brandladder had het iets van een oude, industriële loods of een vismijn. Moens ging voor het brede raam staan dat tot op de grond reikte en prachtig uitzag over de oude vissersbuurt. In de verte lag de containerhaven. Hij zag hoe de zwierige gestalte van Kirstina Berk een gigantische schaduw over het straatwegje wierp. Moens kon een glimlach niet onderdrukken. Misschien was het paard toch uit zichzelf opgestapt. Het kon. Alles kon. Zeker als je een detectivebureau leidde.

3

Art.1.§1. *In de zin van deze wet wordt als privédetective beschouwd elke natuurlijke persoon die gewoonlijk activiteiten verricht aangaande het inwinnen van informatie en het verzamelen van bewijsmateriaal voor het vaststellen van feiten die aanleiding kunnen geven tot conflicten tussen personen of die aangewend kunnen worden voor het beëindigen van die conflicten.*

'Ha, Dempsey en Makepeace zijn ook van de partij! Zo laat, en zo samen, jongens? Was er vannacht ook wat Makelove van de partij?'

'Ha, Coene, zou je je andere hand niet gebruiken om te schrijven, jongen? Je rechter heeft al genoeg moeten werken vannacht.'

'Haha, da's een giller, Belli. Heb je er zo nog?'

'Jammer, Coene, ik heb vannacht al genoeg gegild.'

'Gedroomd van mij, hè?'

'Inderdaad, Coene. Een nachtmerrie. Je zag er trouwens stukken beter uit dan in werkelijkheid.'

Dat snoerde Patrick Coene de mond. Hij kon altijd wel een repliek vinden. Het was tenslotte zijn favoriete hobby: mensen op stang jagen. Maar hij wist dat het met Belli wel eens tot de middagpauze kon doorgaan en daar had Coene niet veel zin in. Het was nog te vroeg. Hij zat onderuitgezakt, met zijn voeten op het bureau, en leek nog niet echt bergen werk te hebben verzet.

'Ik zie dat je aan het bekomen bent van een grote inspanning,' lachte Belli.

'Tja, het is negen uur en hij is zijn bed uit,' zei een stem, 'dat *is* een grote inspanning.'

Er kwam geen antwoord. Coene draaide zich langzaam om naar zijn partner, Louis Tydgat, die vreedzaam zat te glimlachen. Het bleef een vreemd koppel, hoe vaak je ze ook samen zag. Coene, de agressieve, schietgrage macho met een acuut tekort aan tact, en Tydgat, de sympathieke, ervaren detective van de oude garde. Rambo en Maigret, daar kwam het wel zo'n beetje op neer. Ze waren eigenlijk de dag en de nacht, zowel uiterlijk als innerlijk. In die zin konden ze makkelijk undercover gaan als duo. Geen hond in Oostende zou merken dat die twee samen hoorden.

Coene liep er elke dag bij als een branie en een relschopper. Met zijn versleten spijkerjasje, zijn militaire, ultrakort geschoren kop en zijn pezige gezicht en lichaamsbouw kon hij zo een overgewaaide, Engelse hooligan spelen. Belli dankte de Lieveheer nog elke dag dat ze niet meer met Coene op pad hoefde te gaan. O.k., Sedes was nu ook niet bepaald wat je noemt *mister perfect,* maar die joeg tenminste geen drie kogels in de garagepoort omdat het koffieapparaat van SCAN bleef steken.

Daartegenover zat Louis Tydgat, over de vijftig en ooit zelfstandig privédetective. Tydgat deed er altijd een schepje bovenop om zo ouderwets mogelijk over te komen. Als het even meezat, kwam je hem soms tegen met een pijp en in een lange regenmantel. Tydgat leefde van de clichés en kende zijn klassiekers. Hij was klein, onopvallend en stil: de perfecte detective. Maar om de een of andere speling van de natuur had Tydgat *het* niet in zich. Hij bleef alsmaar steken in goede bedoelingen. Ook al had hij de meeste ervaring van alle SCAN-leden.

'O.k.,' zei Coene. 'Ik ben niet voor niets uit mijn bed gekropen. Laat maar eens horen hoe het komt dat jullie hier zo braafjes zij aan zij komen binnengezwierd.'

'Dat zijn jouw zaken niet,' zei Sedes bitter.

'Daar ben je nog wat te jong voor, Coene,' lachte Belli uitdagend. 'Kom eens binnen een paar jaar terug!'

Nog geen vijf minuten later zat iedereen rond de vergadertafel in de briefingroom die in het verlengde van Moens' kantoor lag.

Ze zaten tegenover elkaar als zakelijke yuppies die wachtten op een briefing voor een reclamespot.

Moens kwam aan het hoofd van de tafel staan. De *pater familias* van *SCAN Recherche.* SCAN bestond immers uit *SCAN Recherche* en *SCAN Security.* Allebei werden ze bestuurd door Nietveldt Jr., een gladde yuppie die het bedrijf van zijn vader overgenomen had. Moens en de oude Nietveldt waren twee handen op een buik geweest, maar tussen zoon Nietveldt en Moens gaapte een kloof van twintig jaar. Terwijl de oude Nietveldt Moens zijn eigen gangetje liet gaan, was de jonge een ware controlefreak. Gelukkig had Nietveldt zijn kantoor ver weg, op het domein Plassendale waar *SCAN Security* gevestigd was, de divisie waar Frank Sedes ooit begonnen was.

Moens had het dossier *Salieri* voor zich liggen en liet dat nu over tafel rondgaan. Naast hem kwam Martine Lambroux post vatten, het laatste lid van SCAN. Zij was de vrouwelijke Bill Gates van het team en hing bij haar geboorte vast aan een computerfiche in plaats van aan een navelstreng. Zij bestreed het beeld van de computernerd met een snedige, halflange, acajou haarsnit, een fijn wipneusje en een rij stralende tanden die bijna virtueel leken. Ze stond naast Moens en regelde een projector af die op de blinde muur was gericht. Alleen Lambroux kon zo sensueel met haar vingers aan een projector prutsen.

'O.k. mensen,' begon Moens, 'briefing voor een nieuwe zaak. Deze ochtend binnengelopen.'

Moens keek om naar de blinde muur waar de identiteitskaart van Kirstina Berk geprojecteerd werd. De lichtjes spottende mond van de vrouwelijke paardenmagnaat kwam extra charmant uit de hoek.

'Dit is Kirstina Berk. Zij wil ons inhuren om haar geliefde *Salieri* te vinden.'

Er klonk een enthousiast gefluit van Coene.

'Ik ben uw man voor deze zaak, chef. Geef maar aan mij.'

Hij grijnsde daarbij naar iedereen tegelijk.

'Dankjewel voor je enthousiamse, Coene. Hoe zit het trouwens met die apothekerszaak? Ik wist niet dat die al afgehandeld was.'

Coene hield zich koest.

'Een verdwijning,' zei Sedes. 'Dat is de eerste keer voor mij.'

'Het echte vakwerk, Sedes,' lichtte Belli hem spottend in. 'Ik weet er alles van. Luister vooral niet naar Coene.'

Moens wachtte tot iedereen was uitgepraat en toonde vervolgens een blik van '*mag ik*'?

'Het is niet wat jullie denken,' zei Moens en hij kreeg een geestig schuine glimlach over zijn lippen.

'Is hij ontvoerd?'

Dat was Belli. Het was duidelijk dat in deze kalme periode midden in de zomer de twee teams elkaar bekampten om de zaak te krijgen. Bovendien zag Belli wel iets in een zaak over een man met de exotische naam *Salieri*. Misschien was het wel een type zoals die voetballer, Maldini...

'Is er al een brief opgedoken?' wilde Belli snel weten. 'Om wie gaat het eigenlijk? Een buitenlandse klant? Een minnaar? Een of andere gigolo?'

'Het gaat om een paard. *Salieri* is een renpaard.'

Coene liet de stilte even voor het gewenste effect spreken en besloot toen vakkundig:

'Het echte vakwerk, hé, Belli? Succes!'

Belli bliksemde hem met de ogen neer. Sedes keek voor het eerst op naar Moens.

'Een renpaard? Dat meent u toch niet, chef?'

'Niet zomaar een renpaard, Sedes. Als we mevrouw Berk mogen geloven gaat het om de reïncarnatie van een adellijke Arabische prins. Enfin, Lambroux weet al iets meer.'

Moens ging zitten en liet de rest van de briefing aan Lambroux over. Zij tokkelde op haar laptop en op de muur verschenen prompt een paar nieuwe documenten. Attesten, krantenknipsels over gewonnen wedstrijden, een eigendomscertificaat en ten slotte wat concrete gegevens over het paard zelf. Er staken vanzelfsprekend een paar foto's bij. Lambroux ging door haar haar en probeerde deze zaak als een gewone zaak te behandelen:

'O.k. *Salieri* heeft donkerbruin haar met een lange, beige pony, is vijf jaar oud en weegt, even kijken, vierhonderd tachtig kilogram. Hij heeft een *bles* van zes centimeter boven het rechteroog en een *coll* - dat is een iets kleinere plek op de hals. Hij heeft een *sok* van eenentwintig centimeter vooraan en negentien achteraan. Zijn *mouwen* zijn lang tot zeer lang. Jullie zien hier een klein palmares van onze kanjer. Vier keer *Hengst van het Jaar,* zeg maar het equivalent van Voetballer van het Jaar, drie keer de Grote Prijs van Oostende op de Wellingtonbaan, twee keer de Grote Winterprijs in Sterrebeek enzovoort.'

'Zo zo, je hebt je al onmiddellijk in de paardenwereld gestort,' zei Tydgat vleiend.

Lambroux lachte en opende een ander bestand. Ze deed er een schepje bovenop. Nu verscheen er een soort fiche of paspoort van het paard.

'Da's nog niet alles,' ging Lambroux verder. 'Sinds kort krijgt elk paard ook een chip ingeplant. Die bevat alle gegevens van het paard: geboortejaar, kenmerken, een paspoortnummer, noem maar op.'

'Een elektronische identificatie,' zei Belli.

'Juist. Het is uit Frankrijk overgewaaid. Zo'n chip is nodig en handig, want hoe bewijs je eigenlijk dat een paard van jou is? Bovendien valt het in tijden van mond- en klauwzeer een stuk makkelijker te traceren. Het is bij ons nog niet verplicht, behalve op de renbaan.'

Iedereen bekeek het raster met de gegevens.

'Gezien, Coene?' grapte Belli. 'Heb jij al zo'n chip? Het zou helpen als je weer eens verloren loopt.'

Iedereen lachte en Coene zei:

'Ja ja. Wat doet die Berk eigenlijk voor de kost?'

'Berk heeft een dancing in Torhout.'

'*Allright,*' glunderde Coene onmiddellijk.

'Maar daar is ze niet vaak te vinden. Meer kans dat je haar in een van de stallen op de Wellington vindt. Die dame is gewoon bezeten van paarden. Ze spreekt er zelfs tegen.'

'Zijn er verdachten?' vroeg Sedes.

'Volgens Berk had ze geen vijanden,' sprong Moens in.

'Wat kan het motief zijn?'

Belli keek Moens met waterige ogen aan. Het leek wel alsof ze flink haar best deed om zo hulpeloos mogelijk over te komen zodat hij de zaak toch aan Coene en Tydgat zou geven. De slag om de zaak was opeens honderd tachtig graden omgeslagen. Nu wou iedereen er weer vanaf. Lambroux zag dit als een sein om een paar foto's te projecteren. Uitzicht over een bomvolle Wellingtonrenbaan met feestelijk uitgedoste toeschouwers en een stoet van paarden die elk in kleurrijke capuchons, met of zonder span, kwamen groeten. Foto's van renpaarden in actie. Je zag zo het stof en de aarde van de hoeven opspatten. De strakke mond en de op elkaar geklemde kaken van de jockeys verraadden dat dit een belangrijke race was.

'De Grote Prijs Teflon,' zei Lambroux en ze ging in het licht van de projector staan. 'Het jaarlijkse hoogtepunt van het Oostendse paardenleven. Een internationale wedstrijd met een bom prijzengeld. De volgende editie vindt dit weekend plaats. Als je een paard hebt kom je hier naar toe.'

'Als je een paard hebt,' zei Tydgat schamper glimlachend.

'Dat heeft mevrouw Berk nu dus niet.'

'Goeie of slechte timing,' merkte Tydgat op.

Moens ging alle blikken af en wachtte tot iemand zou zeggen wat iedereen dacht. Belli hapte als eerste toe.

'Dat kan een motief zijn. Een concurrent die er zeker van wilde zijn dat Salieri geen gevaar zou vormen.'

Iedereen liet dit even bezinken. Sedes overliep het dossier dat voor hem lag.

'Verder nog pistes?'

'De stal Berk maakte zich niet echt populair met zijn uitlatingen over mogelijke doping op de renbaan,' zei Moens. 'Daar kan iets inzitten.'

'O.k. Waar beginnen we?' vroeg Coene zachtjes, de handen samenvouwend. Hij leek een keuze gemaakt te hebben voor de doping. Doping klonk als drugs en drugs waren altijd spannend. Moens ging verder:

'Berk heeft een zoon, een echte zoon. Geen paard dus. Die is net twintig. Weet niet wat hij met zijn leven moet doen. Hij schiet niet op met zijn moeder. Meer wou Berk niet kwijt.'

Moens stond op. Lambroux zette de projector af. Uit haar laptop klonken de woorden 'Are you sure you want to shut down'? Moens keek iedereen aan.

'Sedes en Belli zoeken Salieri. Coene en Tydgat volgen de dopingpiste en trachten daarover iets te weten te komen.'

'Yes!'

De kreet van Coene klonk ingehouden, maar was duidelijk bedoeld aan het adres van Belli. Belli rolde met haar ogen naar Sedes en zei tegen Moens:

'Chef, kunnen we niet ruilen? U gaat Coene toch niet naar doping laten sporen? Hij zit zelf vol ecstacy.'

'Zwak, Belli, zwak,' klonk het. 'We zijn trouwens toch nog bezig met die apothekerszaak. Sluit mooi op mekaar aan.'

Moens schonk er geen aandacht aan en besloot met zijn vaste uitsmijter.

'Iedereen weet wat hem te doen staat? Actie. En: voorzichtig, hè, mannen!'

Terwijl iedereen opstond kon Coene het niet laten om nog een gehinnik te produceren.

'Een paard? Hoe moeten we daar in 's hemelsnaam aan beginnen?'

Belli wilde de vraag nog richten aan Moens, maar die zat al achter zijn bureau. Dus keek ze in de fonkelende ogen van Sedes. Ten slotte schudde ze het hoofd en droop af.

4

Art.12. De privédetective moet de in artikel 2 vermelde identificatiekaart steeds bij zich dragen tijdens de uitoefening van zijn beroepswerkzaamheden. Hij moet deze kaart, voor de tijd nodig voor controle, overhandigen bij elke vordering van een lid van de politiedienst of van een ambtenaar bedoeld in het eerste lid van artikel 17.

'Dat begint goed,' mopperde Belli toen ze het portier hard dichtsloeg. 'We moeten een paard opsporen en we kunnen de eigenaar al niet vinden.'

Sedes liep om de Toyota Previa heen en bleef op een veilige afstand van zijn partner. Ze was helemaal zijn type niet. Ze was geen Phaedra die alles mooi verborgen hield. Dat had Sedes altijd ontroerd. Die Belli hàd ook wel iets als ze kwaad werd. Het was alsof haar haren als een kat overeind gingen staan en daarmee extra elektriciteit in de lucht brachten.

'Rustig, Belli,' zei hij. 'Je hoorde wat Moens zei. Die families hebben zowat overal hun stekje.'

Hij had het nochtans kunnen weten. Berk zelf moest na haar onderhoud met Moens dringend weg naar haar dancing voor zaken. En omdat er eigenlijk niet echt een startpunt was, stelde Belli voor: 'Goed, dan gaan we eerst even zoonlief aan de tand voelen.'

Achtereenvolgens waren ze naar de immense villa van de Berks gereden, vlak bij de oude vuurtoren aan de Verenigde Natieslaan. Een zijwegje, dat de Walstraat heet, leidt daar naar de Groendreef. Maar in de Groendreef kregen ze van de huishoudster te horen dat er niemand thuis was. Moeder Berk was naar haar dancing. Zoon Berk had zich verschanst op het jacht in de Ryco-jachthaven.

'Dit lijkt wel een verdomde scoutsopdracht.'

'Rustig.'

'Zoek het paard, zoek het jacht. Zie jij ergens de *Kirstina* liggen?'

'Zoek het grootste jacht en je hebt het gevonden.'

Ze liepen over de aanloopsteiger en zochten links en rechts van hen naar het jacht met de juiste naam. Het was volop zomer en dus schoolvakantie. Een paar jachts lagen verlaten en verdoofd te dobberen in het warme water. Maar op de meeste ging het leven van de rijkaards zijn gewone gang. Het was amper halfelf en toch zaten enkele oude heertjes en dametjes al op het dek met een fris glas martini in de hand. Iets verderop was een jongeman in een blauw- en witgestreept T-shirt een boeg aan het schoonspuiten met een tuinslang. De sfeer was gedempt en geniepig alsof elk op zijn eigen eilandje zat en de ander niet wilde storen.

'If I'm rich, I'd like to live as a poor man with lots of money,' liet Sedes zich ontsnappen. Nog voor hij uitgesproken was, wist hij dat het een domme opmerking was, te wijten aan de hitte. Belli draaide zich niet eens om.

'De grote Frank Sedes?'

'Bijna,' zei Sedes. 'Pablo Picasso.'

Oostende was wel niet meer de wereldstad die Leopold II in zijn hoofd had zitten, maar in de Ryco hadden de laatste erfgenamen van een rijk verleden zich verschanst in koele kajuiten.

Uiteindelijk vonden ze de *Kirstina* aan het eind van de aanloopsteiger. Belli floot tussen haar tanden.

'Daar valt inderdaad niet naast te kijken.'

'Als dat paard even opzichtig is, zal het misschien nog meevallen om die klus te klaren,' zei Sedes.

Het jacht was eigenlijk geen jacht, maar een klein cruiseschip. Het witte dek met de metalen reling weerkaatste in de zon en deed bijna pijn aan de ogen. Sedes en Belli stapten aan boord over een klein loopbrugje met groene loper.

'Waarom wij ons nog zo uitsloven,' zei Belli, 'als je ziet wat we toch nooit kunnen bereiken.'

'Hierlangs,' zei Sedes toen hij zag dat Belli de verkeerde kant opging.

Zowel op het voordek als op het achterdek was er geen ziel te bespeuren. Er stonden wel twee ligstoelen in wit leer. Dat leer was ondertussen wellicht zo heet geworden dat je blaren op je achterste zou krijgen. Sedes ging bij de reling staan en keek uit over de rest van de haven. Uit de verte leken ze allemaal op mekaar, die bootjes, maar dichtbij leken ze op gigantische vliegdekschepen.

'Ja, dit zou ik wel gewoon kunnen worden,' zuchtte hij.

Plots werden ze opgeschrikt door een man van pensioengerechtigde leeftijd die als een duivel uit een doosje de kajuit kwam uitgestapt.

'Zoekt u iets?'

Hij zag er lang, robuust en soepel uit, een beetje als een oude leeuw. Zijn haar was dik zilvergrijs en op zijn handen en polsen zaten al enkele leverplekjes. Halverwege de zestig, nog geen zeventig. Hij had heel donkere, kleine ogen die vreemd genoeg werden geaccentueerd door één doorlopende wenkbrauw en hij zag er in zijn blauwe overall als een sympathieke brombeer uit. Hij was vroeger ongetwijfeld een knappe, virale man en nu had hij nog succes bij dames die bridge speelden. Als dat Kirstina Berks zoon was, had ze toch al enkele facelifts achter de rug.

'Excuseer,' stamelde Belli stuntelig. 'We dachten dat er niemand was.'

'Dus kwam u maar gewoon aan boord? Waarom niet? Ik verstop me hier altijd,' zei de oude man. 'Maar als ik een charmante verschijning zie kom ik te voorschijn. Deze schuit is uw bezoek niet waardig, jongedame,' grapte hij bij wijze van intro.

De stem had iets Zuid-Hollands. Belli lachte en was onder de indruk van de charmes van de oude beer. Sedes ging met zijn rug tegen de reling leunen en haalde zijn badge te voorschijn. Zakelijk blijven, dacht hij. Hij stak ze even op om ze te laten schitteren in het zonlicht. Dan kwam hij dichterbij en liet hem lezen.

'Frank Sedes, *SCAN Recherche*.'

De oude man bekeek de badge amper. Misschien zei de naam SCAN genoeg. Of misschien was hij gewoon zo goedgelovig. Of misschien interesseerde het hem geen bal en was hij gewoon de bootopzichter...

'Mr. Sedes. U gaat wel heel discreet te werk.'

Hij stak zijn hand uit.

'Ik ben Bernard Berk. Kirstina's vader. Ik hou wel van mannen met ballen aan hun lijf.'

'Het spijt ons, meneer,' sprong Belli hem bij. 'We hebben eerst thuis gebeld. We komen eigenlijk net van bij u thuis. Daar stuurden ze ons naar hier. We waren in de buurt.'

'Geeft niets, jongedame,' zei hij weer poeslief. 'Ik wou enkel dat ik eerst uw stem had gehoord. Had ik me kunnen voorbereiden op de schok van uw uiterlijk.'

Bernard Berk keurde Belli van top tot teen alsof hij zonder het zelf te weten de koningin van Sheba had uitgenodigd. Belli wist niet waar ze zich moest verstoppen van gêne. Sedes haalde zijn wenkbrauwen op. Voor hem stond het ouderwetse toonbeeld van een Hemingway-fan die enkel tegen vrouwen sprak om op te scheppen over hoeveel littekens hij op zijn rug had.

'En u bent?'

'Lena Belli. Sedes en ik werken samen. Uw dochter heeft ons in-gehuurd.'

'Ja, Tina heeft er mij over verteld. Kom, we gaan binnen. Het is veel te heet en te droog om hier over paarden te staan koketteren.'

Hij draaide zich om naar Belli.

'En we zouden niet willen dat die huid van u gaat verbranden, niet?'

'Nee, dat willen we niet,' antwoordde Sedes droog.

Met logge stappen ging Bernard Berk de SCAN-detectives voor, naar beneden, langs een klein trapje met koperen handleuning. Sedes moest zijn hoofd bukken om door de opening te kunnen. Eenmaal beneden kwamen ze uit in een gezellig koele lounge met een paar zitbanken en een ligbank. Het was een gewone huiskamer zoals je ze ook in normale huiskamers tegenkomt, maar dan iets soberder inge-richt. Tussen de zitbanken die in een diepgroene stof met een gou-den motiefje waren gewikkeld, stond een salontafeltje uit gelakt eikenhout. Overal hingen kastjes van hetzelfde hout. Verder was alle comfort uit de ruimte geweerd. Sedes en Belli vroegen zich af hoe iemand langer dan een uur in zo'n ascetisch kot kon blijven zitten.

Bernard Berk ging als een soldaat op de bank zitten, met opge-trokken schouders. Hij was bezig een paar vishaken aan te vullen met het geschikte aas: wormen, ongedierte en ander moois. De ouwe man ging er wel handig mee om en pakte er ook graag mee uit.

'Ik was net nog even alles aan het controleren,' zei hij overbodig. 'Jullie komen net op tijd. Ik vaar straks uit.'

'Waarop vist u zoal?' vroeg Sedes.

'Karpers, snoeken, maakt me allemaal niets uit,' zei Berk. 'Ik gooi ze toch onmiddellijk terug. Ik doe het voor de sport, hé. Respect voor alle leven,' besloot hij filosofisch.

Het Hollandse accent vierde hoogtij op het woord leven.

'U bent op de hoogte van onze opdracht,' zei Belli.

'Ja, natuurlijk, Lena,' zei Bernard luchtig. 'We hebben er gisteren nog over gepraat. Als het van mij afhing kon het best nog wat wachten met iemand in te huren. Maar Tina begon langzaam aan gek te worden. Nu ja, ik wist natuurlijk niet dat ze een *beeldje* als jij zouden sturen.'

Sedes begon de ouwe wel te waarderen. Berk was geen versierder, hij sprak gewoon tegen iedereen in zulke termen. Een oude grombeer die het niet laten kon om de deugniet in zich los te laten.

'Waarom wilde u nog even wachten?'

'Nou, weet ik veel. Het is en blijft een paard. Voor hetzelfde geld duikt het morgen ergens op in de eerste de beste manège.'

Zo dachten Sedes en Belli er eigenlijk ook over.

'Het kan u dus weinig schelen?'

De vraag klonk even bot als Belli het bedoelde. Op de man af.

'Dat heb ik niet gezegd,' zei Bernard Berk. 'Ik raak gewoon niet zo snel in paniek als mijn dochter. Tina is impulsief in die dingen. Ik ben nuchterder. Ik ben natuurlijk een man. Dat betekent niet dat ik geen waarde hecht aan *Salieri*. Hij heeft ons veel opgebracht en ik zou het jammer vinden mocht dat ophouden.'

Belli keek Sedes even kort aan. Vervolgens bekeken ze het jacht en wisten meteen weer waarover ze het hadden.

'U ziet het dus meer als een zakelijk verlies,' vatte Sedes samen.

'Ja, zo kunt u het bekijken. Mijn dochter volgt haar hart, ik volg mijn hersens.'

Er viel een pijnlijke stilte. Berk wilde zich in ere herstellen.

'Pas op, Lena, zélf heb ik niet veel nodig om gelukkig te zijn. Een boot, de zee en een briesje en dat is het. Tina is nog maar een eindje in de dertig. Zij heeft meer nodig om te overleven. Zoals een dak boven haar hoofd, brood op tafel en natuurlijk haar paarden.'

'Uw dochter is inderdaad nogal erg begaan met haar paarden.'

'Het is een hobby als een ander.'

'Hoe staat u tegenover haar hobby?'

'We hebben elk onze eigen dingetjes. We houden allebei erg van dieren.'

Bernard Berk stak de rest van de aasjes in een sigarenkistje dat hij vakkundig had opgedeeld in vier aparte vakjes. Hij maakte er blijkbaar zijn werk van. In de vier vakjes lagen respectievelijk het aas, de haakjes, de draden en de kleine pincetten en mesjes om de hardnekkige haak eventueel uit de buit te halen. Het zag er op en top professioneel uit. Berk sloot de doos.

'Iets drinken, jongelui? Een vroeg aperitiefje?'

Sedes kende de verleiding. Hij wist dat het 's ochtends makkelijker was om er weerstand aan te bieden. Het was 's avonds, als de dag erop zat en je alleen thuiskwam, dat het vechten tegen de bierkaai werd.

'Hoe hebben uw dochter en wijlen haar man elkaar ontmoet?' ging Belli verder.

'Haar man zat al in de paarden toen Tina hem ontmoette. Eindhoven om precies te zijn. Je kent de clichés wel: tussen het hooi van de stallen, samen gaan rijden in de open vlakte, het hele *The Horse Whisperer*-verhaal. Ze hebben het allemaal gehad.'

'Hij heeft zelfs zijn jacht naar haar genoemd.'

Bernard Berk schoot in een klein lachje en haalde toen zijn schouders op.

'Ja. Beter een jacht dan een paard, nietwaar?'

Sedes dacht er even aan om zijn notitieboekje uit zijn binnenzak te halen. Misschien was het te riskant. Het liep lekker en één geforceerde beweging zou alles weer strak en formeel maken.

Buiten zette iemand een motorboot aan. Het ronken stierf langzaam uit. Voor de rest waren het de meeuwen die voor de sfeer zorgden.

'Maar goed, wat voert u eigenlijk naar hier? Ik veronderstel dat u dit allemaal al weet van Tina?'

Belli schoof ongemakkelijk heen en weer. Die vraag zat er al een tijdje aan te komen. En nog had ze geen zinnig antwoord gevonden. Ja, waarom eigenlijk? Omdat er geen ander beginspoor was? Omdat ze hoopten dat iemand van de Berks hen een idee zou kunnen geven waar iemand een paard kon verstoppen?

'We waren eigenlijk ook een beetje op zoek naar uw kleinzoon,' zei Sedes snel. 'Tina's zoon.'

Een slimme zet, Sedes, dacht Belli. Soms verraste hij haar toch wel. Hij kon minutenlang als een suffe zombie voor zich uit zitten staren alsof het hem allemaal geen bal interesseerde, maar dan bracht hij opeens met één vingerknip de ideale oplossing.

'Ja,' zei Belli, 'uw dochter vertelde ons dat ze niet zo goed opschiet met hem.'

Bernard Berk reageerde alsof hij de zoveelste vis weer in zee gooide. Het leek wel alsof niets in dit leven hem kon deren. Hij snoof luchtig, een gebaar dat helemaal paste bij zijn Hemingwaypose.

'Waarom zeg je dat, Lena? Je denkt toch niet dat Sander iets met de verdwijning te maken heeft?'

'Nee...'

Sedes noch Belli wisten de zin af te maken. Geen van beiden had de moed om het voor elkaar op te nemen. Berk ging verder op zijn hemelse toontje.

'Ik kan jullie enkel dit vertellen: niemand van deze familie is erbij gebaat dat *Salieri* iets overkomt. Niemand. We plukken allemaal de vruchten van zijn resultaten.'

Sedes knikte. Belli volgde zijn voorbeeld.

'Ja, natuurlijk,' zei Belli. 'Waarom botert het eigenlijk niet zo tussen Sander en zijn moeder?'

Er klonk gestommel boven op het dek. Er werden dingen verschoven. Een paar voetstappen liepen heen en weer en kwamen dichterbij.

'Wel, als je het echt wil weten, waarom vraag je het niet zelf? Sandermans, als je van de duivel spreekt...'

Een jongen stak zijn hoofd in de kajuit. Sedes stond op van het trapje en liet hem passeren. Hij snoof een leuk walmpje aftershave op. Sander Berk zag er helemaal uit zoals zijn moeder. Hij was bijna haar mannelijke kloon. Hij had fijne trekken en dezelfde sensuele lippen. Zijn huid was zacht en bruin en hij had een sierlijke hals, lange vingers en edele nagels. Hij had grote, veelzeggende bruine ogen en een fantastisch rechte houding. Kon zo uit een of andere boysband gestapt zijn. Hard, maar zuiver. Zeker van zijn stuk, maar toch breekbaar. Hij zag eruit als een jonge parel die net uit de oceaan was aangespoeld. Hij droeg een loszittende zeemansbroek en een wit hemd zonder kraag. Het Hollandse accent was eruit gefilterd.

'Oh sorry,' excuseerde hij zich. 'Stoor ik?'

'Kom maar binnen, maatje,' zei Bernard. 'Deze mensen zochten je net.'

'Oh ja?'

Sander kwam het trapje afgehuppeld en zorgde meteen voor een frisse wind. Het was kristalhelder dat hij het zonnetje in huis was. De perfecte zoon van twintig in de fleur van zijn leven. Sedes schudde de jonge kerel de hand.

'Frank Sedes,' zei hij. '*SCAN Recherche*. Dit is Lena Belli.'

'Ach ja, mams heeft jullie ingehuurd om *Salieri* te vinden. Ze meent het wel precies. *Salieri* is nog maar pas verdwenen of ze neemt al een detectivebureau onder de arm.'

'Daarom wilden we u even spreken,' zei Belli die het vreemd vond om de jongen zo formeel aan te spreken alsof hij een prins was. Het was sterker dan haarzelf.

'Shit, ik heb nu weinig tijd,' zei Sander Berk gemeend nadenkend over de oplossing die hij hiervoor zou bieden.

Toen keek hij naar Belli. Belli was onder de indruk van de bruine ogen. Ze waren nog zo naïef en ondubbelzinnig. De arme jongen was wellicht al te laat voor een fotosessie in opdracht van een of ander modehuis.

'Kunnen we anders niet ergens afspreken na de middag?'

De jonge Berk bleef Belli aanstaren alsof de uitnodiging enkel voor haar bedoeld was. Belli keek opzij naar Sedes.

'Natuurlijk,' zei Sedes. 'Waar?'

'Café Ensor? Laten we zeggen om vier uur?'

Iedereen knikte. Grootvader Berk volgde geamuseerd het hele schouwspel. Ook hij knikte. En voor iedereen het goed besefte, had Sander de sleutels van de Cabrio gegrist en stond hij alweer, half voorovergebogen, in het open deurgat.

'Toitoitoi,' wuifde hij nog en weg was hij.

Belli keek Sedes glimlachend aan.

'Een mooie jongen,' zei ze hardop.

De twee mannen keken haar verwonderd aan.

'Ik kan niet geloven dat ik dit hardop gezegd heb,' zei ze gegeneerd. 'Ik bedoelde natuurlijk een mooie jonge jongen.'

Bernard Berk kroop glimlachend naar zijn vaste stekje. Hij slaakte een kleine zucht en nam het sigarenkistje. Zo te zien snakte hij naar zijn speeltijd met de visjes.

'Ja, Sander is nogal vlot in de omgang,' lichtte hij toe. 'Dat was ooit anders. In zijn puberteit was hij stukken geslotener. Hij zat veel complexer in elkaar dan nu.'

'Heeft hij de paardenmicrobe te pakken?' vroeg Sedes.

'Sander? Mijn god, nee. Zie je die jongen tussen de drek op de paddock een hamburger opvreten?'

Belli schudde glimlachend het hoofd.

'Die jongen is voor iets anders op de wereld gezet. Wat dat is, weet ik niet, maar het heeft hoe dan ook niets met paarden te maken.'

Berk stond op. Sedes en Belli volgden zijn voorbeeld. Ze hadden geen idee hoe lang ze al in die kajuit zaten, maar het leken in ieder geval uren. Belli kreeg het benauwd. Dat zat in haar karakter. Lena Belli was iemand die niet te lang op één plek wilde vertoeven. Ze had ruimte nodig om te bewegen en haar lichaam voor zich te laten spreken. Sedes, daarentegen, kon daar gerust nog een paar uurtjes blijven plakken. Hij liet zijn prooi voorlopig niet los.

'Waarom heeft hij eigenlijk een hekel aan zijn moeder?'

'Een hekel, jezus, wat een woord...'

Bernard Berk zuchtte lichtjes geïrriteerd, maar voelde zich genoodzaakt te antwoorden alsof hij wist dat die zonderlinge kerel voor hem anders met geen stokken van zijn jacht te krijgen was.

'Tina is altijd heel erg... begaan geweest met haar paarden. Maar Tina... Tina werd op jonge leeftijd moeder en, om het grof te stellen, Tina heeft Sander te vroeg gekregen. Niet een paar maanden te vroeg, maar een paar jaar. Snappen jullie? Hoe zal ik dit zeggen...?'

Sedes zag zijn kans.

'Tina besteedde te veel aandacht aan de paarden en te weinig aan Sander.'

'Dat is één manier om het te zeggen,' zei Berk. 'Ik denk eerlijk gezegd dat Sander zich nu zoveel mogelijk afzet tegen de paarden-wereld. Ik weet het niet, ik ben natuurlijk geen psychiater, maar gewoon een simpele visser.'

Sedes en Belli bedankten beleefd voor het gesprek en zochten zelf hun weg naar boven. Net voor ze van boord stapten vroeg Sedes nog:

'Kunt u ons soms helpen met een paar namen van andere eige-naars? Wie heeft er het meeste baat bij dat *Salieri* dit weekend niet op *De Grote Prijs Teflon* komt opdagen?'

Bernard Berk had niet veel tijd nodig om te antwoorden.

'Geen idee, maatje. Zoals ik al zei: we hebben elk onze eigen din-getjes. Groot vee zegt me niet zoveel meer. Ik heb het voor de vissen. Die laten nooit zo'n troep na, weet je wel.'

Belli stapte van boord, maar nog had Sedes niet genoeg.

'Meneer Berk...'

Belli kwam terug en nam Sedes bij de elleboog.

'Meneer Berk, we wensen u nog een fijne vangst.'

'Dankjewel, Lena. Als je eens met een ruwe zeebonk in zee wil gaan, je weet me te vinden.'

Hij schudde lachend zijn schouders om zijn eigen woordspeling. Belli lachte. Sedes ook. Daarna wenste Berk hen veel succes met hun zoektocht en kroop weer in zijn donkere hol. Toen Sedes en Belli van het dek waren gestapt en de aanlegsteiger afliepen, hield Belli Sedes bij de arm vast.

'Wat was je daar van plan?'

'Hoezo?'

'Dat was bijna een ondervraging.'

'Ja en?'

'Ja en? Die vent is wel onze klant, hé, Sedes. Als je zo verder gaat met de lamp in zijn gezicht te schijnen, hebben we straks niet veel klanten meer.'

'Ik deed toch heel gewoon.'

'Je deed heel gewoon voor jouw doen, ja. Maar dat is niet heel gewoon.'

'Neem je het nu op voor een oude beer die je een oneerbaar voorstel heeft gedaan?'

'Jij bent gewoon jaloers op die Sander.'

'Die Sander? Jaloers? Wat heeft die om jaloers op te zijn?'

'Mijn interesse,' zei Belli kort.

'Tja,' zei Sedes enkel.

Belli schudde het hoofd en liep door naar de Toyota Previa. Sedes keek haar na. Die Belli was toch o zo makkelijk op stang te jagen. Als ze kwaad bloed in zich had, begonnen haar ogen te branden en steigerde ze als een paard. Een volbloed.

5

Art.1 §3. *De informatie die ten gevolge van het uitoefenen van deze activiteiten wordt verkregen, moet uitsluitend bestemd zijn voor de opdrachtgever en bedoeld om in zijn voordeel te worden aangewend.*

De Toyota kwam in vlammende vaart het afgelegen wegje naar het dok opgereden. In een mum van tijd stond de SCAN-wagen geparkeerd en Frank Sedes was maar al te blij dat hij mocht uitstappen.

'Nu besef ik weer waarom ik een hekel heb aan rijden,' zei hij.

'Jij hebt een hekel aan rijden omdat je je rijbewijs niet hebt.'

'Het is juist andersom,' zei Sedes. 'Als ik jou bezig zie heb ik niet veel zin meer om mijn rijbewijs te halen.'

'Waarom neem je de volgende keer dan niet gewoon de bus?' stelde Belli voor.

'En noem je dat muziek? Wat is dat voor herrie?'

'Herrie voor volwassenen, Sedes. *Korn.* Nooit van gehoord?'

'Nee, en ik had het liefst zo willen houden.'

Zij aan zij liepen ze langs de garage het gebouw van *SCAN Recherche* binnen. Het was ondertussen al tegen de middag. In het aangrenzende kantoor maakte Lambroux zich net op om te gaan lunchen. Lambroux was het enige SCAN-lid dat zich ambtenaarsuren kon veroorloven.

'Ha, ik heb extra informatie over dat paard van jullie,' verwelkomde ze het tweetal.

'Dat komt goed van pas,' zuchtte Belli. 'We zijn nog maar net begonnen en we zitten al strop.'

Lambroux zocht glimlachend naar het dossier dat ze netjes had klaargemaakt. Sedes registreerde elke beweging van haar. Lambroux was de enige die haar raadsel nog niet had prijsgegeven. Ze hulde zich in mysterie. Ze werkte om te beginnen meestal alleen, zat de hele dag achter haar computer en leek toch nog een interessant leven te hebben dat ze voor de rest van SCAN liever verborgen hield. Voor hetzelfde geld kon ze een *serial killer* zijn: overdag de gedienstige, poeslieve dertiger, 's nachts een losgeslagen psychopate. Het bleef Sedes intrigeren.

'Ik heb *Salieri's* wedstrijdresultaten van het laatste jaar eens mooi op een rijtje gezet. Ik weet het niet, misschien zijn jullie er niet veel mee, het is het proberen waard. Je moet ze maar doornemen.'

Sedes nam het bundeltje papieren van Lambroux aan.

'Thanks. We kunnen alle hulp gebruiken.'

'Je weet nooit of er niet een eeuwige rivaal tussenzit die het beu was om alsmaar *runner up* te zijn.'

Sedes gooide het bundeltje naar Belli. Die keek het op haar beurt eens vluchtig door.

'Snel gewerkt.'

'Ik heb ook meteen een balans gemaakt,' zei Lambroux. 'Het is meer dan vier maanden geleden dat *Salieri* nog iets gewonnen heeft. De Berkstal had tot een halfjaar geleden een trainer. Hij staat bekend als een echte crack. Jos Boddaert heet hij. Hij werkte voor de Berks maar door het groeiende verlies van de stal hield hij het voor bekeken. Hij had trouwens zijn plafond nog niet bereikt en richtte een eigen stal op. Klein, maar verdienstelijk. Volgens een artikel zijn Berk en Boddaert als vrienden uiteengegaan.'

'Als *Salieri* niet zo goed meer presteert, waarom zouden ze hem dan willen uitschakelen?' vroeg Belli zich hardop af.

'Enfin, ik ga iets eten.'

'Waar?' vroeg Sedes.

'Ik weet niet,' zei Lambroux.

Sedes keek Belli aan alsof hij toestemming moest vragen om mee te gaan. Belli was hem voor:

'Den Artiest? Dan kunnen we gelijk die formulieren eens doornemen.'

'Mij goed,' zei Lambroux, 'als het maar geen filet pur is. Ik heb eventjes genoeg van paarden.'

Een halfuur later zaten Sedes en Belli onder het toeziend oog van een gedistingeerd etende Lambroux de papieren te bekijken. Lambroux at pikante cannelloni met spinazie en een zomersalade. Sedes stelde voor om met Belli een vegetarische pizza tropical te delen, maar Belli grapte dat ze elkaar nog niet voldoende kenden om een pizza te delen. Dus zat Belli twee minuten later met een Salade Niçoise voor haar neus en moest Sedes het alleen doen met zijn vegetarische pizza.

Er was weinig volk in den Artiest, het was nog vroeg. Elke middag zat het hier wel gezellig vol. Den Artiest was een oud café dat een paar jaar geleden was overgenomen en nu ook werd uitgebaat als restaurant. Het lag in het centrum van Oostende. Het was er klein en donker, een beetje zoals in een kleine loods. Het was ooit het stamcafé van Sedes. Hij werkte toen nog bij *SCAN Security*, maar na zijn eerste geslaagde *case* bij *SCAN Recherche* nam hij het hele team mee naar Den Artiest en nu was het zowat hun tweede kantoor geworden. Uit de luidsprekers klonk een oud liedje van Charles Trenet.

'Dit is wat ik voorlopig overhoud.'

Sedes had een paar namen aangeduid die regelmatig opdoken. De formulieren die hij aan het doornemen was zagen er ingewikkeld uit. Het duurde een paar minuten voor hij doorhad wat welke term betekende. Je kon op verschillende manieren inzetten op een paard: winnend inzetten waarbij het gespeelde paard als eerste moet aankomen, *show* spelen wat betekent dat het paard tweede moet zijn, of *geplaatst* inzetten waarbij het paard bij de eerste drie moet eindigen. *Koppel* vereist dat je twee paarden in willekeurige volgorde als eerste en als tweede moeten eindigen. En dan had je nog *triplet*: de eerste drie plaatsen in juiste volgorde.

Uiteindelijk bleven vier namen over.

'*Calista, Dark Moon, Sacré Neige* en *Amoroso*,' las Belli af.

'Dat zijn de paarden die de laatste maanden alsmaar opduiken als *Salieri* opduikt.'

'Wie kreeg het de laatste tijd het hardst te verduren?'

'*Dark Moon* mogen we al schrappen,' zei Sedes. 'Die is er twee weken geleden mee gestopt.'

Sedes schrapte vakkundig de naam. Daarna bekeken ze met z'n drieën de overgebleven lijst.

'*Amoroso* won de laatste keren altijd van *Salieri*.'

Belli trok een stippellijntje door de naam *Amoroso*. Ze bleef maar kruisjes zetten en namen omcirkelen. Alle namen waren aanwezig op de wedstrijdformulieren van negen races op de Wellingtonbaan. Als een jurylid op het Eurovisiesongfestival gaf Belli punten aan de twee overgebleven paarden. Als het paard gewonnen had kreeg het twee punten, werd het tweede, dan kreeg het één punt en in alle andere gevallen moest het tevreden zijn met een nul. Toen alle punten gegeven waren, zocht ze naar het paard met de meeste tweede plaatsen.

'En de winnaar is...' zei Sedes.

'Wacht even,' zei Belli druk bezig met hardop te tellen, '...*Sacré Neige* is een nieuwkomer. Rijdt nog maar enkele maanden en heeft nog nooit iets gewonnen als *Salieri* rijdt.'

Sedes hoorde haar binnensmonds fezelen terwijl ze af en toe de tijd nam om de juiste hoek te kiezen om een stukje van haar salade naar binnen te werken. Het smaakte haar duidelijk en ze deed geen moeite om dat te verbergen.

'*Sacré Neige*,' herhaalde Sedes.

'*Sacré Neige* liep in totaal nog maar vier wedstrijden. Het greep vier keer naast de prijzen en wat belangrijker is: drie keer eindigde het na...'

'*Salieri*.'

'Dat is niet echt een rivaal,' constateerde Lambroux even opkijkend.

'Ja, maar het is wél de enige naam die we met *Salieri* in verband kunnen brengen,' smakte Belli.

'Ja, hoezo?'

'Je mag drie keer raden wie de trainer is van *Sacré Neige*.'

Sedes keek Lambroux aan.

'Jos Boddaert.'

'Hier staat dat de stal N.V. Winner heet,' constateerde Lambroux. Lambroux had zich in geen tijd opgewerkt als paardenspecialist.

'Ja, maar kijk, hier staat hij als trainer vermeld en de naam Boddaert staat ook aan het hoofd van de stal.'

Belli had een stuk tonijn gemorst op de formulieren en trachtte die nog wat schoon te vegen, maar toen haalde ze kinderlijk de schouders op. Sensueel nam ze een brokje tussen haar tanden.

'Maar Boddaert heeft met zijn nieuwe paard nog niet veel brokken gemaakt.'

Belli keek Sedes aan. Het was de eerste keer dat ze echt om zijn advies vroeg.

'Wat denk je? Het proberen waard?'

'Waarom niet? Het is het enige wat we hebben.'

'O.k.,' zei Belli en ze richtte zich tot Lambroux die al bezig was de papieren te verzamelen.

'Lambroux, check jij die nieuwe stal N.V. Winner?'

'Ik probeer alles te weten te komen.'

'Laat ons iets weten zodra je iets hebt,' zei Belli terwijl ze al opstond.

'Waar gaan jullie heen?'

Sedes haalde zijn schouders op.

'Ik dacht: mee met jou naar het kantoor.'

Belli trok Sedes aan zijn T-shirt alsof hij een hond aan een leiband was die te lang bij een autoband staat te drentelen. Met rollende ogen zei ze toonloos:

'Hij is nog niet zo lang bij ons, hé. Weet nog niet wat werken is.' Vervolgens tot Lambroux: 'We gaan eens een bezoekje brengen aan die jockey van Berk.'

Sedes sloeg met zijn vlakke hand tegen zijn voorhoofd.

'Natuurlijk,' riep hij speels uit. 'Dat was het! Ik wist dat we nog iemand over het hoofd hadden gezien. Nog een geluk dat we Belli hebben. Die heeft het wel voor kleine ventjes.

Lambroux betaalde en nam het bonnetje dat ze zou inbrengen als zakenlunch. Dat werd immers allemaal verrekend voor de klant. De mensen van SCAN waren goed, maar niet gek. Ze gingen alledrie den Artiest buiten en Lambroux stapte naar haar wagen.

'Je weet toch wat ze zeggen over die kleine ventjes, hé, Belli,' riep ze nog.

'Nee, wat dan?'

'Ze zitten goed in het zadel, maar ze zijn veel te snel aan de finish.'

6

Art. 7. *Het is de privédetective verboden betreffende de personen die het voorwerp zijn van zijn beroepsactiviteiten informatie in te winnen omtrent de politieke, godsdienstige, filosofische of vakbondsovertuiging, en omtrent de uiting van die overtuiging.*

Het adres van Nico Rogge, vijfendertig jaar en al zes volle jaren de vaste jockey in dienst van de familie Berk, stond in het dossier vermeld. Berk had tijdens haar onderhoud met Moens alle contacten mooi opgesomd. Rogge woonde - wat een relatief woord was - in een klein dakappartementje aan de zeedijk van Oostende, met zicht op de vissersbaai. Het lag eigenlijk niet echt aan de zeedijk, maar eerder in de Langestraat, een ophellende straat die uitkwam op de dijk. Je had er inderdaad zicht op zee, maar dan moest je wel praktisch helemaal uit het raam gaan hangen.

Uit beleefdheid, en om niet dezelfde stoten uit te halen als op het jacht van mevrouw Berk, hadden Sedes en Belli vooraf gebeld. Tot hun verbazing had de jockey onmiddellijk toegehapt. Alsof hij blij was met een bezoekje.

'Kom maar langs,' zei hij laconiek. 'Ik had jullie al verwacht.'

'We zouden u graag wat vragen willen stellen over *Salieri*. Het paard dat...'. Belli kreeg de kans niet haar zin af te maken.

'Ja ja, ik weet wat jullie graag willen. Ik zei toch: kom maar langs. Tina heeft mij al gebeld. Ik kan het maar beter van de baan hebben.'

Hij had er nog kunnen aan toevoegen *'Hoe sneller hoe liever'*, maar dat was niet nodig. Sedes en Belli hadden de boodschap klaar en duidelijk ontvangen.

Eenmaal door een aftandse hal met ingedeukte brievenbussen namen ze de krakende trap naar boven. Het gebouw telde vier verdiepingen en deed Oostende alleen maar oneer aan.

Nico Rogge verwelkomde het duo in een veel te grote joggingbroek van Nike en een sweater waarop *University of Utah* te lezen stond. Het was even voor twee, maar Rogge zag eruit alsof de dag er voor hem al opzat, of nog niet was begonnen.

'Kom binnen,' zei hij. 'Ik was nog even bezig.'

Niet alleen Rogge zag eruit alsof hij het voor gezien wilde houden. Ook de flat zelf lag er volledig murw geslagen bij, vermoeid, depressief, oud. De zware gordijnen waren gesloten en in de schemer stond een televisiescherm op pauze. Het beeld toonde een close-up van Rogges smoel die breed grijnzend een ereronde reed. Een held uit betere tijden.

'Ik zie dat u wat herinneringen ophaalde.'

'Ja,' lachte Rogge verveeld. 'U moet niet denken dat ik hier elke dag naar mezelf zit te kijken.'

'Dat heb ik niet gezegd,' zei Sedes en hij keek de kamer rond om over iets anders te beginnen zodat de vervelende opener gewist kon worden.

'Niet elke dag,' zei Rogge nog. 'Laat ons zeggen: om de twee dagen.'

Hij lachte naar Belli zoals sommige mannen naar sommige vrouwen lachen: met bijbedoelingen. Belli lachte terug zoals sommige vrouwen naar sommige mannen teruglachen: met ironie.

'Nee,' herpakte Rogge zich, 'ik was een paar dingetjes aan het opbergen. Ik sta op het punt om een nieuw hoofdstuk in mijn leven te beginnen, dus...'

'Dat klinkt nogal drastisch,' zei Belli.

Ze maakte wat plaats door een paar sportmagazines opzij te schuiven en ging in een pluchen bruine fauteuil zitten. Er lag een boek van Dick Francis. Belli keek rond en zag dat de rest van de kamer zich met de huid van een paard had omhuld. Op de kast stonden een paar trofeeën te blinken, aan de muren hingen portretten van jockeys en boven de schoorsteen een goedkope reproductie van Degas.

'Het is niet drastisch. Het is de waarheid. Ik ben een jockey. Ik leef dus van mijn paard en nu ik zonder paard zit, wel, zonder paard ben ik geen jockey.'

'Dat is jammer,' merkte Belli op en ze pakte de thriller van Dick Francis op, 'want zo te zien was u dag in dag uit bezig met uw vak.'

Rogge kwam op haar toe en nam het boek zachtjes uit haar handen. Hij probeerde Belli's vingers even aan te raken. Hij wilde zich bijna verontschuldigen voor zijn hobby.

'Tja, ik ken niemand die in de paarden zit die met nog iets anders bezig is dan met paarden.'

Rogge plofte neer in een leesfauteuil bij het raam. Hij ging vooroverzitten alsof hij een paar vertegenwoordigers van levensverzekeringen over de vloer had en bereid was naar hun voorwaarden te luisteren. In die fauteuil zag hij er nog kleiner uit dan normaal. Hij reikte naar zijn pakje L&M en stak er een op. Pas daarna vroeg hij aan Belli of het stoorde.

'Zeg eens,' zei hij en hij blies wat rook opzij. 'Tina heeft jullie ingehuurd om mijn maatje *Salieri* te vinden. Hoe kan ik jullie helpen?'

Belli begon met haar standaardpraatje. De standaardvraagjes die er eigenlijk niet echt toededen. Hoe Rogge reageerde op de verdwijning, wanneer hij het paard nog voor het laatst had gezien en nog van dat moois. Het was een bekende tactiek waarover Belli geen alleenrecht had. Het werkte gewoon voor iedereen en het was al zo oud als het Fort Napoleon. Je deed alsof je keurig een paar vragen afratelde, maar tussendoor ging het echte onderzoek van start. Het was dus ook bijna naar het einde van het gesprek toe dat de sfeer wat losser werd. Rogge had al minstens vier of vijf L&M's uitgeduwd en begon zich meer en meer te gedragen alsof hij zichzelf weer op televisie lag te bewonderen.

'U zei daarnet dat u een nieuw hoofdstuk gaat beginnen,' zei Belli stil en quasi geïnteresseerd.

'Ja.'

'Na alles wat u zonet gezegd hebt en na alles wat ik hier zo zie, zult u het niet moeilijk hebben met dat afscheid?'

'Oh, maar ik heb niet gezegd dat ik afscheid neem van de paarden, madam. Dat zegt u. Ik spreek gewoon over een nieuw hoofdstuk.'

'U bent er blijkbaar zeker van dat *Salieri* voorgoed verdwenen is?'

Rogge bleef Belli een moment lang en doordacht aankijken. Het begon hem duidelijk te worden dat hij geen kans maakte bij haar én

het begon hem duidelijk te worden dat hij met dat 'hoofdstuk' zichzelf in de problemen had gepraat.

'Ik ben nergens zeker van, madam. Dat is het net. De paardenwereld is sowieso al een onzekere wereld. Wat is het dan al niet zonder paard? In mijn beroep moet je pieken op je dertigste en is het
gedaan na je veertigste. Ik ben nog geen veertig. Ik ben trouwens ook
een uitzondering.'

Hij keek de twee minachtend aan. Hij bedoelde wellicht dat hij
het laatste eervolle beroep uitoefende en dat hij daardoor heel wat
aanzien en respect verwachtte. Toen kwam er weer een glimlach rond
zijn klein pruilmondje. Hij stak ostentatief de sigaret omhoog.

'Bovendien kunt u zien dat het met de jaren steeds moeilijker
wordt om alleen maar dieetpillen en zetmeel te slikken.'

'We zaten te denken of een rivaal er soms voor iets tussensteekt,'
wierp Sedes onopvallend luchtig op alsof het om een bijzaak ging.

'Ja?'

'Kan dat volgens u?'

'Dat kan. Ik zou niet weten wie, maar het kan.'

'Zegt de stal N.V. Winner u iets?' vroeg Belli op de man af.

'Winner? Waarom? Wie heeft u die naam gegeven? Tina?'

'We zijn er zelf achtergekomen. Het zegt u niets?'

'Ik heb die naam al horen waaien. Wat heeft Tina jullie verteld?'

Belli probeerde Sedes niet aan te kijken. Ze waren iets op het
spoor, maar ze mocht het niet laten blijken.

'U weet niet wie de eigenaar en trainer is van N.V. Winner?'

Rogge nam nog een laatste trek van zijn sigaret. Nerveus.

'Nee, waarom? Ik ken ze niet allemaal, hè. Ik ben geen *bookie*.'

'Jos Boddaert heeft die stal opgericht. Uw voormalige trainer. U
gaat ons toch niet wijsmaken dat u dàt niet wist.'

Rogge stond op. Hij wierp zachtjes het pakje L&M in de fauteuil.
Hij hield de spanning er een tijdje in. Hij bukte zich, haalde de tape
uit de video, klasseerde die in een lade en haalde er een nieuwe uit
die hij in de recorder stak. Prompt verscheen er een andere Nico
Rogge op het scherm: nog jonger dan de vorige.

'Ziet u dit? Mijn eerste race in Oostende in '87. Onmiddellijk prijs. Ik weet niet of u iets kent van paardenraces, maar net zoals zovele dingen is de smaak van de overwinning verslavend. En ik voel dat ik die smaak nog altijd kan proeven, als men mij de kans geeft.'

Sedes en Belli hielden de jockey afwachtend in de gaten alsof hij elk moment zijn zin kon afbreken en uit het raam langs de brandtrap naar beneden zou vluchten. Een *vluchter* waardig. Hij ging echter verder:

'Kirstina Berk wil me die kans niet meer geven. Zij is zich zozeer gaan hechten aan haar paard dat ze alle rede verloren is. Ze vergeet dat *Salieri* oud wordt. Tina wijt het mindere succes aan mij. Ze zegt dat ik me niet aan mijn dieet hou, dat ik rook als een Turk en dat ik niet in conditie ben. Enfin, ze zal jullie wel al op de hoogte hebben gebracht.'

Sedes knikte. Belli loog:

'We hebben erover gepraat.'

'We hebben er ook al over gesproken, Tina en ik. Vele keren. Zonder trainer valt het niet mee. Het beste zou zijn mocht ze gewoon mijn contract openbreken. De boel gaat toch op de fles. Ik ben nog niet afgeschreven, al geeft ze mij wel dat gevoel.'

'Wat heeft dit te maken met Winner?'

'Ik krijg nog aanbiedingen,' zei Rogge duidelijk.

'Winner?'

'Winner is een nieuwkomer. Ik ken *den* Jos al jaren. Het klikt tussen ons,' gaf de jockey maar al te graag toe. Zijn trots deed hem de das om. Hij leek er zelfs genoegen in te vinden om zichzelf aan te prijzen.

Hij moet al een tijd drooggestaan hebben wat belangstelling betrof. Niemand had nog oog voor hem, in tegenstelling tot de beelden op de televisie, en succes smaakt het best als je het kunt delen met iemand. Hij vertelde dus onmiddellijk wie er zoveel belangstelling voor hem had.

'Jos is een van de beste trainers van de streek. Het vergt veel lef om een stal de rug toe te keren en voor jezelf te beginnen. Véél lef. En nu doet hij mij een mooi aanbod en dat zou ik moeten laten schieten? Wel, mooi niet. Ik weet dat Tina daar anders over denkt, maar Tina denkt altijd anders over dingen die haar niet aanstaan.'

'Weet Berk van je aanbieding?'

'Ik weet het niet. Maar geruchten lopen in de paardenwereld nog sneller dan het snelste renpaard.'

'Waarom breekt Berk dan uw contract niet open? Als ze toch denkt dat u afgeschreven bent?'

Belli keek hem bijna oprecht geïnteresseerd aan. De kleine man voor haar had gevoelens getoond die zijn venijnige toontje en botte opvoeding rechtvaardigden.

'Simpel. Ze vindt gewoonweg niemand anders. Niemand kan op dat paard nog een race winnen. Het laatste halfjaar moddert hij maar wat aan.'

Het was even stil. Het voornaamste was gezegd. Dat beseften Sedes en Belli. Dat besefte ook Rogge die even moest bijkomen van zijn monoloog. Hij leek er niet echt mee te zitten dat hij zijn mond voorbij had gepraat. Misschien was hij wel niet snugger genoeg om het te beseffen. Of misschien was hij juist wel snugger genoeg om het zo te doen lijken. In ieder geval, hij stak een sigaret op en deed iets heel vreemds. Hij zette de televisie uit, trok de gordijnen open en zette een disc op. Het was alsof hij opgelucht was dat hij het verteld had en de twee detectives zelfs als vrienden beschouwde. Nog even en hij zou hen zelfs een glaasje aanbieden. Jammer genoeg vond Belli het nodig om het sfeertje met een paar woorden weer te verpesten.

'U wilde dus niet meer met *Salieri* rijden?'

Rogge keek haar aan. Besefte toen iets en keek haar plots weer dreigender en donkerder aan.

'Wat bedoelt u?'

'Ik bedoel gewoon dat u er alle baat bij heeft dat het paard verdwijnt.'

Sedes trachtte nog tussenbeide te komen met een zinnig excuus voor de uitlating van Belli. Hij kon nergens opkomen. Dus greep hij naar haar tas die naast de sofa stond. Maar Belli was nog niet van plan om op te staan en het hierbij te laten. En dat was ook niet het geval met Rogge. De jockey knikkerde zijn sigaret door het open raam en kruiste zijn armen.

'Ik ruik een benepen vraag, madam.'

'Dat kan,' zei Belli. 'Sorry als het zo overkwam. Het kwam zomaar in me op.'

'Is dat zo,' zei de jockey en hij stapte op Belli af.

Belli stond op en veegde haar handen af aan haar broek. Ze keken elkaar aan.

'Je mag blij zijn dat je een madam bent, madam.'

'Waarom? Omdat je dan met mij niet hoeft te vechten?'

Rogge stond op uitbarsten. Het scheelde niet veel of hij had Belli bij de haren gegrepen of haar ogen uitgekrabd. Sedes vond het wel een amusante bedoening. Die dwerg vocht wellicht net als een vrouw, inclusief nijpen en bijten. Het was een belachelijk zicht. Rogge, een kop kleiner dan Belli. En Sedes die als een lome beer hulpeloos stond toe te kijken. Ondertussen klonk er uit de boxen iets van Claude François dat sterk leek op 'Rio de Janeiro.'

'Belli drukt zich soms nogal onvoorzichtig uit, meneer Rogge,' zei Sedes. 'Ze bedoelde het niet zo.'

Rogge bleef Belli strak aankijken vanuit een ferm kikkerperspectief. Van frustratiegevoelens gesproken.

'Wat bedoelde ze dan wel?'

'Ze wilde enkel weten waar we die N.V. Winner kunnen bereiken, meer bepaald waar we Jos Boddaert kunnen vinden.'

Nog altijd bleef hij Belli strak aankijken.

'Wel, da's dan jammer, want had ze nu eens gezegd wat ze bedoelde in plaats van dingen die ze niet bedoelt, dan schreef ik nu het adres mooi op een blaadje.'

Belli passeerde als een Goliath haar kleine David zonder hem nog een blik te gunnen. Ze kwam bij Sedes staan die op het punt stond de jockey te bedanken. Uiteindelijk gaf hij als een pantoffelheld Belli's handtas. Ze vertrokken zonder een woord en lieten de jockey alleen met Claude François.

Buiten was de zon al over haar hoogtepunt heen. Maar Belli niet. Zij stond nog te koken van woede. Sedes zat al in de Toyota, maar Belli bleef naast hem staan. Ze was zo *pissed* dat ze even wilde wachten met instappen. Vanochtend had ze Sedes nog afgeblaft omdat hij zo impulsief te werk ging en nu deed ze het zelf. Dat kon toch bijna niet. Ze verschilden veel te veel om dezelfde dingen te doen.

'Wat probeerde je daarnet in godsnaam te bewijzen?' vroeg Sedes kalm.

'Wat?'

'Was dat nu echt nodig om Rogge zo te treiteren? We wisten toch al genoeg?'

'Ik weet het. Ik weet niet hoe het kwam, maar die macho haalde het bloed onder mijn nagels vandaan.'

Belli liep langs de wagen en nam plaats naast Sedes. Ze liet het portier opzettelijk nog even openstaan. Haar stem was zo luid dat een paar omstanders omkeken. Ze leken op een pas getrouwd koppel dat een banale ruzie had.

'Het lijkt me dat je te lang met die Coene hebt samengewerkt,' zei hij.

Belli startte de wagen. Uit frustratie zette ze *Korn* nog een stukje harder. Sedes glimlachte en gebaarde dat hij toch niets hoorde.

Een tiental minuten later zaten ze op het terras van Café Ensor in het hartje van Oostende te genieten van de late middagzon en van een straatkunstenaar die zolang mogelijk het Vrijheidsbeeld trachtte na te bootsen. Hij stond op een klein bankje dat vroeger diende om schoenen te poetsen en had zich helemaal grijs geverfd. In zijn opgestoken rechterhand hield hij een fakkel. Het zag er maar amateuristisch uit.

Twintig minuten later zaten Sedes en Belli er nog even onbeweeglijk bij als het standbeeld. Zij hadden de hele tijd niets tegen elkaar gezegd en in die tijd was het Vrijheidsbeeld al minstens vier keer van zijn bankje gestapt om de benen te strekken. Sedes en Belli hadden zelf meer kunnen verdienen met hun act. Toen Sedes op zijn horloge keek, zei hij:

'Ik vrees dat je je afspraakje met Sander Berk mag vergeten.'

Hij sprak de achternaam als '*Beurk*' uit. Belli zweeg.

'En hij heeft niet eens afgebeld.'

Belli zweeg.

'Wellicht had hij nog iets anders te doen.'

Belli zweeg, nam haar handtas, stond op en liet Sedes achter met de rekening. Sedes wenkte de dienster en knikte ondertussen naar het Vrijheidsbeeld. Een blik om te zeggen dat hij, van de drie deelnemers, de winnaar was.

7

Art. 14. Het is de privédetective verboden zich op enigerlei wijze voor te doen als lid van een politiedienst of openbare inlichtingendienst. Indien de privédetective deel heeft uitgemaakt van een politiedienst of een openbare inlichtingendienst mag hij in de uitoefening van zijn beroepswerkzaamheden daarvan geen melding maken.

Het was bijna halfvijf toen Sedes en Belli elkaar negerend het SCAN-gebouw binnenstapten. De dag was nog lang niet afgelopen; het licht in Oostende neigde naar dat typische vaalgele, wat de majestueuze gebouwen in een heerlijk melancholisch sfeertje onderdompelde. De zuilen van de Thermae Palace kregen een langgerekte schaduw en de tegels op de dijk werden tijdloos alsof er eensklaps enkel nog koetsen en oldtimers zouden rijden. Het SCAN-gebouw had minder charme, maar viel toch ook niet uit de toon. Hoewel de dag nog jong was, was de werkdag bijna afgelopen.

Belli stak dit niet onder stoelen of banken en deed heel uitgelaten. Ze liep constant denkbeeldige vragen te beantwoorden van denkbeeldige collega's die haar vroegen waar ze zou uitgaan vanavond en wie ze zou zien. Sedes daarentegen leefde van moment tot moment, en het leek nu pas tot hem door te dringen dat hij weer een avond alleen zou doorbrengen, zij het met de levende herinnering aan zijn Phaedra. Misschien kon hij ervoor even aan ontsnappen door die Delvaux-tentoonstelling in het PMK mee te pikken.

'En, ben je al iets te weten gekomen over die Winner-stal?'

Lambroux stond op het punt te vertrekken. Belli bleef in de deuropening hangen.

'Niet veel. Ik was er vrij snel doorheen. Ze zijn nog maar enkele maanden bezig.'

'Jos Boddaert?'

'Heeft een goeie reputatie, volgens insiders,' zei Lambroux. 'Als hij voor iemand werkt, gaat hij tot het uiterste en is hij hondstrouw.'

'Nu werkt hij voor zichzelf,' zei Belli. 'Ik vraag me af of hij dan ook tot het uiterste gaat. Misschien gaat hij wel zo tot het uiterste dat hij een ander paard steelt.'

'Tja.'

'Heb je een adres van die N.V. Winner?'

Lambroux nam een post-it van haar computer en gaf het aan Sedes. 'Voilà. Het Staatsblad heeft zijn werk gedaan.'

Lambroux sloot haar laptop af. Ze had het laatste halfuur nog gechat met vier verschillende mannen. Dat moesten Sedes en Belli uiteraard niet weten. Hoewel ze getrouwd was hield ze ervan zich als vrijgezel te gedragen. Lambroux had voor de lol de naam Winner als pseudoniem gebruikt, maar zelfs met zo'n naam had ze voor de zoveelste keer bot gevangen. Het ging een paar keer vlotjes heen en weer, maar chatters komen altijd heel snel ter zake bij de belangrijke dingen des levens en dan viel Lambroux of Winner af. Ze overwoog een enkele keer om een paar gegevens achter te houden, misschien enkel dat ene ding, maar dat kon ze niet maken. Het had geen zin om op een date in te gaan met een van die jongens en hen dan pas op de derde date, net voor haar beha werd losgeprutst, te vertellen dat ze eigenlijk getrouwd was met een brave man. Maar een brave man die geen kinderen wilde. Lambroux had zelf geen idee wat ze trachtte te bereiken met dat chatten. Een virtuele baby? Een dubbelleven over het internet waar ze de eigenzinnige BOM kon zijn die ze in het dagelijkse leven niet kon zijn?

'We komen net van die jockey. Venijnig ventje,' zei Belli met een hoofdomdraai naar Sedes. Maar die was al naar boven.

'En gelijk heb je,' zei Lambroux. 'Ik heb hém ook gecheckt, die jockey. In tegenstelling tot die Boddaert ligt Nico Rogges boekje wel open en bloot.'

'Ja? Wat heb je zoal?'

Lambroux nam een uitdraai en begon te lezen.

'Ik heb het even op een rijtje gezet. Vier schorsingen waarvan de langste zes maanden, voor doping: dieetpillen en al dat moois. Dat was in zijn jonge jaren. De laatste schorsing liep hij op omdat hij iemand omkocht die zijn gewicht door de vingers wilde zien.'

'Zo te horen zijn wij niet de enigen die om ons gewicht bekommerd zijn.'

Lambroux ging verder:

'Wacht, er is nog meer. Rogge heeft zich ook al eens moeten verantwoorden voor een jury.'

'Waarvoor?'

'Geweldpleging en bedreiging van rivalen.'

'Sedes zal blij zijn als hij dit hoort.'

'Wat?' vroeg Lambroux, maar Belli wuifde het weg. Lambroux sloeg haar laptop dicht en nam hem mee onder de arm.

'Ik ben ervandoor.'

'O.k. Bedankt, Lambroux. Tot morgen!'

'Ga je nog uit vanavond?'

'Ik weet het niet. Waarom?'

'Met Sedes?'

'Ben je gek? Het is al erg genoeg dat ik overdag met hem moet opschieten. Nee, dankjewel. In mijn contract staat niets over overuren met partner.'

Lambroux lachte en verliet met een zwier haar kantoor. Op de gang hoorde Belli haar nog roepen:

'Misschien moet je dat contract dan maar eens openbreken!'

Ongeveer tezelfdertijd kreeg Vic Moens een verdieping hoger in het SCAN-gebouw een telefoontje dat vurig klonk. Sommige mensen hebben het talent om een telefoontje in te schatten. Ze kunnen bij wijze van spreken aan de toon alleen al gissen welk soort gesprek er zit aan te komen. Vic Moens was ongetwijfeld een van de pioniers in dat genre. Hij rook van op afstand dat dit telefoontje, aan het einde van de dag, een boodschap omvatte van iemand die net thuiskwam van het werk en zich wilde afreageren. Iemand als Kirstina Berk bijvoorbeeld. Moens had gelijk. De zaak Berk was nog maar enkele uren oud en daar kwam de eerste klacht al. Vic Moens had soms de indruk dat zijn klanten zélf de voornaamste hindernis vormden bij het oplossen van een zaak.

'Meneer Moens? Met Kirstina Berk. Ik hoor net dat twee van uw werknemers vandaag bij mijn vader zijn langs geweest.'

'Dat kan,' zei Moens, 'dat kan.'

'Wel, meneer Moens, ik zou het op prijs stellen als u mijn familie hier buiten houdt. Ik heb u de opdracht gegeven om op zoek te gaan naar *Salieri*, niet om...'

Ze aarzelde.

'Om wat?'

'Om mijn familie tegen elkaar uit te spelen. We vormen een hecht gezin, meneer Moens. Misschien heb ik dat niet voldoende duidelijk gemaakt tijdens mijn briefing.'

Moens had de indruk dat hij met de *leading lady* van de *Brady Bunch* aan het bellen was.

'Ik heb u ingelicht over mijn zoon, maar dat was achtergrondinformatie. Het heeft in geen enkele zin te maken met uw zaak.'

Moens kuchte.

'Met alle respect, mevrouw Berk, maar dat zullen wij wel uitmaken. Als u wil dat we uw...'

Moens dacht er even aan om het woord knol te laten vallen, maar hield zich net op tijd in.

'Als u wil dat we uw paard vinden, dan moet u ons carte blanche geven.'

'Ik gééf u carte blanche,' zei Berk, 'maar probeert u alstublieft mijn zoon niet nog meer tegen me op te zetten.'

'Ik zal mijn werknemers erover aanspreken,' zei hij formeel. 'Ik ben er zeker van dat ze binnen de grenzen van de discretie zijn gebleven.'

'Dat hoop ik,' zei Berk en ze hing op.

Moens dacht na over het gesprek dat hij zonet gevoerd had. Hij wist dat hij met Sedes en Belli een team had dat soms vuurwerk opleverde, maar het was niet de eerste keer dat de klant zich met de zaak ging moeien. Hij was benieuwd in hoeverre zijn twee *numero uno's* er weer, elk op hun eigen manier, waren ingevlogen.

Moens stond op. Hij miste het werk *in the field* nog elke dag. Vaak mijmerde hij erover hoe het zou zijn om een eigen zaak op te starten. Het was zoals je elke ochtend de tram neemt en beslist om de rit naar onbekende oorden uit te zitten, maar bij je dagelijkse halte toch net op tijd afspringt. Zo voelde Moens zich elke dag. Hij was een gewoontebeest geworden.

Twee uur eerder die dag zaten Coene en Tydgat in hun wagen op de E40, richting Gent. Coene zat natuurlijk achter het stuur en hij kende de snelweg als zijn broekzak. Hij had via de firma SCAN een eigen Toyota kunnen kopen met een fikse korting. Maar Coene had zijn exemplaar zo laten uitbouwen dat het geen Toyota meer was, eerder een soort supersonische shuttle. Bij elke brede middenberm hield hij even de voet van het gaspedaal om dan weer vooruit te stuiven naar de volgende pitstop. Tydgats oude maag had het altijd moeilijk bij zulke rollercoasters.

Ze hadden eerst een paar telefoontjes gepleegd en mensen binnen het circuit aan de tand gevoeld: trainers, eigenaars, *bookies.* Maar niemand leek echt veel zin te hebben om mee te werken aan een zaak over doping. Ze wilden het woord zelfs niet uitspreken. Het was alsof ergens een duistere maffia hen constant in het vizier hield. Toen besloten Coene en Tydgat zich te concentreren op de strijders tegen het kwaad. Ze hadden eerst naar de universiteit in Kortrijk gebeld, maar daar kregen ze te horen dat die geen faculteit diergeneeskunde hadden. Te weinig subsidies, klonk het flauwtjes.

Daarom zaten de twee West-Vlamingen tijdens de rit naar het binnenland nu flink hun Franse 'r' te oefenen en hielden ze zichzelf voor dat het woord '*stiefgoed*' zich in de Gentse contreien als '*vree wijs*' liet vertalen.

Rond kwart voor drie stapten Coene en Tydgat uit hun wagen. Ze liepen naar het grote gebouw van de faculteit diergeneeskunde van de RUG dat zich in de randgemeente Merelbeke bevond. Coene en Tydgat hadden een afspraak op de tweede verdieping met een zekere Dirk Snykers, een laborant die werkte op de faculteit diergeneeskunde en die urine- en bloedstaaltjes onderzocht. Het was een lange, jonge kerel in een witte kiel die hem wel stond. Hij zag eruit als een specialist. Al was hij niet meer dan een vaste assistent van professor Herman Dubruel. Meer hadden Coene en Tydgat langs de telefoon niet te pakken kunnen krijgen.

'Heren, Dirk Snykers. Professor Dubruel zit momenteel in operatie. Maar waarmee kan *ik* u van dienst zijn?'

Coene flapte fier zijn badge uit zijn zak alsof hij een moord in de Bronx aan het onderzoeken was. Tydgat schudde de jonge kerel in de kiel gewoon de hand. Coene zei betrekkelijk luid in het stille laboratorium:

'We zijn bezig aan een zaak omtrent mogelijke doping op de Wellingtonrenbaan in Oostende. U onderzoekt de tests?'

'Dat klopt. Dat klopt. Ook paarden hebben bloed, zoals u wel al weet.'

'Wat we eigenlijk willen weten is of er geregeld positieve tests uit de bus komen.'

Dirk Snykers ging hen vriendelijk voor naar een lang aanrecht in de hoek van het grote laboratorium. Zoals elk laboratorium zag ook dit er onbeschrijflijk clean en futuristisch uit. Het leek wel de cel van een ruimteschip. Er stonden slechts een paar machines en toestellen in, maar die leken ingewikkeld genoeg. De laborant leunde met beide handen op het aanrecht, ging een klein metalen rekje met flesjes af en haalde er toen twee flesjes uit met een blauwe sticker. Alle andere hadden een roze sticker.

'Geregeld is veel gezegd,' zei de laborant, 'maar niemand ontsnapt eraan, hé? Mensen, paarden, zelfs kippen krijgen vandaag de dag de volle lading. Hier, dat is de buit van vorige week in Tongeren: *Agnes B* en *Figaro*. Allebei blauw bloed in de aderen. Twee gevallen op honderd twintig.'

'Valt mee,' zei Tydgat.

'Ja, maar van de honderd twintig zijn er amper twaalf getest.'

'Onclean?' vroeg Tydgat.

'Yep.'

'Zijn het altijd bloedtesten?'

'Meer en meer,' zei Snykers. 'Meestal controleren we op urine. Maar die dopingjongens staan niet stil. Urine, bloed, het zit zelfs al in het haar.'

Coene nam een staaltje vast. Hij vroeg:

'Hoe gaat dat precies in zijn werk? Ik bedoel, welke producten worden het meest gebruikt?'

Assistent Snykers hapte niet meteen toe. Hij kon nooit zeker zijn dat er geen diepgravend artikel zou over verschijnen. Hij zei:

'Alles en nog veel meer. We geven die producten meestal niet vrij, maar laat ik het houden op producten die ook in de wielersport en in de atletiek voorkomen.'

Coene was verbaasd.

'Shit, zeg!'

Tydgat zei:

'Wat zijn dat dan? Amfetamines?'

De assistent glimlachte en knikte.

'Cortisone, anabolen?'

De assistent bleef glimlachen en knikken.

'Ik sta perplex,' zei Coene.

'Wat had je gedacht, jongen,' zei Snykers.

'Ik weet niet,' zei Coene. 'Een paard is in mijn ogen nog altijd een nobel dier.'

Snykers lachte nu iets harder en nam het staaltje van Coene over. Hij plaatste het terug waar Coene het gevonden had.

'Vergeet niet dat die paarden ook maar het slachtoffer zijn, mijne heren. Die beesten weten niet beter.'

Snykers kruiste zijn armen en leunde nonchalant tegen het aanrecht waar de staaltjes stonden. Hij wachtte op meer vragen die hij kon omzeilen of zo vaag mogelijk kon beantwoorden. Hij voelde zich wellicht erg in zijn sas als tipgever.

'*Money*, mijne heren,' zei hij, '*money* zorgt voor *dope* en met *dope* komt er meer *money* binnen en kan er weer meer *dope* gekocht worden en dat zorgt dan weer voor meer *money* en... wel, ik kan zo nog een tijdje doorgaan.'

'Hoe worden die producten toegediend?' vroeg Tydgat. 'De goeie, ouwe, ouderwetse manier? Met een spuit in je aders sla je de wereld vol kraters?'

Snykers moest gniffelen om de woordkeuze.

'Je hebt er die spuiten, je hebt er die het via het voeder verwerken. Je hebt er ook die het vocht in de vagina van merries inbrengen.'

De laborant nam een van de twee schuldige flesjes en zette dat terug in het rekje. Daarna zocht hij in een stapeltje papieren naar het bijbehorende rapport en stak dat in een grote, witte envelop. Het adres stond al mooi op een etiket gedrukt. Coene en Tydgat sloegen dit allemaal rustig gade en het was Tydgat die vroeg:

'Wat gebeurt er met die uitslagen?'

'Die vertrekken vandaag nog naar de commissie, naar het Disciplinair Comité.'

'Wat gebeurt er met de rest? Met de negatieve rapporten?'

'Die worden opgestuurd naar de eigenaars. Als certificaat. Daar kunnen ze dan heel fier mee uitpakken en zijn ze weer goed voor een paar maanden.'

'Is de stal Winner hier al eens gepasseerd?'

'Winner. Ja, zegt me wel iets. Nieuw, niet? Zal ik even kijken?'

'Als dat kan,' zei Tydgat vriendelijk.

'Tuurlijk.'

De laborant vulde eerst nog de tweede envelop met het negatieve rapport voor de commissie en liep vervolgens naar een grote computer waar hij iets begon in te typen. Hij bewoog zijn muis heen en weer en las iets van het scherm af. Daarna opende hij de lade van een ultramoderne archiefkast. Net na de lunch met Sedes en Belli in den Artiest had Lambroux ook meteen het tweede team telefonisch op de hoogte gebracht over de naam Winner en *Sacré Neige*. De laborant kwam triomfantelijk met een rapport boven. Dit rapport zat al in een kartonnen mapje. Blijkbaar waren die rapporten als strafregisters op het politiecommissariaat. Ze werden gewoon bijgevuld.

'Hier heb ik hem. N.V. Winner. Paard: *Sacré Neige*. Hengst: drie jaar oud. Heeft nog maar één test ondergaan.'

'Een nieuwkomer. Hoe stond hij ervoor?'

'Clean.'

De laborant ging terug naar het aanrecht waar er naast het rekje nog verschillende stapeltjes papier lagen. Daar viste hij het rapport van *Sacré Neige* op en controleerde het.

'Ja, hier staat het zwart op wit. *Clean as a whistle.*'

Coene liet de man amper uitspreken en vuurde onmiddellijk een volgende vraag op hem af. Tydgat voelde altijd wat schaamte als hij Coene het woord liet voeren. Hij wist dat hij betere resultaten boekte bij ondervragingen als hij Coene als een poedel buiten aan de paal bond. Coene was direct en dat kwam goed van pas bij actie, maar bij het subtiel sturen van een gesprek was hij even nuttig als een paar skilatten tijdens een partijtje tennis. Coene vroeg:

'En *Salieri*? Die moet hier ook al een paar keer gepasseerd zijn.'

De laborant keek Tydgat aan en Tydgat lichtte vriendelijk toe als een soort tolk.

'*Salieri* is een paard dat onlangs is verdwenen.'

'Ja, ik heb daar iets over gelezen in de krant. Dat is niet de eerste keer, hè,' zei de laborant alsof het om een grap ging. 'Ik heb nog eens zoiets gelezen. Dat ging over een paard dat werd ontvoerd omdat het drachtig was van een veulen dat miljoenen waard was.'

'Echt waar?' probeerde Tydgat zo geloofwaardig mogelijk zijn interesse te laten blijken.

'Echt waar. Ja, die *Salieri* is een bekende naam. Dat beest heeft ook al de streken van een echte *star.*'

Tydgat keek Coene aan.

'Ja? Hoe bedoelt u?'

De laborant stapte weer naar de computer. Het was een ouderwetse, vergeelde cabine die bijna uit het tijdperk stamde waarin computers amper in een kamer konden. De faculteit diergeneeskunde van de RUG zat blijkbaar al een tijdje te wachten op nieuwe subsidies.

'Ja ja,' ging de geestige laborant verder, 'onze *Salieri* kon blijkbaar de druk en de stress van de top niet aan.'

Snykers zette een stap opzij en liet Tydgat - en in mindere mate Coene - meegenieten van het zicht op de computer.

'Positief?' vroeg Tydgat.

'Positief? In de laatste twee maanden werd *Salieri* tweemaal betrapt. Het vreemde is,' ging hij opeens mysterieuzer verder, 'en daarom sprak ik over een *star* met streken, het vreemde is dat het geen pepmiddel of spierversterker was dat we in *Salieri's* bloed aantroffen.'

'Nee? Wat dan wel?'

Coene kruiste de armen.

'*Belladonna.*'

'*Belladonna*,' herhaalde Coene, '*Salieri* en *Belladonna*. Wat een mooi koppel. Wat krijgen we nog allemaal?'

Tydgat knikte en richtte zich tot de laborant alsof hij alsnog vlug een examen wilde afleggen.

'*Belladonna*. Doodkruid of wolfskers,' ratelde hij als de eerste de beste student af.

Coene was onder de indruk, maar checkte eerst bij de laborant voor hij zijn bewondering de vrije loop liet gaan. De laborant knikte.

'Inderdaad. Een kalmeermiddel uit de oude doos. *Atropa belladonna*. Een oud plantenextract uit de familie der Nachtschaden. Werd vroeger vooral gebruikt bij zogenaamde lastige baby's. Tot de wetenschap erachter kwam dat die lastige baby's eigenlijk hyperkinetische kinderen waren en het goedje echt als medicijn werd erkend.'

Coene keek Tydgat aan zoals hij hem nog nooit had aangekeken. Tydgat kon evengoed terstond drie diploma's uit zijn achterzak hebben getoverd. Maar zoals in alles was Tydgat een autodidact. Hij had de naam Belladonna voor het eerst horen vallen toen zijn dochter Kate één jaar oud was. Hij was gek op haar, maar werd bijwijlen bijna gek *van* haar. Soms ging ze midden in haar slaap rechtop zitten en begon buitelingen te maken en soms sliep ze amper vijf uur per nacht. Dat kon ze onmogelijk van Tydgat hebben. Toen kwam de diagnose: hyperkinesie. Het was natuurlijk geen drama, maar toen al mocht Tydgat bij de apotheker een dosis belladonna halen. Vandaag de dag liet de diagnose haar sporen na. Kate was één brok wilde, adolescente rebellie. Tydgat had nog minder controle over haar dan vroeger, ook al zou hij haar twintig dosissen belladonna voorschrijven.

'*Salieri* werd dus gekalmeerd,' vatte Coene bondig samen.

'We vonden het hier ook wat vreemd,' zei Snykers. 'Voor de rest hebben we er niet veel aandacht aan besteed. Het is niet aan ons om het te melden. Trouwens, het komt wel vaker voor dat een paard gekalmeerd moet worden.'

'Ja, maar tweemaal in zo'n korte tijd?'

'Tja,' zei de laborant en hij klikte op zijn muis en legde die mooi op het Gaia-muismatje met de gedoodverfde slogan *Beestig leuk!*

Nog geen uur later zaten Coene en Tydgat, alias Starsky en Hutch, in de SCAN-wagen op weg naar de Koningstraat in Oostende waar het appartementsblok *Résidence San Calixto* zich bevond. Op hun terugweg naar SCAN wilden ze het adres van N.V. Winner dat Lambroux hen had doorgegeven nog eens checken. Om de tijd te doden was Coene een hele aflevering van Starksy en Hutch gaan navertellen, inclusief begingeneriek en draaiboek, shot per shot. Tydgat liet het allemaal over zich heen gaan. Hij had geen idee wie Starsky en Hutch waren (zijn helden situeerden zich ergens tussen Navarro en Derrick, maar dan zonder bril en iets apetijtelijker). De naam Hutch werd hem dan ook opgedrongen, gewoon omdat Coene per se Starsky wilde zijn.

In de Koningstraat parkeerden ze aan de overkant en wachtten even. Plots schoot Tydgat overeind en opende het handschoenkastje. Hij leek een beetje paniekerig.

'Verdomme!'

'Wat is er?'

Tydgat ging vooroverzitten en keek in de richting van de overkant, van het gebouw *Résidence San Calixto*. Hij reikte naar zijn portefeuille met zijn badge in het handschoenkastje en keek Coene geen moment aan.

'Daar! Hij is net naar binnen geglipt!'

'Wie?'

Coene keek onmiddellijk opzij. Tegelijkertijd had hij zijn hand aan de klink en wilde hij met zijn schouder het portier opengooien om over de straat naar de overkant te sprinten. Maar het slot blokkeerde. Coene werd bijna razend.

'Wat is dat hier? Tydgat! Doe die deur open!'

Tydgat keek Coene beteuterd aan. Daarna begon hij te glimlachen. Hij was niet meteen de man van de *practical joke*, maar deze vond hij wel bijzonder geslaagd, al zei hij het zelf.

'Sorry, *Starsky*, kinderslot.'

'Maar wie...'

'*Salieri*,' zei Tydgat glimlachend. '*Salieri*. Hij inspecteerde nog net zijn manen in de spiegel in de hal en nam dan de lift naar boven.'

Coene had het eerst niet door en wilde toch het portier openbreken, desnoods het raampje naar beneden laten en daardoor naar buiten kruipen, een beetje zoals die jongens uit die andere serie, *The Dukes of Hazard*. Maar toen begon het hem te dagen en zijn blik van woede veranderde in een blik van een gekwetst weeskind.

'Haha, Tydgat. Die moppen van vroeger toch, hè. Om je te bescheuren. Helemaal zo démodé dat ze weer in zijn.'

Ze stapten uit en staken over. Ze moesten eerst nog een kusttram voorbij laten. In de verte hoorden ze een *Seaking* helikopter over zee razen. Tekenen aan de wand dat het hoogseizoen op gang was gekomen. Mensen fietsten van de dijk, sommige nog in ontbloot bovenlijf. Er passeerden go-karts en tandems en de terrasjes waren algauw volzet met harde werknemers die zichzelf op iets fris wilden trakteren.

Coene en Tydgat gingen de hal binnen waar een rood Perzisch tapijt lag en twee rijen brievenbussen met koperen naamplaatjes aan de muur waren bevestigd. Het gebouw telde slechts een paar verdiepingen met op elke verdieping twee flats, maar zag er zeer exclusief uit. 'N.V. Winner: een paardenstal op de tweede verdieping van een flatgebouw.'

Tydgat ging alle brievenbussen af.

'Hier. N.V. Winner. Ja, veel heb je natuurlijk niet nodig als N.V.'

Een paar brievenbussen puilden uit onder de reclamefolders en advertenties. De bus van N.V. Winner was bijna leeg. Het was een bus die op slot stak, maar waar door een smalle gleuf wel kon in gekeken worden. Tydgat keek naar het nummer op de bus en zocht dat nummer op het elektronische bellenbord. Hij vond het. Nummer acht. En belde aan. Er kwam geen antwoord. Hij belde nog eens. Weer geen antwoord.

'In het buitenland?'

'Ik betwijfel het. Die bus is vandaag nog geleegd.'

'Het is natuurlijk al bijna tegen vijven. Een N.V. blijft een N.V.,' zei Coene zijn eigen werkuren indachtig.

Tydgat belde nog een laatste maal. Weer geen antwoord. Toen zocht hij in zijn zakken. Hij keek Coene verweesd aan.

'Wat zoek je?' vroeg Coene.

'Iets om bij N.V. Winner achter te laten,' zei Tydgat, en hij besefte dat hij zijn portefeuille nog maar eens in de wagen had laten liggen. Stond hij nu naast zijn Paula, ze zou hem onmiddellijk naar de wagen hebben gestuurd en als straf ook nog eens de hal van *Résidence San Calixto* hebben laten dweilen. Paula zwaaide de plak in huize Tydgat, daar was iedereen het over eens (inclusief Tydgat). Het enige waar hij nog het patent op had was zijn eigen achternaam, al sloot hij de mogelijkheid niet uit dat hij op een dag zou ontwaken als meneer Mortier, de achternaam van Paula. Hij zei tegen Coene:

'Heb jij iets? Een kaartje?'

'Even kijken,' zei Coene terwijl hij een dunne portefeuille van slangenleer openvouwde. 'Ik heb hier *mijn* kaartje.'

'Jouw kaartje? Geef hier.'

Tydgat nam een klein wit visitekaartje uit Coenes handen en bekeek het.

'Wat is dit? Een visitekaartje?'

Coene had er al onmiddellijk spijt van dat hij zijn eigen, persoonlijke visitekaartje aan zijn partner had laten zien. Het was een grote stap om iemand zomaar je eigen visitekaartje te laten zien en Coene had er liever mee gewacht tot ze langer samenwerkten.

'SCAN heeft geen visitekaartjes, dus maak jij er eentje voor jezelf?'

'Wat vind je ervan?' vroeg Coene, nu het hek van de dam was.

'Ik vind er niks aan, eerlijk gezegd,' zei Tydgat en hij las voor, '*Patrick Coene, privédetective*'. Goed dat je het erbij schrijft, Coene. Heel discreet.'

Coene zuchtte en stak het tussen de rest in zijn portefeuille. Hij had altijd al graag een visitekaartje gehad en nu hij er een had mocht hij het de helft van de tijd niet eens gebruiken. Het had hem nochtans tweehonderd vijftig lappen gekost bij een drukkerij. Uiteindelijk gaf hij Tydgat in de plaats een kaartje van de schietclub in Oostende die hij wekelijks bezocht. Tydgat nam het aan en liet het door de dunne gleuf in de brievenbus glijden.

'Een privédetective,' herhaalde hij bij het buitengaan. 'Coene, hoe verzin je het toch!'

Coene liep achter hem aan en keek nog even vlug naar zijn portefeuille voor hij hem wegstak in de achterzak van zijn bruine spijkerbroek. Tweehonderd had hij er laten drukken en alle tweehonderd lagen ze in de schuif van zijn nachtkastje. Wat een geluk dat Tydgat de achterkant van het kaartje niet had gezien. '*Een koene ridder*' stond er op de achterkant. Hij had lang nagedacht, vond het eigenlijk wat overdreven, maar op een dag had hij het uit handen gegeven aan de drukker en toen lagen er ineens tweehonderd koene ridders in zijn nachtkastje.

8

Art. 15.2. Het is de privédetective verboden bij vermeend overspel of bedrog van personen aangaande zijn activiteiten de verdachen te betrappen tussen het tijdstip van negen uur p.m. en vijf uur a.m. Bij het betrappen is het de privédetective verboden de plaats van overspel zelf te betreden.

'Is Bernard er niet?'

'Nee.'

'Je hebt hem wandelen gestuurd?'

'Hij heeft zichzelf wandelen gestuurd. Bernard woont hier niet meer. Hij woont op de boot.'

'Ja, zal wel.'

'Je moet er trouwens niets achter zoeken. Ik heb je gevraagd om over zaken te komen praten. Niets meer.'

'*Yeh right.*'

'Kom je binnen of niet? Ik heb deze middag in het Fort Napoleon een belangrijke vergadering omtrent de dancing en ik moet nog een paar dingen voorbereiden. Enfin, dingen die jouw petje te boven gaan.'

'Als het zo zit...,' zei Nico Rogge en hij maakte aanstalten om naar zijn wagen te stappen.

'Het zit zo,' antwoordde Kirstina Berk koel. 'Maar ik raad je aan om binnen te komen en te doen alsof je thuis bent.'

Rogge keek achterom uit vrees dat iemand hem gezien had. Gelukkig was het nog vroeg. Het was amper halfnegen en met tegenzin ging hij de villa van de Berks binnen. Hij was al zo dikwijls de villa binnengeslopen, maar dan in meer aangename tijden. De villa van de Berks was gebouwd in Franse stijl: sober, en toch niet bescheiden. De witgekalkte muren staken mooi af tegen het donkere trapeziumdak dat dezelfde kleur had als de donkergroene raamkozijnen. Tegen de zijgevel werkte een klimop zich al jaren naar de bovenste verdieping waar de raampjes allemaal netjes symmetrisch naast elkaar lagen.

Het was een paleis van Versailles in miniatuur, inclusief twee grote garages. De villa lag in de buurt van de oude Vuurtoren. Een buurt waar men doorgaans niet vroeg op de been is om te gaan werken, om de eenvoudige reden dat de meesten niet meer hoefden te werken.

Rogge liep meteen door naar de veranda die uitkeek op de achtertuin. Hij kende de weg.

'Mag ik vragen wat ik hier kom doen?'

'Dat weet je maar al te goed,' zei Berk nukkig. Ze liep rond in een beige, zijden kamerjas en op platte muiltjes met een wollen neusje. Helemaal niet de kleren voor een harde zakenvrouw. Haar ogen stonden nog iets mysterieuzer nu ze nog niet echt aan het daglicht gewend waren.

'O ja? Wat dan?'

'Kom, Nico, waar zit dat verdomde beest?'

'Welk beest? Ik heb geen idee waarover je het hebt. En als je je schoothondje bedoelt, dan stel ik voor dat je elders gaat zoeken.'

Kirstina Berk zag er een beetje opgeblazen en slaperig uit, maar haar lichaam zag er warm en wellustig uit. Veel mannen zouden er niet voor terugdeinzen om met dat lichaam onder de lakens te kruipen en te genieten van een zware roes tot aan de middag, tot wanneer de nietsvermoedende zoon de sleutel in het slot steekt. Weinig mannen had dat voorrecht gekend. Nico Rogge was evenwel een van die weinige geweest.

'Je weet goed wat ik bedoel. Jij hebt *Salieri* laten verdwijnen.'

'Ik?'

De jockey ging voor het raam van de hoekige veranda staan. Hij keek de tuin in die met zijn kleine, kronkelige paadjes, vijvertjes en haagjes iets Engels had. Berk ging op een zucht achter hem staan. Ze deed haar best om haar zware, zwoele adem in zijn hals te blazen. Rogge was bijna even groot als zij.

'Ja, jij. Maak me maar niets wijs. Je had er alle baat bij om hem te laten verdwijnen. Wat heb je ermee gedaan? Verkocht in het buitenland?'

'Alsof ik daar de contacten voor zou hebben.'

'Je hebt alleszins genoeg contacten om een nieuwe stal op te zoeken. N.V. Winner. Boddaert heeft wel genoeg contacten om voor een koper te zorgen.'

De jockey draaide zich bruusk om. Hij keek de dame in de ogen. Er lag twijfel in zijn ogen. Hij kon haar zo een klap in het gezicht geven, zo eentje met de vlakke hand, maar hoewel hij behoorlijk agressief kon worden, had hij nog nooit eerder een vrouw geslagen. Deze hier vroeg er echter om. Hij deed het niet. Twee seconden later bekroop hem het gevoel om haar bij het haar te nemen en hartstochtelijk te kussen. Ook dat deed hij niet. Hij wist wat voor een vrouw hij voor zich had staan.

'Waar haal jij die naam vandaan?'

'Ik vang geruchten op.'

'Ik zit er voor niets tussen,' zei hij traagjes. 'Wat *den* Jos doet, daar heb ik geen zaken mee. Nog niet tenminste.'

'Daar geloof ik niets van.'

'En toch is het zo. Ik kan je alvast één ding vertellen: als jij niet snel je beloftes nakomt, zal ik me genoodzaakt zien om een paar dingen naar de media door te spelen. Je weet dat ze staan te springen voor een goed verhaal over gesjoemel in de paardenwereld.'

Berk hield haar kamerjas over haar kleine, stevige boezem geslagen. Ze was het soort vrouw dat sliep met gelakte nagels en een gouden kettinkje dat haar frêle hals in geen honderd jaar zou kunnen wurgen. Ze keek de jockey minachtend aan. Toen spuwde ze een woordenvloed uit.

'Jij hebt lef. Wie denk je wel dat je bent? Je bent een jockey, Rogge. Een *vluchter*, niets meer. En je hebt je beste jaren gehad wat dat rijden betreft.'

Rogge onderbrak haar.

'Inderdaad, ik ben een jockey, madam. Maar wat je lijkt te vergeten is dat ik een jockey ben die meer weet dan wie ook.'

Berk wandelde casual weg en haalde nonchalant haar schouders op. Ze plofte weer neer in haar bekende houding en stak haar ene been weg onder het andere. Het gladde oppervlak van de zijden kamerjas begon nog meer te glanzen. Rogge draaide zich naar het raam waar hij zijn blik vastpinde op de nachtlampjes in de vorm van een paardenkop.

'Ik heb je genoeg tijd gegeven,' zei hij kalmpjes. 'Tot mijn verbazing merk ik geen verandering. Mijn contract zit nog altijd muurvast.'

'Zulke dingen nemen tijd in beslag, Nico,' zei Berk ineens iets lieflijker. 'Als die historie met *Salieri* achter de rug is, kunnen we praten. Als ik een goeie koper vind voor de hele stal, dan...'

Ze stond op en liet haar kamerjas wat open hangen. Het witte bandje van haar negligé stond in schril contrast met haar bruine huid. Ze kwam bij Rogge staan, raakte hem met geen vinger aan alsof ze hem wilde plagen. Maar Rogge viel niet te plagen.

'Je liegt,' zei hij fel.

'Dan geloof je het maar niet. Geef me tijd en ik laat je gaan. Je weet hoe belangrijk dat paard...'

'Dat paard, dat paard,' riep de jockey luid, draaide zich om en nam Kirstina Berk bij de smalle schouders vast. Die begon verraderlijk te glimlachen alsof ze verwachtte of hoopte dat hij haar dicht tegen zich aan zou drukken en haar droge lippen zou kussen. Zoals vroeger.

Kirstina Berk had zich in haar hele leven maar aan één man volledig kunnen geven. Nico Rogge. Slechts één man in haar leven had de gave om haar niet te laten verstijven, maar haar te verwennen als een echte vrouw en niet als een...

Ze hield haar hoofd wat achterover zoals een femme fatale in achterhaalde gangsterfilms. Rogge keek haar aan als was ze een oude zwerfster op de parkeerplaats van de supermarkt die om een fooi vroeg. Hij duwde haar van zich af. Berk streek haar haren glad en bleef glimlachen. Ze had op de een of andere manier de indruk gekregen dat ze *het* nog steeds in zich had.

'Er valt niet meer te twijfelen,' zei Rogge. 'Of je breekt mijn contract open, of je hangt. Zo simpel is het. Mijn geduld is op.'

Hij liep dwars door de woonkamer en stootte hard tegen haar elleboog waardoor ze een klein elektrisch schokje kreeg. Ze slikte. Ze had nog niet ontbeten. Ze had zich deze ochtend helemaal anders voorgesteld. Anders had ze hier niet als een dwaze troela in haar kamerjas zitten wachten. De honger maakte opeens plaats voor een gevoel van misselijkheid.

'Nico...'

Nico Rogge was onverbiddelijk.

'Je hebt nog tot vanavond de tijd, madam. Daarna begint het plafond te lekken, als je begrijpt wat ik bedoel.'

Kirstina Berk begreep eerst niet wat hij bedoelde, maar ze had geen zin haar mooie hoofdje daarover te breken. Ze wist wat hij in se bedoelde. Ze ging naar haar slaapkamer waar ze zich begon op te maken voor haar vergadering: een verleidelijke deux-pièces van Dior...

Een nieuw paar groene visserslaarzen stapte door de vochtige composthoop van een aftands stalletje. Het was een tafereel dat elke Vlaamse zondagsschilder kon geschilderd hebben. De gebruikelijke decorelementen waren allemaal aanwezig: de houten schuur met het piepende deurtje, de beschimmelde kapotte waskuip die half gekanteld in het hoge gras lag en als drinkbad diende en de hoge populieren die alles mooi in de schaduw zetten. Een willekeurige voorbijganger of fietser had nooit kunnen vermoeden dat er iets waardevollers in de stal te vinden was dan een paar koeien of hooguit misschien een stel Brabantse trekpaarden. En toegegeven, niet iedereen herkent een Arabisch-Engels raspaard met een eeuwenoude stamboom, al hoorden de welgevormde, gespierde poten en de glanzende gezonde vacht er niet echt thuis.

De laarzen stapten de stal binnen, waarvan het paard opschrok. Het hinnikte een paar keer, maar kon niet volop steigeren of het stak onmiddellijk met zijn kop door het gammele dak. Binnen de stal rook het naar paardenstront, mos, droog hout en schimmel. Helemaal niet de suite die je zou verwachten voor een koninklijk dier als dit. Het was alsof iemand een kamer in het *Ritz* had geboekt, maar door een foute reservering terechtkwam in een *Bed & Breakfast*.

'Rustig, jongen, rustig,' fluisterde de stem die bij de laarzen hoorde. 'Er zal je niets gebeuren. En als er al iets zou gebeuren, kan toch niemand je horen.'

Alsof het paard de losse dreigementen begrepen had, begon het weer te hinniken. Een paar handen in lederen handschoenen aaiden het zachtjes over de manen.

'Het spijt me dat ik je hier moest steken, ouwe jongen,' zei de stem, 'maar de rest was allemaal al volgeboekt.'

De zwarte ogen van het paard stonden als donkere knikkers helemaal rond open. In de weerspiegeling was een vage figuur te zien die troostend het hoofd op de galante rug legde en de ogen sloot.

'Laten we hopen dat er snel schot in de zaak komt,' klonk het zachtjes. 'Zowel voor jou als voor mij.'

Toen kreeg het paard een zakje haver voorgeschoteld dat vakkundig rond de hals werd gebonden. Intussen verdwenen de laarzen achter het paard. Een zacht rommelen zorgde ervoor dat het paard wat opschoof terwijl het met smaak ongedurig verder at. Daarna verscheen een vlijmscherp lemmet dat zich even scherp aftekende op de houten wand van de stal. Met een bruuske beweging viel het blinkende voorwerp in vrije val naar beneden.

Buiten was een zoveelste gehinnik te horen. Een schoolklas van het Sint-Maartencollege liep op de asfaltweg netjes achter elkaar. Ze waren gekleed in eenzelfde T-shirt met het schoolembleem en door het hevige babbelen en lachen onder elkaar hoorde niemand wat er zich afspeelde in de stal. Ze liepen gewoon door, één enkeling die zijn best deed om niet af te vallen kwam nog achterop gehinkt en toen was het weer stil. Het was bijna middag en de stal stond er als een plaatje bij. Een postkaart van de Oostendse polders, aan de rand van de stad, ideaal voor paardenliefhebbers.

9

Art.11. *Elk document dat van de privédetective in het kader van zijn beroepswerkzaamheden uitgaat, maakt melding van de beroepstitel van privédetective en van de in artikel 2 vermelde vergunning.*

Kirstina Berk had de hele ochtend in haar kantoortje van haar dancing gezeten, maar ze had niet veel bereikt. Haar hoofd stond niet naar de miserabele zakencijfers en de tegenvallende opbrengst van een groot familiefeest van een week geleden. Haar hoofd stond zelfs niet naar de belangrijke meeting die ze die middag in het Fort Napoleon had met een belangrijke Franse, mogelijke overnemer.

Nu kwam ze de oprit van haar villa opgereden in haar witte Lexus. Toen ze op haar kantoor een telefoontje had gekregen van Sedes en Belli, deed ze alsof ze druk bezig was en niet gestoord wilde worden. Maar eigenlijk voelde ze zich opgelucht omdat ze een reden had om even naar huis te rijden en zich aan haar paard te wijden.

Op haar weg naar binnen wierp ze een snelle blik in de open brievenbus. Er stak een pakket in. Berk keerde een paar stappen terug en haalde het uit de brievenbus. Het was een postpakket, een langwerpige kartonnen doos met het logo van de Post op. Maar geen postzegels. Het was dus zo afgeleverd en wellicht na negen uur, aangezien ze de rest van de correspondentie al had gevonden voor ze naar kantoor vertrok.

Ze legde haar aktetas op de brievenbus en opende de doos. Een schok nagelde haar aan de grond. Ze voelde het zuur in haar keel opkomen. Uit het zijdepapier wikkelde ze een soort kwast. Het leek op dat ding dat soms op kermissen in de paardenmolentjes hing. Maar deze kwast was echt en wat meer was: deze kwast leek verdacht veel op de staart van *Salieri*!

'Jezus!'

Berk begon te hoesten. Ze probeerde zich staande te houden aan de brievenbus. Ze kreeg geen lucht en begon te hyperventileren.

Vanuit het venster zag Bernard zijn dochter naar adem happen. Hij zwierde de deur open en riep in zijn onvervalste Hollandse accent:

'Tina! Tina!'

Hij liep naar haar toe. Ze viel tegen hem aan, zakte half op haar knieën. Bernard begeleidde haar zachtjes tot ze op de grond zat. Ze hield haar hand op haar borstkas geklemd alsof ze net het nieuws had ontvangen dat haar zoon bij een verkeersongeluk was omgekomen. Haar gezicht zag bloedrood en vertoonde aan de slapen een paar witte vlekken.

'Tina!'

Toen merkte Bernard de kwast op die nog steeds tussen de vingers van zijn dochter zat geklemd. Het zag er ongelooflijk belachelijk uit. Hij moest de vingers één voor één ontklemmen om de haardos eruit te kunnen trekken. Hij stopte hem terug in de doos en concentreerde zich verder op zijn dochter.

''t Is niet waar, hé! Tina, moet ik iemand bellen?'

Berk knikte, maar het kon ook zijn dat ze iets moest doorslikken. Haar vochtige ogen stonden nog verwonderlijker dan normaal alsof ze bedacht dat het leven toch boordevol verrassingen zat.

Bernard doorzocht de binnenzak van de blazer van zijn dochter, op zoek naar haar gsm. Zelf had hij gezworen zich nooit zo'n ding aan te schaffen.

Tien minuten eerder was Vic Moens het SCAN-gebouw binnengekomen. Hij was slechtgehumeurd. In de dertien jaren dat hij SCAN leidde, was het nog nooit voorgekomen dat hij een halve snipperdag had opgenomen. Hij was niet ziek (Moens was nooit ziek), maar was zodanig ontstemd dat hij toch maar op zijn werknemers zou kankeren. Zijn vrouw, Carine, moest weer naar een zoveelste culturele vergadering en op z'n vijftigste mocht hij deze ochtend dus zelf zijn ontbijt klaarmaken. Het voordeel was dat hij nu onbekommerd zijn gedachten de vrije loop kon laten gaan over de wedstrijd van volgend weekend. Moens was een zeilliefhebber, maar omdat hij nog niet genoeg bij elkaar had gespaard voor een heuse zeilboot, hield hij het voorlopig bij strandzeilen. Hij had zich lid gemaakt van de *Ostend Sailing & Racing Club* en reed in klasse 2. In Oostende waren er om de haverklap wel van die strandzeilwedstrijden en normaal vond Moens het prettig om even alleen te zijn en over de wedstrijd na te denken. Maar het KMI had regen en geen wind voorspeld en dus had Moens er de pest in.

Hij had gewacht tot Sedes en Belli de straat op waren, maar zonder geluk.

Hij hoorde hen nog bezig in hun kantoor toen hij de lege gang inwandelde. Het SCAN-gebouw had altijd dat prettig afwezige gevoel als er niemand aanwezig was. Een beetje als een avondschool of een academie. Het zonlicht viel door de hoge ramen in de gang naar binnen, als in de gang van een schoolcollege tijdens de grote vakantie. Moens kwam in de deuropening van het kantoor staan.

'En, al wat bereikt met die *Salieri*-case?'

'Veel en niet veel,' mompelde Sedes.

Belli gaf uitleg:

'We hebben een nieuwe paardenstal die hevig op zoek is naar een eerste overwinning. N.V. Winner, geleid door de voormalige trainer van Berk.'

'Hm,' zei Moens nors.

'En we hebben een rijke familie met alles erop en eraan. De harde alleenstaande moeder die erover dacht de stal te verkopen, haar flamboyante zoon die niets met paarden te maken wil hebben. Hij krijgt, denken we, niet genoeg aandacht...'

Moens leek maar half te volgen. Sedes nam over:

'Wie hebben we nog? Er is natuurlijk ook de jockey zelf, Nico Rogge, een opvliegend ventje dat een duister verleden heeft bij de jury. En een oude vent die op vissen jaagt...'

Moens trok een gezicht en vroeg hardop of dat alles was wat ze in één dag tijd hadden bereikt.

'Die voormalige trainer werkt dus voor de concurrentie.'

'Ja. Hij heeft ook een paard dat niet veel brokken maakt en hij kent een paard dat dat wél kan.'

Moens stootte zich af van de deurpost waartegen hij geleund stond en zei: 'O.k. Ga maar verder. Hou me op de hoogte.'

Belli stond op.

'We waren van plan om die jockey wat in de gaten te houden, chef. Lambroux heeft het een en ander over hem gevonden. En ik heb de indruk dat hij iets meer weet over die Boddaert. Ze waren destijds niet alleen werknemers bij Berk, maar ook beste maatjes.'

Sedes schudde ostentatief het hoofd. Moens zag het.

'Wat is er, Sedes. Stijve nek?'

'Belli heeft het voor die kleine dwerg van een Rogge,' zei hij speels, als een onderwijzer die het over een paar kinderen had. 'Ze vist naar een afspraakje met hem.'

Moens keek Belli aan. Belli schudde met gesloten ogen het hoofd.

'Het is waar,' riep Sedes uit. Moens zei:

'Jaloers, Sedes?'

Moens keek door het raam naar buiten. Je zag hem zo vloeken. Nu was het nog een tropisch strandweertje, meer dan dertig graden, droog en met een zacht briesje. Zo ging het altijd, dacht Moens. Vijf dagen per week werken in die hitte en dan valt het weekend altijd letterlijk in het water. Hij haatte dit land. Hij hield van Oostende, maar hij haatte dit land. Hij snoof en kwam terug tot de realiteit.

'Mis je Coene niet, Belli?' grapte Sedes.

Belli rolde met de ogen. Net op dat moment ging de telefoon. Sedes nam op.

'Met Sedes.'

Zijn blik veranderde. Moens zag het en bleef nog even in de buurt. Hij wist wanneer er iets op komst was.

'Ja, we komen onmiddellijk. Hou alles zoals het is.'

Sedes legde de hoorn neer. Hij hield er de spanning wat in. Belli stond zowat op springen.

'Wel? Wie was dat?'

'Bernard Berk. Zijn dochter kwam thuis en heeft een soort beroerte gekregen.'

'Hoe?'

Sedes keek Belli en Moens aan alsof hij elk moment in lachen kon uitbarsten. Zo ongeloofwaardig was het bijna.

'Er zat een pakket in de post met een stukje van haar paard.'

'Een beroerte?' vroeg Moens. Hij was de slechte weersvoorspelling voor het weekend nog niet vergeten, maar had ze wel als een echte ancien achter in zijn brein geschoven, bij de rest.

'Ik ga mee,' zei hij ten slotte en hij ging zijn detectives voor, naar buiten.

'Een beroerte om een paard,' lachte Belli nog. 'Ik krijg bijna een beroerte van het lachen.'

Toen Sedes, Belli en Moens de oprit van de familie Berk opreden, vonden ze het op z'n minst vreemd dat er nog geen MUG- interventiewagen van het Heilig-Hartziekenhuis klaarstond. Integendeel, het lichaam van Kirstina Berk leunde nog altijd half onbeweeglijk tegen haar dure brievenbus. Naast haar op de grond stond een flesje water dat haar vader had gebracht.

'Is de ambulance al onderweg?' vroeg Moens toen hij voor Berk neerhurkte.

'Ik heb nog niemand gebeld,' meldde Bernard Berk.

Moens keek hem aan.

'Waarom niet?'

'Het is niet zo erg,' pufte Berk zelf. 'Ik heb gevraagd niemand te bellen. Ik kom zelf wel tot in het ziekenhuis.'

Moens wilde niet hard klinken, maar een logische vraag kwam wel in hem op:

'Waarom heeft u ons dan gebeld?'

Berk strekte haar rechterarm uit en probeerde naar het stenen oppervlak boven haar te wijzen. Maar ze kreeg blijkbaar een pijnscheut en gaf een gedempte kreet. Daarna legde ze haar arm terug op haar borstkas en haalde een paar keer diep adem. Moens had het gevoel dat Berk boven alles vooral last had van een hysterische bui. Ze wist een sterk staaltje van dramatische pathos aan de dag te leggen, dat was duidelijk.

'Moet ik echt niemand bellen?' vroeg Bernard.

Berk schudde hevig het hoofd.

'We vertrekken onmiddellijk zelf. Kun je de wagen starten, pappie?'

Sedes en Belli onderzochten intussen in het blakende zonlicht dat het groen van de voortuin nog meer deed uitkomen, de inhoud van de kartonnen doos. Sedes schudde een paar plastic handschoenen uit zijn binnenzak en gaf die aan Belli. Hij was er allergisch voor. Belli trok ze aan en haalde er eerst het papier uit en dan de kwast. Het was pas toen ze op het punt stond de doos dicht te doen, dat ze de brief opmerkte. Hij zat verscholen onder het zijdepapier en was kleiner dan het gewone formaat.

'Hé hé, wat we hier hebben,' zei ze.

Sedes trachtte mee te kijken, maar Belli las de brief eerst diagonaal.

'Een losgeldbrief.'

'Een wat?' vroeg Sedes.

Belli wenkte Moens. Moens stond op, met een bijna even pijnlijke grimas op zijn gezicht als Berk en kwam bij hen staan. Moens had het in zijn rug. Hij begon de symptomen te voelen. Nog een reden om er niet vrolijker op te worden. Hij voelde die helse lumbago ook steeds meer tijdens zijn zeilraces.

'Losgeldbrief,' zei Belli stil zodat Berk het niet kon horen.

'Laat zien,' zei Moens en hij wachtte tot Belli met moeite de handschoenen had uitgetrokken. Hij nam ze aan, zuchtte omdat ze binnenstebuiten waren gekeerd, trok ze aan en nam toen pas het papier over.

Het was een geel, dik papier, van het genre dat men gebruikte in typemachines. De brief was met de hand geschreven en het handschrift was een beetje kinderlijk en scheef. Het ging neerwaarts en het was ongelooflijk onregelmatig. Sommige letters waren soms op twee, drie verschillende manieren geschreven. Moens las de brief.

'Als u de rest van uw dier in één stuk wil terugzien, doet u er goed aan om ons te betalen. We vragen niet veel. 150.000 euro cash. Uur en plaats volgen. Op de afspraak komt u alléén. In alle andere gevallen vallen we terug op regel één.'

Moens keek op en vervolgens weer neer, op Kirstina Berk die achter hem op de grond zat. Bernard Berk had de Lexus gestart en liet de wagen draaien terwijl hij ostentatief zijn handen onder Berks armen had gestoken en wachtte tot iemand van het SCAN-team hem zou helpen met inladen. Berk ging echter niet zover in haar dramatiek en stond zelf op, wankelend en kreunend. Ze nam vooraan plaats, hief een hand op en maande haar vader aan nog even te wachten.

'Komt u mee, meneer Moens?'

'Waarom?'

'Ik denk dat ik het recht heb om te weten hoever u al staat en wat u van plan bent hieraan te doen.'

Moens knikte naar Sedes en Belli die het boeltje opruimden.

'We volgen,' zei hij.

Maar twee van de drie SCAN-leden volgden niet. De hele heisa, een beroerte, een trip naar het ziekenhuis omwille van een paard dat een staart was kwijtgeraakt. Dit konden ze echt niet volgen. Moens reed met de Berks mee naar het Heilig-Hartziekenhuis. Sedes en Belli namen de SCAN-wagen om de losgeldbrief onder Lambroux' neus te schuiven.

10

Art.7. *Het is de privédetective verboden informatie in te winnen omtrent de seksuele geaardheid van de personen die het voorwerp zijn van zijn beroepsactiviteiten, behalve indien het gaat om gedrag dat strijdig is met de wet of een reden tot echtscheiding kan opleveren indien hij optreedt op verzoek van een van de echtgenoten.*

Lambroux was die ochtend nerveus wakker geworden, nerveus uit bed gestapt, nerveus naar het kantoor gereden en nu zat ze nerveus haar derde kop koffie naar binnen te slikken. Het was haar dagje niet, al hoopte ze wel dat het haar avondje zou worden. Het was de eerste keer dat een van haar chatters haar zo was bijgebleven. Amadeus - want dat was zijn codenaam- was de hele avond door haar hoofd blijven spoken. Amadeus had deze ochtend een mail gestuurd met een verzoek voor een blind date. Hij had een tafel gereserveerd in 't Waterhuis, recht tegenover de Amandine, de ijslander die aan de visserskaai ligt. Het was natuurlijk ondenkbaar dat Lambroux op een dergelijk voorstel zou ingaan, maar deze chatter leek nobele bedoelingen te hebben en het was alsof ze het toch in overweging nam. Hopelijk was het geen spontane spermadonor die haar voor één nacht wilde helpen met haar BOM-ambities.

'Hé, dromer,' piepte Belli van achter de deur toen ze Lambroux' kantoor binnenstapte. 'We hebben werk voor je.'

'Ik vroeg me al af waar iedereen zat.'

'Ja, we werden dringend naar een theatervoorstelling geroepen,' zei Belli. 'Het was echt de moeite.'

Lambroux keek Sedes vragend aan. Die haalde zijn schouders op.

'Berk. Heeft een beroerte of zoiets gekregen omdat er een losgeldbrief in haar bus stak.'

Hij haalde de brief boven in zo'n luchtvrij plastic zakje dat men ook gebruikte om diepvriesgroenten in te bewaren. Hij gaf het beleefd aan Lambroux die de brief er meteen uithaalde en onder de projector legde. Ze stak het ding aan en plots werd het handschrift uitvergroot op de muur.

'Even kijken. Harde taal, maar een zacht handschrift,' zei Lambroux.

'Ja, het lijken wel kinderkrabbels, nee?'

'Ja. Maar misschien hebben ze hun best gedaan om het zo te laten overkomen.'

Belli draaide zich speels op haar hielen om. Ze was goed op dreef vandaag. Sedes moest moeite doen om haar bij te benen.

'Genoeg om mee verder te werken?'

'Ik kan al beginnen met het materiaal te onderzoeken. En ik bel straks wel even naar een specialist en een psychologe om het handschrift verder te laten onderzoeken.'

In het gele licht van de projector zagen de uitvergrote letters van de dreigbrief eruit als hiëroglyfen en met de oneffenheden zag het dikke, gekartelde papier eruit als een maanlandschap. Lambroux was al onmiddellijk gebiologeerd door het handschrift. Zo was ze. Het ene moment verzonken in persoonlijk leed, het andere moment bezeten van haar werk. Ze hoorde Sedes en Belli amper naar de deur stappen.

'We zijn er alweer mee weg, Lambroux. Laat ons zo snel mogelijk iets weten.'

'O.k.,' zei Lambroux.

'Perfect.'

'Waar gaan jullie naartoe?'

'We gaan een gokje wagen,' riep Belli overdreven luid als een blije kleuter.

De wachtzaal van de spoedopname in het Heilig-Hartziekenhuis van Oostende zat goed vol voor een doorsneeweekdag. Een jongeman leunde in een hoekje met zijn hoofd achterover. Daarnaast speelden twee kleine meisjes op de grond onder het toeziende oog van een afgeleefde moeder. Wie van de drie zo nodig naar de spoed moest, was niet meteen duidelijk, al stond een van de twee meisjes regelmatig op om over hoofdpijn te klagen. Naast de open deur een oud echtpaar waarvan de man in een volledig vergeeld en afgebrokkeld Kuifjesexemplaar verzonken was. Hij was blijkbaar niet echt begaan met het tranende en etterende oog van zijn echtgenote. Ergens midden in dit zootje van kreupelen en zieken zat Kirstina Berk. Tussen Moens en Bernard Berk in, leek ze op een geschifte schizofrene die ontsnapt was uit een gesticht en nu werd teruggebracht. Ze zag er gespannen en getrokken uit als een ballon die elk moment in alle hoekjes van de kamer kon springen.

'Gaat het?' vroeg Bernard medelevend.

'Het gaat al iets beter,' zei Berk stil, 'maar ik heb nog altijd erge hartkloppingen.'

'Is er iemand op de renbaan die weet waar u woont?' vroeg Moens.

'Behalve mijn werknemers, niemand, nee. De jockey, de trainer, de stalknecht. En weten ze dan nog wààr ik woon, ze kennen het huisnummer niet.'

'Zoiets is makkelijk te vinden, joh,' zuchtte Bernard gelaten en hij leunde achterover.

Moens keek tegen het golvende profiel van Berk aan.

'Zijn uw privégegevens bekend bij de organisatie van de renbaan?'

'Ja, maar die zijn geheim en worden niet zomaar vrijgegeven.'

Moens stond op het punt door te vragen, toen een gsm rinkelde. Niemand in de wachtkamer keek op. Bernard rommelde wat in de handtas van zijn dochter en haalde Berks toestel boven. Hij keek eerst naar Moens.

'Wie is het?'

'Ik weet niet,' zei hij. 'Een tekstbericht.'

Berk nam het toestel van hem over en keek op de display. Ze hield haar bleke hand boven het raampje om het licht af te wenden. Ze las hardop, zwaar ademend:

'Vanavond. Elf uur. De oude vismijn. *Be there, be alone.*'

Ze keek weer op. Haar uitdrukking was geen spat veranderd. Het was alsof ze net een berichtje voor een zoveelste vergadering had gekregen, of van een vriend die eens wilde gaan squashen.

'Het is van die smeerlap. Een afspraak.'

Moens herlas het bericht. Bernard Berk stond op en kwam naast hem staan om mee te lezen. Hij hield zijn armen gekruist, een belachelijke paraatheid van een militair die kon worden opgeroepen voor een veldslag.

'Vanavond? Wat denkt dat uitschot wel?'

Niemand reageerde.

'Die denkt zeker dat wij zomaar 150.000 euro onder ons hoofdkussen hebben liggen voor noodgevallen?'

'Ik kan zo'n som tegen vanavond niet bij elkaar krijgen,' zei Kirstina Berk simpel.

'Kunt u zo'n som sowieso bij elkaar krijgen?'

Berk sloot de ogen en knikte. Het was een dubbelzinnige knik. Ze wilde er niet over opscheppen dat ze het geld bij de hand had of op haar rekening had staan en deed er een beetje gemaakt beschaamd over. Maar tegelijk verraadden de gesloten ogen een air waarmee een rijke erfgename als Kirstina Berk door het leven ging. Alsof Moens een gewone sterveling was die even onderaan op de trap moest wachten.

'Het geld is geen probleem. De deadline wel. Ik moet daarvoor een paar contacten bellen. Belangrijke mensen.'

Bernard Berk nam de gsm over.

'Er staat geen nummer bij. Tina, je gaat die mensen toch niet betalen?'

Berk gaf geen krimp. Moens had er het raden naar waar haar gedachten waren. De oude Kuifjesfan en zijn vrouw werden binnengeroepen. De wachtkamer liep langzamerhand leeg. Berk kreeg al wat meer kleur. De woede of de onmacht deed de verwondering in haar ogen wegsmelten als sneeuw voor de zon. Moens zei:

'Ik raad u aan om in te gaan op dit voorstel, mevrouw Berk.'

'Ik zeg u dat ik tegen vanavond niet aan dat geld kan geraken.'

'Dan vinden we wel iets anders. Maar u stelt deze mensen best niet teleur, denk ik. We zullen ons in ieder geval paraat houden en ook in de buurt zijn.'

Berk antwoordde nog altijd niet. Ze begon de bovenste knoopjes van haar blouse dicht te knopen.

'Kom, we zijn hier weg,' zei ze eerder tegen Moens dan tegen haar vader.

'Als u wil, regelen wij alles wat...' begon Moens, maar Berk wilde er niet van weten.

'Ik heb deze middag nog een belangrijke vergadering. De afspraak vanavond gaat door. Die klootzak aan de andere kant van de lijn kan me niks doen. Ik bel u in de loop van de middag nog om verder af te spreken.'

En zichtbaar beter te been ging Berk aan de arm van haar vader weg uit de spoedopname. Het verloop van de zaak had adrenaline door haar aders gejaagd. Bovendien had ze weinig tijd te verliezen. Ze had nog een halve dag de tijd om 150.000 euro op de kop te tikken.

'Joepie, paardjes,' riep Belli uit toen ze samen met Sedes de Wellington Hippodroom opkwam. De Wellington had het nog steeds. De mooie ronde piste, het grote, gele gebouw met zijn ronde vormen, het grote terras dat voor de zittribune lag. Vanaf de tribune had je een immens zicht op de stad in de verte. Het terras werd aan het einde van de dag keer op keer als een stort achtergelaten. Witte stukjes papier van bonnetjes en wedstrijdformulieren lagen er als sneeuwvlokjes door elkaar. Nu zag die vlakte er nog maagdelijk uit, een beetje als zo'n platform aan een lanceerbasis waar mensen met verrekijkers en klapstoeltjes een shuttle de lucht zien ingaan.

Sedes en Belli passeerden eerst de gebeeldhouwde paardenkop van Josyane Vanhoutte, simpelweg *Het Paard* geheten. Daarna belandden ze in een gigantische zaal die leek op het binnenste van een luchthaven met links naast de ingangsdeuren de verschillende rijen met inzetloketten en recht daartegenover de bars. Sedes en Belli namen vervolgens de roltrap naar boven. Ze hadden zich gekleed naar het gebeuren. Belli droeg een naïeve, wijde, witte broek en een preuts hemdje met kanten boordje. De opdracht was om er zo onervaren mogelijk uit te zien, een makkelijke prooi voor kenners en oude mannen die wilden uitpakken met hun kennis. Verder dan deze outfit zou Belli niet gaan: een rok zou ze pas dragen als Sedes al zijn krullen zou afscheren. Nooit dus.

Sedes liep erbij als een werkkracht van de paddock. Een versleten bruine geribbelde broek en een wit T-shirt dat hij opzettelijk wat vuil had gemaakt.

'O.k. We kunnen ons hier het beste opsplitsen,' zei Belli eenmaal boven.

'Zoals je wil,' zei Sedes. 'Jij bij de chi-chi madammen, ik bij de harde werkers.'

'Je bedoelt: ik bij de gecultiveerde mensen en jij bij het voetvolk.'

Sedes zette zijn zonnebril op. De piste zag er even vlak uit als een biljartlaken. In de overdekte tribunes zat al wat volk te wachten op de eerste race die over een goed halfuur zou beginnen. De eerste races waren de opwarmertjes en dus kwam het volk maar met mondjesmaat binnen.

'Hou je gsm bij de hand,' beval Belli. 'We spreken af na de derde race aan het eerste loket.'

Sedes keek naar beneden, naar de loketten en knikte.

'O.k. Zorg ervoor dat je op tijd inzet. En op de juiste deelnemer, hè, Belli.'

Belli begaf zich al naar de tribunes. Ze liep een beetje stijfjes in haar jeugdige broekje. Een geluk dat ze hier niemand kende. Ze had immers een reputatie hoog te houden. Een reputatie van koelbloedige moordmeid die niet op haar mond was gevallen en die het liefst met gympies en nauwe spijkerbroek door het leven ging. Nu voelde ze zich als een koormeisje dat te communie ging. Maar goed, alles voor het werk. Ze keek uit over de tribunes en het volk dat er zat. Toen nam ze de roltrap en drentelde wat rond bij de loketten op de benedenverdieping. Daar stond ze koeltjes de kat uit de boom te kijken. Uit de research die Lambroux had gedaan waren ze algauw te weten gekomen dat er op renbanen altijd wel een paar typische aanklampers met hun kennis te koop liepen. Net zoals naast een voetbalveld had je er de onvermijdelijke eenzaten die, verslaafd aan het spel, lééfden van en op de renbaan. Belli wist ze er zo uit te pikken. Ze moest zelfs geen moeite doen om zelf op jacht te gaan. Voor ze het wist stond er een oud mannetje met een geruit petje en extreem gele tanden naast haar. Hij had wedstrijdformulieren in zijn handen en had de vieze gewoonte telkens aan zijn duim te likken voor hij een blad omsloeg.

'Excuseer, meneer,' begon Belli aarzelend, 'kunt u me soms op weg helpen waar ik ergens moet inzetten?'

'Wa zoe je wel wille inzette, scheetje?' vroeg het mannetje, onbeleefd naar Belli's ingehouden boezem kijkend.

'Ik weet niet. Ik ken er nog niet veel van. Heeft u soms tips?'

'K'en kan je alleszins één tip geve, scheet. Ast moa een spel voor joen is, dan begin je best met etwa kleens.'

Belli bleef nog een paar minuten op haar tanden bijten en liet zich als een obsceen beeld van top tot teen bewonderen. Een andere tip die ze van de viespeuk kreeg was om zolang mogelijk te wachten met inzetten.

'Die monitor is joen derde oge,' zei hij. 'Altied jen oge op da scherm hoeden. In twee seconden kun je wereld d'er heleganst anders uutzien.'

Natuurlijk gaf de gezellige boer Belli graag mee inzicht in het wedstrijdformulier dat iedereen weliswaar voor anderhalve euro in de handen kreeg gestopt.

'Je kriegt 't biena voor niet bie den ingang. Moa je mag gerust 't miene hebben, zulle,' zei hij. 'Op wien was je van plan om iets in te zetten?'

Belli gedroeg zich weer als de onschuld zelve en haalde de schouders op. Ze bekeek het vaalgele gelaat van de man terwijl die met zijn vuile vingers de namen van de eerste race afging. De geur van oude tabak gaf haar koude rillingen.

'Kiek,' zei hij en bij elke naam gaf hij een heuse geschiedenis. Hoeveel keer het paard al gewonnen had, hoeveel keer het al gediskwalificeerd werd en nog veel meer.

'As je echt nie wil missen, dan moe jin deze race voor Amberke gaan,' zei hij hevig op zijn tong bijtend. 'As je echt geen risico wil lopen. Doar win je zeker etwa mee. Zekerst genoeg om een cadeauke te kopen voor jen lieveke.'

'Ik heb geen vriendje,' zei Belli naar waarheid, maar ook omdat ze daarmee de oude viezerik een kans gaf om verder te dromen.

'Neeje? Zukke mooie scheet als gie? Mien noam es Frans trouwens.'

Hij zette zijn pet even af zoals mensen in de vorige eeuw nog deden als ze een vrouw groetten. Het perfecte type om een televisiereportage over te maken.

'O.k., *Amber* dus. Ken je nog iemand die de moeite is in de vierde race? Wat vind je van die *Sacré Neige* van N.V. Winner bijvoorbeeld?'

'*Sacré Neige*? Es da een poard, scheet? Ken ik nie, zulle. Waar hejje die noame ezien?'

'Hier,' zei Belli en ze toonde de naam.

Er stonden in totaal acht galopraces op, over verschillende lengten, van 800 tot 3.000 meter, met telkens gemiddeld zo'n twaalf deelnemers. In de linkerkolom stond de naam van het paard met daaronder de naam van de eigenaar vet gedrukt, gevolgd door de naam van de jockey en zijn uitrusting waaraan hij te herkennen was. In de middelste kolom stond de naam van de stal wat meestal de naam van de eigenaar was. Daarnaast stond nog het gewonnen prijzengeld, gevolgd door de beste tijd van het seizoen genoteerd in minuten en seconden. Helemaal rechts stonden de resultaten van de laatste vijf wedstrijden van het paard zodat de gokkers konden zien welk paard in vorm was en welk niet. In de vierde race, die de Prijs Forville heette, liep *Sacré Neige* van N.V. Winner op nummer 3.

'Nè, ja,' zei het ventje, 'diene kennik nie. Dieje is zekerst nieuw.'

Het ventje bekeek de laatste resultaten.

'Moar kiek, 'k zoen d'er niet opzetten, kindeke. As je kiekt naar zen loatste wedstrieden: altied bie de loaste.'

Na een tijdje had Belli de informatie die ze moest hebben. Ze bedankte het heertje vriendelijk en begaf zich naar de loketten. Daar was het al druk aanschuiven. Het was ondertussen bijna twee uur en dus bijna tijd voor de eerste race. De spanning steeg. Nog twee minuten voor de wedstrijd. Om te beginnen zette ze 10 euro in op Amber. Het hoorde bij de undercoveropdracht, maar ze zou sowieso hebben ingezet. Ze wist niet waarom, maar toen ze het geld afgaf en er het bonnetje voor in de plaats kreeg, werden haar handen al klam van het zweet. Ze hield wel van een gokje. Belli leefde graag op het scherp van de snee en ze beschouwde het hele leven als een gokwereld. Inzetten op het juiste paard of de juiste lover: het kwam allemaal op hetzelfde neer. Achter haar stonden nog drie mensen die konden inzetten, daarna werd het loket gesloten en begon de wedstrijd.

Sedes stond al een tijdje met zijn rug tegen de zijkant van de mobiele paardenshop de paddock in de gaten te houden. Meer bepaald hield hij één trailer in het oog, de voorlaatste in het rijtje waar net twee ouwe bekenden waren binnengestapt.

De paardenshop was een soort open bus waar allerlei gadgets tentoon werden gesteld. Een circus of kermiskar op wielen met tegen de wand allerlei merken teugels, zadels, helmen, sleutelhangers. Alles wat met paarden te maken had, was hier te vinden; zelfs een vals paardengebit behoorde tot de mogelijkheden.

Sedes had zijn interesse verloren, toen hij plots Nico Rogge had opgemerkt. Rogge had een tijdje bij de stallen staan babbelen met een collega-jockey en had ter afronding van het gesprek even zijn minihoofd onder de koele tuinslang gestoken.

Tot daar was er niets aan de hand, ware het niet dat Rogge er in vol ornaat bijliep. Hij had zichzelf zelfs getrakteerd op een nieuwe outfit. Ditmaal had hij gekozen voor een lichtblauw trainingspak met oranje ruitjes. Die jockeys toch: altijd even opzichtig.

'Wat doet die hier?' vroeg Sedes zich af.

Toen was Rogge zonder veel poeha naar een kleine caravan gestapt en pas dan had Sedes de tweede figuur opgemerkt. Deze stond al de hele tijd bij de caravan op Rogge te wachten. Sedes herhaalde binnensmonds dezelfde vraag, maar dan met betrekking tot de aantrekkelijke, rijzige gestalte van Sander Berk.

Rogge hield - galant als hij was - het deurtje van de caravan open en liet Sander binnen. Daarna volgde hij. Zou hij het zweepje nog altijd binnen handbereik hebben, dacht Sedes.

'Ik zie dat ze je hier ferm in de watten leggen,' stelde Sander vast toen hij eenmaal binnen was. 'Een eigen caravan.'

'Dat is nogal wat anders dan bij je moeder, hè,' zei Rogge fier met een hand op zijn eigen koelkast. 'Geen gezeik in de jockeyruimte meer voor mij.'

'Ik wist niet dat jij zomaar weg kon. En je contract dan?'

'Het kan sedert je lieve moedertje gisteren mijn contract heeft opgezegd.'

'Je laat er wel geen gras over groeien, hé?'

'Je kent me toch? Het gaat snel in deze wereld. Eén telefoontje kan genoeg zijn.'

'Je had dit dus al lopen voor het echt concreet was?'

'Een mens moet vooruitziend zijn in het leven.'

Sander Berk was duidelijk nog niet op de hoogte van de recente gebeurtenissen. Hij voelde zich net weer als vroeger: het achterlijke gansje dat altijd en overal als laatste werd ingelicht. Een ongewenste indruk. Hij was ontgoocheld in Nico, want hij was zowat de enige geweest die hem in vertrouwen nam en die hem als een volwassene behandelde. Ze hadden heel wat raakpunten, zij twee. Ze waren rebels en konden niet overweg met de dame des huizes. Nu was hij dus wat ontstemd dat hij hem niet had ingelicht.

'Dat wist ik niet,' zei hij gekwetst.

'Er zijn nog zaken die je niet weet, Sander,' zei Rogge vanuit de hoogte.

'Waarom is mijn moeder dan opeens van gedachten veranderd?'

Rogge grijnsde als de eerste de beste, louche crimineel. Hij genoot van dit moment. Hij genoot van alles wat door zijn handen glipte: de zachte stof van zijn nieuwe outfit, de koelte van zijn koelkast en straks zou hij genieten van de nieuwe manen van zijn nieuwe kompaan.

'Dat is een van die zaken die je beter niet weet,' zei hij. 'Het belangrijkste is dat je moeder eindelijk het licht heeft gezien en mijn contract heeft opengebroken.'

'Je hebt wel snel iemand anders gevonden,' zei Sander geheimzinnig vissend.

'Ik ben nu eenmaal populair. Daar kan ik niets aan doen. Ik mag de dertig al voorbij zijn, ik voel me nog steeds twintig en blijkbaar straal ik dat ook uit op andere mensen. Mensen die, in tegenstelling tot je moeder, nog steeds vertrouwen hebben in een jockey als ik. *Den Jos* is trouwens iemand die zijn ouwe vrienden niet in de steek laat.'

Sander schudde het van zich af alsof het werkelijk zijn zaken niet waren. En dat was ook zo. Paarden waren zowat het enige waarover hij met Nico niet wilde spreken. Daar had hij al genoeg herrie over met zijn moeder. Hij ging zedig op het bankje zitten en sloeg, zoals Cary Grant dat vroeger deed, de benen over elkaar. Hij droeg een korte, beige short met dubbele omslag, een beige hemdje zonder kraag, mét ritssluiting en bruine lederen sandalen.

Hij was het soort jongen dat zich evenmin leek te interesseren voor paarden als voor meisjes. Het soort jongen dat, al waren er geen jongens geschapen in deze wereld, zich nooit zou interesseren voor meisjes. Hij leunde op zijn handen achterover en keek Nico Rogge aan zoals hij hem al drie maanden aan een stuk had aangekeken. Een mengeling van gêne en verlangen waaraan hij tot voor kort niet wilde toegeven.

'Enfin, ik trek me niets aan wat mijn moeder uitspookt. Het enige wat me interesseert ben jij.'

Het klonk heel rechttoe-rechtaan voor een jongen van twintig.

'Dat zie ik, ja,' zei Rogge met een hiklachje.

'Integendeel zelfs,' ging Sander beredeneerd verder. 'Nu je nog maar weinig met moeder te maken hebt, moet je je gevoelens niet meer verstoppen. Je bent volkomen vrij om ze te tonen. Die tang kan ons niets maken.'

Rogge bekeek de lichtjes behaarde, perfecte benen die van onder de short schoven.

'Welke gevoelens?' vroeg hij.

'Komaan, Nico. Je weet best wat ik bedoel. Ik heb je zien kijken naar me. Zeg nu niet dat je niet *zo'n gevoelens* hebt voor mij want daar geloof ik niets van. Ik kén die blik.'

Nico kon niet anders dan lachen.

Hij had het spel inderdaad dicht op de huid gespeeld en de jonge Sander was er blind ingetrapt. Nu hij hem niet meer nodig had om bij zijn moeder te slijmen, had hij een imago hoog te houden. En hij had inderdaad een eigen, zonderlinge aard, maar die had niets te maken met verborgen latente gevoelens tegenover een jongen, eerder met verborgen decadente gedachten over vrouwen.

'Ik heb geen idee waarover je het hebt, Sander. Ik vind het jammer om je gevoelens niet te beantwoorden, maar je doet aan *wishful thinking*. Ik ben een ladiesman. Niet te missen.'

Sander probeerde niets te laten merken van zijn paniekerige achterdocht. Maar zijn heldere bruine ogen begonnen te glanzen van de ingehouden tranen. Hij had zich nochtans voorgenomen om nooit op iemand te vallen in deze snertwereld van de paarden. Liefde voor een man was sowieso nog altijd wat taboe, zeker in de harde machowereld van de paardenrennen. En toch was het gebeurd. Dan had hij zich voorgenomen om zich niet te ver te laten verdrinken in de liefde. Dat had zijn moeder hem altijd voorgehouden: een vrouw kan tot het uiterste gaan in de liefde. Een man niet. Hier was het bewijs.

'Luister, Sander,' zei Rogge zijn gebruikelijke lesje weer op, 'ik wil niet onbeleefd zijn of zo. Maar ik ben begonnen aan een nieuw hoofdstuk in mijn leven. Het zou ongezond zijn om nog elke dag met een Berk te worden geconfronteerd. *No offense.*'

Hij keek daarbij naar de deur. Zoonlief Berk maakte er een erezaak van zich als een volwassen man te gedragen. Zelfs al werd hij met de vuilnis uit de caravan gezet, hij zou geen krimp geven.

Het was al bij al een bijna ongeloofwaardige situatie. Een stuk als Sander Berk werd niet zomaar gedumpt, zelfs niet door een man. Sander Berk probeerde zich vast te houden aan het parcours dat hij in zijn jonge, maar moeilijke leven had afgelegd. In drie jaar tijd was hij van een bedplassende, verlegen stotteraar uitgegroeid tot een zelfverzekerde jongen en dat had hij enkel aan zichzelf te danken.

Geen bevende stem dus van een ontgoochelde schooljongen om een misgelopen vakantieliefde. Hij zou het waardig dragen. En dus antwoordde hij op kale, onderkoelde toon alsof er net een zakelijke deal tussen hem en Nico Rogge was afgesprongen.

'Nu je me niet meer nodig hebt, doe je gewoon alsof je neus bloedt. Zo zit het, hé?'

'Dat is grof uitgedrukt. Je bent een charismatische jongen, Sander, al zeg ik het zelf. En mocht ik zijn geboren zoals jij bent geboren, dan koos ik zeker voor iemand als jij. Maar ik ben als mezelf geboren en eerlijk gezegd voel ik me daar prima bij.'

Sander stond op. Zijn handen trilden toen ze quasi cool trachtten zijn Italiaanse zonnebril op te zetten.

'Rotzak. Smerige rotzak.'

Hij liep naar de deur, maar net voor hij naar buiten stapte, draaide hij zich om en liep op de jockey af. In plaats van hem op zijn bakkes te slaan, nam hij het hoofd tussen beide handen en kuste Nico Rogge vol op de mond.

'Ladiesman, mijn reet,' wist hij er nog net voor te mompelen.

Hij liet zijn tong het gehemelte aftasten. Zoals in de boekjes, dacht hij ondertussen. Hij proefde van de sigarettensmaak die in Rogges keel rondhing.

Toen Rogge zich na enkele seconden uit zijn greep had gewrongen, keek hij de Berkjongen voor het eerst als een serieuze jongen aan. Hij wist niet goed hoe hij moest reageren. Een tijdlang bleef hij daar verweesd staan en werd wakker geschud door het geluid van de deur die Sander Berk achter zich had dichtgeslagen.

Sedes was in de schaduw bij de stallen gaan zitten. Hij had een plekje gevonden, vrij van modder en paardenstront, en hield, één been languit, de caravan in de gaten. Tegelijk hield hij ook zijn horloge in de gaten. Nog tien minuten voor zijn afspraak met Belli. Er kwam maar geen schot in de zaak. Net op dat moment zag hij Sander Berk in snelle pas uit de caravan stappen en met twee strakke bewegingen met de palm van zijn hand zijn lippen schoonvegen.

'Wel, wel, wel. Die hebben het ervan genomen,' mompelde Sedes. 'Rogge en Sander Berk. Jammer voor Belli, ze zal er het hart van in zijn.'

II

Art.7. *Het is de privédetective verboden informatie in te winnen omtrent de gezondheid, de raciale of etnische herkomst van de personen die het onderwerp zijn van zijn activiteiten.*

Sedes wrong zich een weg doorheen de bulderende supporters en gokkers die op de zittribune nu allemaal rechtop waren gaan staan en zich de longen uit het lijf riepen. Hij werkte zich naar boven, naar de loketten, maar was iets te vroeg. De derde race bereikte net een ongelooflijk spannende climax. Het leek wel zo spannend als die ren uit *Anna Karenina* van Tolstoi, dacht Sedes. Uit de luidsprekers werd de stem van de commentator bijna gek. Hij ratelde erop los en had zichzelf niet meer onder controle:

'*Pondorosa ligt op kop, op de voet gevolgd door Knighly Herold, Soldat Rouge en Majestic. Romeo ligt vijfde, maar komt nu sterk opzetten, Romeo gaat voorbij Majestic, Romeo zij aan zij nu met Soldat Rouge, Soldat Rouge geeft niet op, Pondorosa verliest terrein aan Knightly Herold, het is Cinderella die de leiding overneemt, met nog tweehonderd meter te gaan en de laatste rechte lijn in zicht, Knightly Herold...*'

Het kabaal op de tribunes werd helser en helser alsof eenieders leven op het spel stond. Sedes was de enige die de andere kant opkeek. Hij zag mensen hun formulier de lucht insteken, mensen de arm van hun metgezel vastnemen, mensen die hun droge, gekloven lippen vochtig maakten. Kortom, hij zag een uitzinnige massa en midden in die uitzinnige massa stond Belli.

En Belli stak iedereen naar de kroon wat het roepen betrof. Sedes herkende haar schelle stem meteen, maar besloot om haar nog eventjes gade te slaan. Hij sloop tot bij haar en hoorde haar nu luid haar keel openzetten:

'Komaan, *Soldat Rouge*, lamzak! Komaan!'

Sedes kon een glimlach niet onderdrukken.

'Nooit op soldaten inzetten, Belli,' zei hij kalmpjes. 'Die laten je altijd in de kou staan.'

'Ssst! Komaan, lamzak!'

Belli keek niet eens opzij. Ze hield haar wijdgesperde ogen op de piste gericht waar de laatste vijftig meter ingingen. Vier paarden liepen bijna in een groepje naar de finish. *Soldat Rouge* behoorde nog tot de kanshebbers.

'Waarom heb je niet op *Romeo* ingezet?'

'Ik geloof niet meer in Romeo,' zei Belli hard. 'Komaan...!'

Terwijl iedereen het einde van de race volgde, bleef Sedes Belli aankijken. Ze was te druk bezig met vloeken en gesticuleren nu het duidelijk was geworden dat Soldat Rouge haar toch niets zou opbrengen. Sedes bleef haar zo een tijdje aankijken. Zijn Phaedra liet zich nooit echt gaan in die dingen. Ze vond het zwakjes om haar gevoelens te tonen. En dat vond Sedes juist heel sexy en aantrekkelijk: een vrouw die zich inhield, zich in mysterie hulde. Dit exemplaar hier naast zich was zowat even mysterieus als een belastingscontroleur. Maar ze was gewoon een ander type. Misschien moest hij zijn leven iets simpeler en directer inrichten en niet meer zo op zoek gaan naar mysterie. Dat vond hij al genoeg in zijn werk bij SCAN.

Uiteindelijk was *Majestic* de derde hond die met het been ging lopen. De massa viel stil. Uit frustratie werden wedstrijdformulieren in het rond gegooid en werd hardop gevloekt. De winnaar begon aan een kleine ereronde en bleef vervolgens aan de rand van de piste staan voor de foto.

'Godver, hè! Sedes, jij brengt altijd ongeluk.'

'Sorry dat ik eens op tijd ben, hè,' zei Sedes. 'Wat ga je doen?'

Hij zag hoe Belli al alle deelnemers van de volgende race aan het uitpluizen was. Haar formuliertje was volgekrabbeld. Ze antwoordde zonder opkijken.

'Inzetten op de volgende natuurlijk.'

'Belli, zeg me niet dat je al de hele tijd aan het inzetten bent.'

'Ik heb in de eerste race twintig euro gewonnen met Amber.'

'Daarna?'

'Daarna ging het wat mis. Maar ik moet dat geld terugwinnen. Even kijken: *Black Knight, Zeno, Sacré Neige...*'

Ze ging zozeer in het spel op dat de naam *Sacré Neige* haar niets meer zei. Sedes stak gemaakt een vingertje op:

'Ja, *Sacré Neige* loopt ook mee. En mocht het je iets interesseren: ik heb daarnet Nico Rogge gezien op de paddock. Hij zag eruit alsof hij zou rijden vandaag.'

Belli keek op. Ze concentreerde zich even op haar formulier, maar keek dan op, definitief nu. Ze was weer bij de zaak. Ze tuurde over de piste en dan opzij, richting terras vanwaar je een mooi overzicht had op de paddock. Ze gingen allebei naar boven, naar het terras. Er heerste een drukke bedrijvigheid op de paddock met deelnemers die net van de piste kwamen en deelnemers die zich klaarmaakten.

'Daar heb je hem,' zei Sedes.

'Tiens, waar gaat die op rijden?'

'Hij heeft blijkbaar al snel een ander paard gevonden.'

'*Sacré Neige?*'

Belli hield als een indiaan op de prairie haar hand boven haar ogen. De pittige zon kleurde de paddock geel en dor alsof het een fort was ergens in de Far West.

'En dat is nog niet alles,' lichtte Sedes verder toe.

'Wat nog dan?'

'Ik heb goed en slecht nieuws voor jou. Eerst het goede nieuws. Sander Berk loopt hier ook ergens rond.'

Belli keek Sedes aan. Vervolgens keek ze naar Rogge die beneden op zijn paard klom en het zachtjes naar de piste begeleidde.

'Wat is het slechte nieuws dan?'

Sedes voegde eraan toe:

'Ze kropen samen in de nieuwe caravan van Rogge.'

'Ja...'

'Ze kropen samen in een caravan, Belli. Moet ik er een tekeningetje bij maken?'

'Die twee?'

Ze deed teken en maakte ongelovig de connectie. Sedes knikte.

'Ik had wel al het gevoel dat die Sander iets te stijfjes en te gladge-
schoren was.'

'Hij zag jou niet eens staan, Belli. Dan moet hij wel voor de andere kant zijn.'

'Ja ja, Sedes. Maar die Rogge toch niet?'

'Wie weet. Er moet iemand de plak voeren in het huishouden.'

'Waar is de nieuwe baas van Rogge?'

Sedes ging vooroverleunen.

'Daar.'

Sedes en Belli zagen de vette gestalte van Jos Boddaert druk in de
weer met zijn paard. Nico Rogge zat er al op en Boddaert leek zijn
nieuwe jockey een heel lesje mee te geven. Hij streelde daarbij de
manen van het paard. Boddaert was een immens mastodont. Je kon
er niet naast kijken. Wellicht was dat zijn voornaamste capaciteit en
had hij daardoor ook zoveel autoriteit over zijn paarden.

'Succes, Nico,' zei hij.

'Thanks,' zei Rogge. '*For old times' sake*, hé. We zullen ze eens een
poepje laten ruiken.'

'Ja,' lachte Boddaert zijn vuile tanden bloot en hij trok daarbij
gelijktijdig zijn broek op die van zijn pens gleed. Rogge gaf het paard
een klein stootje en Boddaert zei nog, even meelopend:

'Voorzichtig, hé, Nico. Je weet het. Jaag hem niet op stang. Dit is
maar een inlooprace. Het is in de *Grote Prijs* dat we er moeten staan.'

De stem uit de luidsprekers riep iedereen naar de loketten en naar de
tribunes, naar de orde van de dag. De vierde race werd aangekondigd
en Belli vloekte dat ze de tijd uit het oog was verloren en niet had
kunnen inzetten. Toch zakten ze allebei af naar de zittribunes om
zich te laten opslorpen door het aanstekelijke enthousiasme van de
rest. Toen werd de start gegeven.

'Eens benieuwd of Nico Rogge inderdaad zo goed is als hij zegt.'

'Een nieuw paard, een nieuw hoofdstuk?'

Het was een race van 3.200 m, zo las Belli op haar formulier dat
ze stilaan als een relikwie begon te beschouwen. Sedes vond het wel

schattig hoe ze er geen afstand van kon doen. Wellicht zou ze het vanavond meenemen naar bed. Zou ze trouwens alleen in bed kruipen?

Na tweehonderd meter viel al meteen een paard uit waarvan de
naam veel te moeilijk was om uit te spreken of althans niet te verstaan was.

'Als *Sacré Neige* wint dan betaal je heel SCAN een rondje, Sedes.'

'Als hij wint...' herhaalde Sedes betekenisvol.

Na de eerste bocht werd de strijd venijnig. Iedereen zat op elkaars
huid, het was een peloton van paarden dat een hele stofwolk achter
zich liet. Hoewel de wedstrijd nog maar pas was begonnen, gingen ze
er al flink tegenaan. Toen stak er plots één paardenkop uit het peloton uit. Het paard minderde vaart en begon te steigeren.

'*Nummer 9*,' riep de commentatorstem. '*Nummer 9, gelieve de koers te
verlaten.*'

Het paard in kwestie bleef wild tekeergaan en tegen de tijd dat het
aan het eind van het peloton bengelde, stond het bijna op zijn achterste poten. Het was *Sacré Neige* en Sedes en Belli zagen hoe de jockey zijn
uiterste best deed om het beest onder controle te houden. Maar het
leek wel behekst. Zelfs vanaf de tribunes hoorde je het nerveus hinniken en stampvoeten. Nico Rogge trok zo hard mogelijk aan de teugels.
Hij wist dat hij zich in een gevaarlijke positie bevond op zo'n snelheid
en zo dicht bij de rest van de paarden. Wat kreeg dat verdomde beest
ineens? Had hij een vloek over zich of zo? Hij probeerde zo weinig
mogelijk van zijn rivalen aan te raken want hij besefte hoe gevaarlijk
het begon te worden. En toen voelde hij zich opeens met een onmete-
lijke kracht door de lucht vliegen. In die paar seconden die hij nodig
had om op de grond te komen, gingen er verschillende dingen door
zijn hoofd. Hij hoopte dat het peloton hem allang het nazien had gegeven en hij zonder gevaar om vertrappeld te worden, kon neervallen.
Ondertussen bedacht hij ook nog eens dat het de eerste keer in zijn
carrière was dat hij van een paard donderde. Dat was hem nog nooit
overkomen. Welk paard hij ook bereed, hij had er een band mee en die
band was telkens sterk genoeg om zijn kalmte te bewaren. Nu was het
anders. Dat voelde hij zo. Het was onnatuurlijk. Het was een volkomen

onnatuurlijke agressie die niet door hem kwam. Als een paard begint te steigeren, dan merk je meteen waarom. Dit keer had hij niets verkeerds gedaan. Integendeel, hij was extra voorzichtig te werk gegaan met deze nieuwe kompaan. Nico Rogge begreep er niets van. Op de training hadden ze elkaar toch al vrij goed leren kennen. Voor het eerst in zijn leven begreep hij een paard niet.

Hij kwam uiteindelijk neer op zijn zij - wat een geluk bij een ongeluk was - maar hij hoorde het hoefgetrappel en de kreten nog verdacht dichtbij. Hij probeerde zich verder opzij te laten rollen, voelde een helse pijn aan zijn rechterarm. Een pijn zo scherp als een messteek of een brandende vlam. Het duurde een eeuwigheid voor de geluiden en het stof uiteindelijk vervaagden. Nu lag hij stil op zijn rug en staarde in de blakende zon. Hij durfde niet opzij te kijken naar zijn arm. Hij wist dat daar iets niet pluis mee was. Daarvoor was het gewicht van een tweetal benen veel te zwaar. Hij voelde het branden, het brandende gevoel van een verbrijzelde arm. Pas toen begon hij te kreunen, te roepen, te gillen.

Een paar seconden eerder stonden Sedes en Belli vanaf de twaalfde rij hulpeloos toe te kijken.

'Dat ziet er verkeerd uit,' zei Sedes.

'Ik zou hetzelfde doen als Nico Rogge op mijn rug klom.'

De grap ontging Sedes. Ondertussen lag de gestalte van Nico Rogge languit op de piste. Hij bleef bewegingloos liggen en een paar omstanders slaakten een gedempte kreet alsof ze het ergste vreesden. Toen kwam er beweging en Rogge draaide zich op zijn rug. Zo bleef hij een tijdje liggen terwijl de commentatorstem nogal amateuristisch de wedstrijd afgelastte:

'De wedstrijd wordt gestaakt. Ik herhaal: de wedstrijd wordt gestaakt. Vluchter neer...'

In geen tijd werd Rogge omringd door een groep mensen. Verantwoordelijken, organisatoren, dokters... Er was zelfs een lokale televisieploeg die een goed verhaal rook. Op de camera kleefde een sticker van het West-Vlaamse regionale WTV dat bijna de hele Westhoek coverde.

Sedes en Belli wilden gaan kijken, maar werden niet toegelaten op de piste. Meteen werd hen de weg versperd door een official die zichzelf heel serieus nam.

'Het einde van nog een hoofdstukje Rogge, zo lijkt het,' zei Sedes.

'Toch wel heel vreemd hoe een ervaren jockey als Rogge van zijn paard wordt gezwierd.'

'Het overkomt de beste, Belli. Ze kenden elkaar misschien nog niet genoeg.'

'Ja, maar als we Rogge mogen geloven, is hij de enige bij wie zoiets nooit zou kunnen.'

'Wie weet zat hij nog met zijn hoofd bij Sander Berk.'

'Ik denk dat Rogge te professioneel en te zeer op roem belust is, om zich te laten gaan.'

'Hoe dan ook, die vent jaagt er op korte tijd nogal wat paarden door. Eéntje gaat voor hem op de loop, een ander zwiert hem eraf.'

'Wat wil je, Sedes, als je niet populair bent.'

'Daar kan ik niet over meespreken,' zei Sedes en samen liepen ze langs de tribunes naar beneden.

Jos Boddaert stond op de paddock toe te kijken hoe een stalknecht het paard aan het schoonspuiten was. Het was nog altijd niet echt gekalmeerd. Het stond nerveus met de hoeven over het grind te schuiven. Na het sproeien ging die stalknecht met een lederen lap nog eens heel mooi over de strakke vacht om het vocht er helemaal uit te halen. Jos Boddaert zag er altijd uit alsof hij net een of andere vunzige hotdog of hamburger had gegeten. Je wist zo, ook al stond je aan het andere eind van de paddock, dat zijn adem stonk. Sedes en Belli kwamen bij hem staan. Belli vroeg:

'Mijnheer Boddaert? Wij zijn vrienden van Nico. Hij nodigde ons uit om te komen kijken naar zijn race. Het is verschrikkelijk. Voor één keertje dat we komen kijken... Hij vertelde ons dat u zijn nieuwe stal leidde. Weet u soms iets over zijn conditie? Is het erg?'

Boddaert keek niet op. Hij antwoordde ook niet. Belli probeerde opnieuw.

'Heeft u hem nog gezien daarnet?'

'Je bent een plekje vergeten, Timmy,' zei Boddaert tegen zijn stalknecht en ging toen meteen door tegen Sedes en Belli: 'Vrienden van Nico, hé? Nico's vrienden zijn mijn vrienden...'

Sedes begon te lachen, maar stak zijn lach meteen weer weg want Boddaert ging verder:

'... maar ik ken zijn vrienden meestal. Jullie ken ik niet. Waarom denken jullie trouwens dat ik de eigenaar ben?'

'Nico...'

'Het zou me verbazen als Nico mijn naam had genoemd. Zeker bij *vrienden* als jullie.'

Bij het woord vrienden stak Boddaert zijn twee wijsvingers en middelvingers op en knipte een paar keer.

'Zeg op.'

Sedes ondernam een laatste wanhoopspoging.

'U bent een bekend trainer, mijnheer Boddaert. Uw naam staat op de wedstrijdformulieren en Nico's naam ook.'

'Onzin, ventje,' zei Boddaert en hij wees weer naar een vochtige plek op de torso van het paard. 'Jij ziet eruit alsof je nog geen merrie van een rui kan onderscheiden. Op het wedstrijdformulier staat N.V. Winner als eigenaar. Kom op, rot op.'

Sedes keek Belli aan.

'We wilden gewoon weten hoe het met Nico was,' zei Belli.

'Rot op, zus. En maak me vooral niet kwaad. Of heb je soms niet gezien wat er gebeurd is?'

Boddaert was het kennelijk beu alsmaar instructies te moeten geven aan de stalknecht en rukte de arme jongen de spons en de lederen lap uit zijn handen. Zonder omkijken en hevig zuchtend zei hij nog een laatste maal:

'Staan jullie hier nu nog? Rot op, zei ik.'

En dus deden Sedes en Belli dat. Ze rotten op.

12

Statistisch gezien werkt 90% van de privédetectives in dienst van verzekeringsmaatschappijen. Slechts 50 à 100 werken onafhankelijk.

Met pijn in het hart stuurde Lambroux rond halfdrie in de namiddag een mailtje naar haar geliefkoosde Amadeus om het afspraakje definitief af te zeggen. Ze verstuurde het bericht, en had er al meteen spijt van. Elke ochtend had ze uitgekeken naar nieuws van haar virtuele lover en nu zou dat flirten abrupt ophouden. Elke dag zou ze weer geconfronteerd worden met het saaie burgerleventje met haar saaie echtgenoot: samen naar de weekendfilm kijken, samen gaan shoppen op zaterdagvoormiddag, samen onder de wol kruipen. Ze hield wel van haar man, maar ze voelde zich als een bezit en dat gevoel slorpte haar op. Ze kreeg geen lucht meer. Lambroux walgde bijna van zichzelf en ze durfde het dan ook met moeite toe te geven, ze had die chatters broodnodig. Of ze zou sterven aan een overdosis van sleur. Toch verzond ze haar laatste teken van leven aan Amadeus en wiste zijn adres in haar bestand. Nog geen minuut later trok Amadeus, ontgoocheld en vol liefdesverdriet, alweer aan haar belletje.

'*Jammer dat je er zo over denkt, lieve Winner,*' repliceerde de onbekende Amadeus. '*Ik had je graag eens ontmoet.*'

Lambroux oordeelde dat ze de man op z'n minst wat uitleg verschuldigd was. Maar ze kon het niet aan de waarheid te vertellen en dus kleedde ze het wat op een poëtische manier in:

'*Het zij zo, lieve Amadeus. Ik hou je liever als een mysterieuze liefde in mijn hart. Het is beter dat we elkaar nooit ontmoeten, dat de herinnering en de suggestie voor altijd blijven verder leven.*'

Het was iets dat zo uit een stationsromannetje kon komen en misschien was het ook wel een letterlijk citaat. Zo was Lambroux nu eenmaal: verstopt in een high-tech omgeving, aan de buitenkant even koel als een computerscherm, aan de binnenkant even warm en romantisch als de oude leeslamp die haar bureau versierde.

Er kwam onmiddellijk antwoord. Lambroux nam zich voor het mailtje te deleten. Gedaan is gedaan. Dat moest hij maar onder ogen zien. Straks zat ze nog met een stalker opgescheept. Ze keek in haar postvak en ontdekte tot haar verbazing dat het mailtje van iemand anders kwam. En toch geen onbekend iemand. Het mailtje kwam van 'Winner' en er stond een rood vlaggetje bij, wat zoveel zei als '*Open mij want ik ben zo dringend als een acute maagzweer.*'

Lambroux klikte op haar muis. Hoe kwam die Winner aan haar adres? Ze had de naam natuurlijk zelf gebruikt als pseudoniem. Misschien was het een van de chatters die haar naam had opgemerkt. Maar iets vertelde haar dat deze mail niet ging over virtuele afspraakjes. Deze mail betrof minder virtuele dingen zoals de verdwijning van een raspaard. Lambroux opende hem. Er zat enkel een attachment bij. Geen groet, geen naam en geen afscheid. Toen Lambroux het bestand opende, vond ze een soort van kopij van een certificaat. Het leek verdacht veel op een uittreksel van een verzekeringsmaatschappij.

'*...dat inzake het dier, Salieri genaamd en eigendom van de stal Berk, verzekerd is voor de som van 500.000 euro. Dit in aanwezigheid van notaris Langerbrugge en de heer en mevrouw Berk. Datum: 19 augustus negentienhonderd zesennegentig. Plaats van opstelling en ondertekening van contract: Oostende...*'

Het was een epistel. Lambroux scrolde helemaal naar beneden en begon aan de kleine amendementen, de kleine alinea's met de kleine lettertjes. Maar het voornaamste stond bovenaan op de mail. *Salieri* was verzekerd en dat leek haar meer dan normaal, alleen de som die daaraan gekoppeld was leek haar galactisch hoog.

'Shit,' was Lambroux' enige reactie dan ook.

Ze stuurde nog een antwoord naar de onbekende afzender waarin ze vroeg of deze informatie te vertrouwen was en of de onbekende zich niet bekend wilde maken? Er kwam geen antwoord. De lijn was dood. Althans, voor even, want uiteindelijk kwam er toch nog een antwoord van Amadeus die al zijn hoffelijkheid had laten varen en zich niet meer inhield:

'Mij goed, stomme bitch! Maar als ik je ooit op straat tegenkom zal ik je wel direct herkennen. En je zal je niet kunnen verstoppen achter je computer!'

Lambroux slikte. Klaarblijkelijk was deze virtuele wereld, eenmaal doorprikt, toch niet zo verschillend als de echte. Vervolgens haalde ze opgelucht adem. Stel je voor dat ze was ingegaan op het aanbod van deze griezelige verkrachter. Haar biologische klok was dan wel al aan het tikken geslagen, maar nu was ze even blij dat de BOM in haar niet was ontploft.

Een halfuur later zat ze samen met Moens aan de vergadertafel in de briefingroom. Ze waren nog steeds alleen in het SCAN-gebouw en Moens zag er nog altijd potsierlijk ongelukkig uit. Lambroux ging ervan uit dat deze doorbraak hem misschien zou opvrolijken.

'Wat denk je? Is die bron te vertrouwen?' vroeg Moens bedenkelijk.

'Het komt natuurlijk wel van een concurrent.'

'Inderdaad...'

'De informatie lijkt authentiek en waar. De volgende vraag is hoe hij ons heeft gevonden.'

'Meer nog,' zei Moens, 'waarom hij ons in de eerste plaats zo wil helpen?'

'Misschien wil N.V. Winner ons niet zozeer helpen, als wel Berk een hak zetten.'

'Dat is dan aardig gelukt.'

Samen zaten ze nu harmonieus naar de open mail op Lambroux' laptop te kijken. Ze leken allebei te wachten tot de kleine zwarte lettertjes plots zouden vervagen en samensmelten tot één groot teken of symbool dat de oplossing van dit raadsel zou brengen. Maar het symbool bleef uit. Lambroux haalde fier haar tweede troef boven.

'Dat dacht ik ook. Maar waarom zou Berk haar eigen paard ontvreemden, dacht ik toen. En dus ben ik een beetje in haar verleden gedoken...'

Lambroux drukte op een paar toetsen. Ze sloot het venster van de mail af en liet een ander, groter venster, open floepen. Tussen de twee schermen merkte Moens haar screensaver op van *Lara Croft*. Screensavers

- zoals zovele dingen - vertelden meestal heel veel over een mens. Daarna tikte Lambroux een paar magische paswoorden in en sesam opende zich:

'Haar verleden en haar heden, om precies te zijn,' lichtte Lambroux toe. '*Connexion,* oftewel de discotheek van Berk, heeft de laatste twee jaar verlies geleden. Berk heeft zelfs de helft van haar personeel op straat moeten zetten. Het is hetzelfde verhaal als haar paardenstal. Een leegloop.'

Moens bekeek een paar uittreksels, krantenknipsels die Lambroux via een searchengine op het internet bij elkaar had gezet. Het was eigenlijk kinderspel met dat internet. Moens was nog eentje uit de oude doos, net als Tydgat, en hij verafschuwde het woord 'internet'. Maar keer op keer stond hij ervan versteld welke werelden het spul kon openen.

'Dat heeft ze handig verzwegen,' zei hij.

'Het is natuurlijk ook niet iets waarmee je te koop loopt.'

'Ik vraag me af of mevrouw Berk dan wel zo makkelijk aan honderd vijftigduizend euro losgeld zal raken.'

Lambroux keek op.

'Misschien enkel als ze er zelf op staat te wachten vanavond aan het Fort Napoleon en misschien enkel als die honderd vijftigduizend van de verzekeringen komen.'

'Honderd vijftigduizend euro,' zuchtte Moens en hij dacht aan zijn lievelingsmodel van een zeilboot.

'Honderd vijftigduizend,' stond Lambroux hem bij. 'Genoeg om je dancing er weer bovenop te helpen.'

De binnenplaats van het Fort Napoleon was ingericht met alle elementen van een exclusieve trouwreceptie. Het Fort werd met zijn vijfhoekige stervorm en diverse ondergrondse catacomben regelmatig ingehuurd voor workshops, vergaderingen en zelfs bedrijfsactiviteiten. In het weekend kwamen soms hele groepjes collega's naar Oostende afgezakt om één groot groepsspel te spelen, volledig in de sfeer van oude kerkers en kastelen. Nu was het echter een doordeweekse werkdag en op de binnenplaats stond een lange tafel opgesteld waar een achttal mensen zat te vergaderen. Een van hen was Kirstina Berk en ze nam net haar derde broodje krab van de zilveren schaal die midden op de tafel stond. Ze was zowat de enige vrouw aan tafel, behalve een soort secretaresse van een van de investeerders. Boven de tafel hadden ze halfdoorzichtige doeken gehangen om de noeste werkers niet in de verleiding te brengen om iets verderop het strand op te rennen.

'We moeten dit uiteraard in onze eigen kring bespreken,' was de laatste zin die mevrouw Berk in het Frans begrepen had.

'Uiteraard,' had ze er zelf aan toegevoegd. Haar Frans was even uitmuntend als haar Nederlands, maar ze wilde er niet te veel woorden meer aan vuil maken.

'We geven u wel een belletje als onze beslissing vaststaat.'

'Heeft u een idee wanneer?' vroeg Berk voor ze aan de krab begon.

'Zo'n belangrijke beslissing vergt natuurlijk tijd, madame Berk. Laat ons zeggen: tegen het einde van volgende week.'

'Perfect.'

Maar het was niet perfect. Dat wist Berk maar al te goed toen ze haar tanden in de smossige brij op haar broodje zette. Dat wist ze maar al te goed toen ze vanuit haar kleine ooghoekjes de twee Franse eigenaars onder elkaar zag fezelen. Het waren grote mannen met elk al minstens tien horecazaken onder hun hoede. Een van hen schudde glimlachend het hoofd, terwijl de andere ostentatief uit de zilveren schotel een broodje grabbelde en liet verstaan dat de catering, in tegenstelling tot de rest, het enige was wat wel te pruimen viel.

'U hoort nog van ons,' klonk het bruutweg en hautain vanwege de Fransen.

'*Merci beaucoup. A tantôt et bon voyage,*' zei Berk zonder op te staan.

De sfeer was verzuurd. Berk moest geen twee weken meer wachten op nieuws. In het beste geval zou ze inderdaad wel een schriftelijke bevestiging krijgen van wat ze nu al met zekerheid wist. In het slechtste geval zouden ze gewoon niets meer van zich laten horen, die chauvinistische Fransen.

Het was natuurlijk een onaanvaardbaar, oneerbaar voorstel van *Connexion*, beneden de waardigheid van een Franse firma. Berk kon niet anders. Jawel, ze had de Fransen de verplaatsing, de overnachting en de drie uren zweten en braden in de Oostendse zon kunnen besparen. Maar ze was ten einde raad.

Tot overmaat van ramp merkte ze nog een andere onheilsprofeet op die vanuit de bovengang op de binnenkoer neerkeek. Berk kwam van onder de witte zeildoeken vandaan en wuifde naar Vic Moens. Moens wuifde niet terug. Ook hij had zich speciaal verplaatst voor Kirstina Berk, maar hij zou niet met lege handen naar huis keren. Zoveel was zeker. Berk liet de broodjes op de zilveren schaal smelten in de zon en keerde haar werk letterlijk de rug toe. Ze ging de stenen trappen op, naar boven, om zich aan haar enige passie te wijden.

'En, meneer Moens? Heeft u al nieuws voor mij? Ik hoop van wel, maar als het slecht nieuws is, dan houdt u het best nog even voor uzelf. Mijn lichaam kan maar één slechte boodschap per dag aan. Dat heeft u al gemerkt.'

'We hebben inderdaad nieuws, mevrouw Berk. Maar misschien kan u ons daar verder bij helpen?'

Berk bleef hulpeloos met één hand op de stenen reling staan.

'U bedoelt...?'

'Er is het een en ander uit de bus gekomen wat we nog niet wisten. Over uw persoon. U hebt ons niet de hele waarheid verteld.'

Berk bleef stokstijf staan. Ze was bijna versteend met de rest van de stenen gangen. In die gangen sliepen destijds Duitse soldaten die tijdens de Tweede Wereldoorlog het verzet trachtten tegen te houden. De grote nissen in de ingekapte muren waren intact en werden nu opgevuld met moderne kunstwerken. Van oorlog naar kunst, een kleine stap. Berk deed alsof haar neus bloedde.

'Ik heb u alles verteld wat ik wist.'

'Behalve dat uw discotheek *Connexion* niet goed draait.'

'Wat heeft mijn zakenleven te maken met *Salieri*?'

'Veel, vooral als blijkt dat *Salieri* voor een aanzienlijke som verzekerd is.'

Berk liet het even bezinken en kwam vervolgens zelf met de vaststelling.

'Meneer Moens, beschouwt u mij nu als een van de verdachten?'

'We moeten met alles rekening houden,' zei Moens even droog en gevoelloos als de stenen wanden van het fort. Berk kwam uit de zon en wandelde op haar gemak de gang in. Op een paar zuilen van die eerste verdieping hadden de organisatoren graffiti-artiesten losgelaten, als deel van de kunsttentoonstelling.

'Ik begrijp dat u alle pistes afgaat,' zei Berk zichtbaar teleurgesteld, alsof ze in haar eer gekrenkt was, 'maar ik zwéér u dat dit er niets mee te maken heeft.'

'Waarom heeft u het dan verzwegen?'

'Juist om die reden waarom u hier voor me staat. Trouwens, ik dacht dat het niet belangrijk was.'

'Maar het *is* belangrijk, mevrouw Berk. Het wordt zelfs belangrijker nu blijkt dat u op zoek bent naar geldschieters voor uw dancing. Waarover ging die vergadering van daarnet? Ik veronderstel dat die niet over de nieuwste deejay ging. Hoewel u erin slaagt de schijn op te houden: Fort Napoleon afhuren is niet bepaald goedkoop.'

Berk week af van haar route en nam plaats in het tegenlicht dat door een van de kijkgaten viel die vroeger werden gebruikt als kanongaten. In de oorlog lagen hier soldaten op hun buik te wachten om een paar vijanden neer te halen. Het gracieuze silhouet van Berk in het kijkgat had nog altijd iets lugubers en verontrustends. Alsof er elk moment een kogel door haar fraaie achterhoofd kon komen gevlogen.

'Ik zou het op prijs stellen, meneer Moens, als u zich zou beperken tot de zaak.'

'U bént de zaak, mevrouw Berk.'

Berk zuchtte. Ze draaide zich om en keek door het kijkgat, pal tegen de hoge wanden van het binnenfort aan. Erachter klonken de dichte zee en de meeuwen.

'Kent u het werk van Hemingway een beetje, meneer Moens?'

Moens kende zijn klassiekers natuurlijk wel. Zoals iedereen had hij *The Old Man and the Sea* moeten lezen op school, maar verder dan dat was hij niet gegaan. Al wist hij wel dat de ouwe Hemingway een hevige sportfanaat was en als hij ooit een verhaal had geschreven over zeilen of strandzeilen, zou Moens het zeker lezen.

'Hemingway was de lievelingsschrijver van mijn vader. Hemingway heeft ooit een verhaal geschreven over een jockey op de paardenrennen. *My Old Man* heet het en het gaat zogezegd over zijn vader. Die vader is een jockey die voor zijn pensioen nog één grote race wil rijden, maar hij valt en sterft op de hippodroom. Dramatisch natuurlijk. Maar nog meer dan over zijn vader gaat het over de schoonheid van de paardensport en de zuiverheid van het winnen. Mijn vader heeft me dat verhaal minstens vijftig keer voorgelezen, meneer Moens, tot... wel, tot ik het beu was. Ik wil maar zeggen, meneer Moens, dat verhaal is de draad in mijn leven.'

'Wat wilt u daarmee zeggen?' vroeg Moens oprecht, want hij had het gevoel dat Berk bezig was aan een afleidingsmanoeuvre zoals ze wellicht ook deed bij belangrijke vergaderingen.

'Denkt u echt ook maar één seconde dat ik mijn eigen paard zou ontvoeren en dan nog enkel voor de centen?'

Moens ging in zijn diepste binnenste na of hij evenveel liefde voor de sport in zich had zitten als Kirstina Berk. Zeilen was wel niet hetzelfde als paardrijden, maar toch...

'Ik heb net een telefoontje gekregen van Sedes en Belli,' ging Moens verder.

'Ja?'

'Een halfuur geleden is Nico Rogge, uw voormalige jockey, van zijn nieuw paard geworpen. Hij is er met de schrik en een licht verbrijzelde arm vanaf gekomen. Maar het kon erger zijn. Wilde u het werk van Hemingway soms verfilmen?'

'Nico? Wat heb ik daarmee te maken? Ik bedoel, ik leef mee met hem.'

Moens was niet overtuigd van Berks acteerprestatie. Als een doorgewinterde perfectionistische filmregisseur legde hij Berk het vuur aan de schenen om met iets beters voor de dag te komen.

'Rogge is in al die tijd dat hij voor u reed, nooit van zijn paard gevallen.'

'Dat bewijst nog maar eens dat *Salieri* geen tweederangsknol is zoals die *Sacré Neige*. Ik moet trouwens zeggen dat het me niet verwondert. Nico mag stilletjes aan zijn pensioen gaan denken. Het gaat allemaal een beetje te snel voor zijn eigen goed.'

Moens schoof met zijn voet wat heen en weer over het stof op de vloer. Hij keek naar de grootste nis van de gang die nog als open haard had gediend tijdens de bezetting en waarboven nog een wapenschild van het Derde Rijk prijkte. Hij keek niet op toen hij Berk aansprak:

'Nog iets dat u ons niet verteld heeft. Het contract tussen u en Rogge dat u gisteren heeft opengebroken.'

'Jezus,' siste Berk snel. 'Zal ik voortaan ook eerst toestemming aan u vragen om naar het toilet te gaan?'

'U had het ons kunnen melden.'

Berk haalde haar smalle wenkbrauwen op en wendde tegelijk haar hoofd af met een air alsof ze zich niet zou verlagen tot een dergelijke discussie.

'U denkt wat u denkt, meneer Moens. U mag voor mijn part al mijn stallen nagaan. Tot zelfs in mijn eigen badkamer als u ervan overtuigd bent dat *Salieri* zich daar schuilhoudt. Ik wil enkel mijn paard en zeker voor de *Grote Prijs*.'

En met deze mentale overwinning gaf ze Vic Moens het nakijken en trippelde alleen naar de uitgang, de koele wanden van het fort strelend. Moens zat met een paar vragen in zijn hoofd. Waarom Berk niet echt gevraagd had naar de toestand van haar vroegere jockey bijvoorbeeld. Waarom Rogge en Berk nu opeens wel hun contract hadden opengebroken. En tot slot of er soms ook verhalen bestonden over zeilen. Hij wist niet waarom, hij had daar ineens even dringend behoefte aan.

13

Het is de privédetective te allen tijde toegestaan zich tijdens zijn werkbe-
voegdheden voor te doen als een andere persoon of derde, met de bedoe-
ling relevante informatie in te winnen ten dienste van zijn activiteiten en
zijn opdrachtgever.

'Ik kom inzetten voor de *Grote Prijs Teflon*,' zei Tydgat heel gewoon terwijl hij over de toog leunde. Hij had geen idee hoe je in een bookma-
kerskantoor het geld over de balk gooide. Hij had ook geen idee over
de bedragen die hier van hand tot hand gingen. Het bookmakerskan-
toor Ladbrokes lag in het tweede deel van de Langestraat, meer naar
het uitgaanscentrum van Oostende toe. Het was een sober kantoor
met een groot glasraam waarop affiches van wedstrijden waren
geplakt. Binnen zaten een paar buitenlanders naar opgehangen schermen te staren. Ze keken naar buitenlandse wedstrijden. Hier zaten de
échte mannen. De mannen die elke dag met een volle portefeuille
naar hun werk vertrokken. Achter de toog stond een vijftiger met Zui-
derse trekjes, een Italiaan of misschien zelfs een Algerijn. Hij had een
pluizige paard en droefgeestige ogen die perfect samengingen met
zijn groene, aartslelijke kostuum.

'De *Grote Prijs Teflon*,' herhaalde de man en hij nam het wedstrijdformulier. 'Dan zult u nog even moeten wachten,' zei hij met een
sterk accent, 'de *Grote Prijs* is dit weekend.'

'Ja,' zei Tydgat, die niets meer durfde te zeggen uit vrees nog een
flater te slaan. Hij keek op naar een oude affiche van de Wellington
die in een lijst stak en in de weerspiegeling zag hij achter zich Coene
aan een tafeltje zitten.

'Dit weekend. Natuurlijk,' zei Tydgat. 'Ik kom gewoon even polsen. U weet wel, wie in vorm steekt.'

De Algerijn of Italiaan keek Tydgat niet begrijpend aan. Toen zei
Tydgat iets wat hem direct sympathiek maakte bij dit kliekje.

'Om eerlijk te zijn zit ik met mijn nek in de schulden. Ik heb dringend cashflow nodig.'

De man achter de toog riep een naam die moeilijk te begrijpen was en prompt stond er een andere man op van een tafeltje. Deze droeg een broek en een blazer, alleen niet van hetzelfde kostuum, en versleten tennisschoenen.

'Wat wilt u weten?' vroeg hij vrij direct aan Tydgat.

Tydgat moest improviseren. En deed dat ook.

'Wie loopt er allemaal mee in de *Grote Prijs*? Heeft u daar zicht op?'

De man haalde een papiertje uit zijn zak waarop namen gekrabbeld waren. Een ware voorpublicatie, enkel en alleen voor Tydgat. Waar had hij dit aan verdiend?

'*Amoroso, Cinderella, Soldat Rouge...*'

'*Salieri?*'

'*Salieri* is verdwenen, hè. Die doet niet meer mee. Heeft u het nieuws niet gezien op de televisie?'

Tydgat deed alsof hij net terug was van twee weken op Mars.

'Als ik u zeg dat ik binnen de week een paar duizend euro nodig heb,' begon Tydgat, 'wat zou u me dan aanraden?'

'Ik zou u aanraden om op de lotto te gaan spelen,' zei de man droogjes. 'De *Grote Prijs* is zoals het woord zegt een grote prijs. Daar valt geen grof geld mee te verdienen. Althans niet voor *bookies*. Er lopen te veel favorieten mee. Kijk maar: *Amoroso, Cinderella, Black Target*. Dat zijn allemaal winners. Weinig kans dat daar een verrassing uit komt. Dus ook weinig kans om op een outsider te wedden die iets zal winnen.'

'De lotto dus,' zei Tydgat.

'De lotto. Pas op, er lopen altijd wel twee of drie mindere paarden rond om de race te vullen en om de inzetters te teasen. Maar dat zijn fakers. Je kan inderdaad een paar duizend euro inzetten op een paard waar niemand van gehoord heeft. Neem nu,' en hij sloeg denkbeeldig de bladzijden van zijn geheugen open, 'enfin, neem nu *Sister Blue*, ik zeg zomaar iets. Dat paard bestaat niet, maar goed. Je zou daar best een hele bom geld kunnen opzetten en er bestaat een theoretische kans dat het wint of bij de eerste drie eindigt. Enkel een theoretische kans.'

'Enkel een theoretische kans.'

'Het zou je onmiddellijk uit de schulden helpen. Maar ik zou het niet doen. Die paarden lopen enkel voor de show mee.'

Tydgat knikte en bedankte de man. Toen keek hij om en knikte weer, ditmaal naar Coene die loom opstond en naar buiten ging.

'Coene, jij maakt je duidelijk niet veel zorgen om je rendement, hé,' zei Tydgat toen ze buiten stonden. 'Je rendement is ondertussen al tot onder het vriespunt gezakt.'

'Maak je maar geen zorgen over mijn rendement, Derrick,' zei Coene. 'Je zal mijn rendement snel merken als het op het klissen van de dader aankomt. Ik ben als Romario, Tydgat, ken je die? Die Braziliaanse spits, de luipaard die je negentig minuten niet ziet en dan, pats, in een flits in blessuretijd voor de beslissing zorgt. Dat ben ik.'

'Ja ja,' zei Tydgat, 'Jammer dat ik je niet kan vervangen, Romario.'

*

Het huis van Sedes lag erbij zoals een oud stadshuis er hoorde bij te liggen. De donkergroene glasramen in de voorgevel hadden de warmte buitengehouden en de hoge plafonds zorgden voor een weelde van zuurstof en frisse lucht. Het huis zag er onkreukbaar uit. Dat kon natuurlijk niet anders, aangezien er niemand anders (geen Phaedra) ook maar één stofdeeltje had doen opwaaien. Hoewel Sedes elke dag wel iets veranderde in zijn huis, bleef het voor de rest vrij statisch, als een museum. De kunst die hij hier en daar tentoonspreidde boven de marmeren schoorsteen in de tweede salon of de houten wenteltrap hadden evengoed titels en naamkaartjes kunnen hebben. In die zin was dat huis een leuke metafoor voor zijn eigen hoofd. Uiterlijk viel er weinig aan te zien, maar als je naar de bovenste verdieping ging dan stootte je gegarandeerd op al de rotzooi die daar werd opgestapeld.

Nu, die avond, moest hij zich enkel schamen voor een paar dekens die als Romeinse toga's op de grond lagen naast zijn ligsofa van Le Corbusier en een cd van Ozark Henry die enkel na middernacht en net voor de weemoed het licht mocht zien. Hij had zo'n speciaal systeem laten installeren waarbij je de muziek in alle vertrekken van het huis kon horen. Zo kon hij in bad naar Brassens luisteren, de hal inwandelen op de voet gevolgd door Brassens, de trap afgaan en Brassens horen en ten slotte de living binnenkomen en - wie we hier hebben, een oude vriend! - Brassens bij het raam beluisteren. Het gaf Sedes het gevoel dat hij met verschillende mensen samenwoonde.

Belli wandelde wat rond en keurde het huis. Sedes stond in zijn Amerikaanse keuken en haalde zijn wapens uit de koelkast. Hij hield Belli in de gaten en keek neer op de verse tomaten en courgettes die voor hem lagen op het aanrecht.

'Een woelige slaper,' merkte Belli bij het bed op.

'Een woelige nacht,' zei Sedes. Hij voelde aan de toon dat Belli aan het vissen was. Zo was ze. Nieuwsgierig tot op het bot.

'Slecht geslapen?'

'Niet slecht geslapen,' glimlachte Sedes mysterieus. 'Gewoon niet veel geslapen. Er hangen nog geen nieuwe gordijnen in de slaapkamer.'

'Ach zo,' zuchtte Belli terwijl ze met twee vingers een van de dekens ophaalde en met een zwier terug op de sofa gooide. Ze hoopte een vrouwelijk spoor te vinden zoals een achtergebleven beha of een haarbandje, maar ergens wilde ze dat ze zich vergiste.

'Ja,' zei Sedes enkel en hij dacht er nog iets aan toe te voegen, maar zweeg. Hij besefte dat hoe meer je vertelde, hoe groter de kans werd dat je door de mand viel. En nu wilde hij per se de schijn ophouden en doen alsof de sofa nog de geur had van een of andere moordgriet.

Ze waren na het ongeval op de renbaan even langs het kantoor geweest. Maar omdat ze diezelfde avond nog samen met Moens de deal bij de oude vismijn in de gaten moesten houden, stelde Sedes voor om bij hem te wachten. Ze hadden geen van beiden iets beters te doen en Sedes toonde zijn goed hart door voor Belli een potje te koken.

'Je weet toch wat dat betekent, hé Sedes?' had Belli gezegd. 'Een potje koken voor iemand? In sommige landen betekent dat bijna evenveel als iemand ten huwelijk vragen.'

'Maak je maar geen zorgen,' had Sedes geantwoord. 'Het is maar Italiaans.'

Sedes wist niet welk land Belli bedoelde. Het was alleszins niet het land waar hij de laatste tijd vertoefde. Het deed deugd om eens iemand in zijn niemandsland binnen te laten. En of dat nu Lena Belli was of prinses Mathilde, dat maakte hem niets uit. Het werd tijd dat hij nog eens onder de levenden kwam, na de werkuren en voor het zombie-uur.

'Dit is een gigantisch huis,' zei Belli.

'Ik heb ruimte nodig om te bewegen.'

'Ruimte genoeg, zou ik zeggen. Wat doe je zoal in zo'n huis?'

'Ik ontvang elke avond een satanische sekte. Ik heb een speciaal kamertje op de tweede verdieping. Als je braaf bent en meer dan drie keer vloekt, laat ik het je wel eens zien.'

Belli kwam aan de toog van de keuken staan en nam een stuk groene paprika dat Sedes daar al met een potje cocktailsaus had klaargezet.

'Dat geloof ik graag,' zei Belli. 'Ik wed dat je ook zo'n kamertje hebt om tot bezinning te komen. Je weet wel, een kotje met drie kaarsen en een houten bankje.'

Sedes zweeg over zijn klein Phaedra-altaartje. Hij had inderdaad zo'n klein kamertje, maar het was eigenlijk een opberghok waar hij alle spullen en souvenirs van Phaedra had opgestapeld. Nu ja, opgestapeld was een groot woord. Gerangschikt. Tentoongesteld.

'Woon je hier samen met iemand?'

'Ik woonde samen met iemand. Nu niet meer. Nu woon ik enkel nog samen met dat huis.'

Belli sloeg haar ogen neer.

'Ach zo. Sorry, als je er niet over wil praten...'

'Geen probleem,' zei Sedes. 'Ik moet ermee leren leven. Je kan het ook van de positieve kant bekijken: ik heb nu een bubbelbad voor mij alleen.'

Belli lachte.

Sedes was verbaasd van het gemak waarmee zijn partner zich moeide met zijn privéleven.

Sedes' kookkunsten stonden in schril contrast met zijn eigen persoonlijkheid: sober, éénduidig, simpel en pittig. Hij sneed eerst de verse tomaten in kleine stukjes en besprenkelde de stukjes met een vleugje peper en wat muskaat. De aubergines sneed hij eerst vertikaal en liet hij een paar minuutjes braden in een zacht botersausje, aangevuld met wat Toscaanse olijfolie. Toen dat achter de rug was, zette hij een portie Indische rijst op het vuur en haalde de twee lappen verse zalm uit de koelkast. Die vilde hij eerst een voor een en legde ze dan elk in een afzonderlijk badje van zilverpapier. Hij liet er een sappig roomsausje overlopen en legde er een dekentje boven van geraspte worteltjes, ui en groene en rode paprika. De twee schotels zette hij vervolgens in de oven en liet het geheel op tweehonderd graden gedurende twintig minuten braden. Ondertussen was de rijst aan het koken. Hij haalde een fles Beaujolais van het jaar '85 uit de kast en opende die, enkel voor Belli. De kurk gaf een doffe, maar luide knal en toen Sedes de wijn uitschonk in het speciale kristalglas zag de wijn er smakelijk en lichtvoetig uit. Hij hield het glas tegen het licht en keurde de dunne rode kleur. Vanuit zijn andere oog merkte hij dat Belli danig onder de indruk was geraakt van zijn doordachte handelingen.

'Ben je er zeker van dat je straks geen aanzoek zal doen?' vroeg Belli. 'Of is dit je manier om mij in die woelige sofa te krijgen?'

Ze nam de afstandsbediening van de breedbeeldtelevisie en zette hem aan. Terwijl de groenten zachtjes begonnen te sidderen, zapte ze haar weg doorheen de kanalen. Bij de West-Vlaamse regionale zender WTV hield ze halt. De nieuwslezer had het over een ongeluk op de Wellingtonrenbaan terwijl er achter hem op een kleiner scherm een reporter ter plaatse stond.

'En zo hebben de toeschouwers hier dan toch nog wat spektakel te zien gekregen. Nico Rogge, vijfendertig en kersverse jockey van de nieuwe stal N.V. Winner, ontsnapte aan een vreselijke dood toen hij van zijn paard, *Sacré Neige*, werd geworpen en bijna onder de hoeven terechtkwam. Nico Rogge staat hier naast mij en is er gelukkig met de schrik vanaf gekomen. Nico, wat is er precies gebeurd?'

De camera maakte een lichte beweging naar rechts en daar verscheen de smoel van Nico Rogge, die ondanks het gevaar nog niets aan arrogantie had ingeboet. Zijn rechterarm zat in een brace, niet in het gips, wat erop wees dat er niets gebroken was. Maar Rogges uitdrukking probeerde dat te weerleggen. Hij keek de reporter fel aan en nam ook het recht om af en toe in de lens te gluren alsof hij de dader van het opzet rechtstreeks wilde aanspreken.

'Ik begrijp het ook niet. We waren nog maar pas vertrokken en ik voelde dat er iets mis was. Hij was zeer nerveus en lichtgevoelig en voor ik het wist ging ik de lucht in...'

De reporter onderbrak, maar de camera bleef op het rood aangelopen gezicht van Rogge. Ze stonden bij een lege piste en de tribunes lagen er alweer verlaten bij. Op de achtergrond waren een paar onderhoudsmannen het terrein aan het schoonvegen en op de piste reed nog een soort tractor rond, die met een enorm veegnet alles weer mooi gladstreek en alle duistere obstakels onder het tapijt stak.

'Het is de eerste keer dat u op *Sacré Neige* rijdt, nietwaar?'

'Ja, maar dat heeft er niets mee te maken,' antwoordde Rogge snel. 'Ik voelde dat er iets niet pluis was en is. Ik weet niet wat ze precies met dat paard hebben uitgestoken, maar ik denk wél dat ik weet wie hierachter steekt.'

De reporter vergat de microfoon onder zijn eigen kin te schuiven zodat zijn stem vanuit de verte leek te komen.

'Hoe bedoelt u? Kwaad opzet?'

'Wat denkt u zelf?' zei Rogge uitdagend. 'Ik weet alleen dat we er alles zullen aan doen om de waarheid te achterhalen. Er is al een onderzoek gestart en *Sacré Neige* wordt momenteel door de medische staf nagekeken...'

Daarna kwam nog een uitmuntende herhaling van de feiten, gezien vanuit zeker vier of vijf verschillende camerastandpunten waarvan twee in slow motion. Uiteindelijk volgden nog de uitslagen van de races en ging de nieuwslezer verder over het volgende item: de verminderde kwaliteit van het water in de polders.

Belli zette het toestel uit en liet Sedes zelf de kroon op zijn werk zetten. Hij dekte de glazen tafel en schonk nog wat wijn bij.

'De informatie die Moens ons daarnet heeft doorgespeeld werpt wel een totaal ander licht op de zaak,' zei Belli. Ze ging al zitten en liet zich bedienen als een echte koningin. Helemaal niet zoals Phaedra die...

'Waarom?'

Sedes' vragen tijdens zijn kookuurtje waren niet echt van het doordringende slag. Hij was zodanig in de weer om indruk te maken dat hij enkel stopwoorden uitte die het gesprek, of liever de monoloog van Belli, gaande hielden. Wat lukte, want Belli dramde ongestoord door:

'Wat als Berk niet kon verdragen dat haar jockey Rogge voor de concurrentie ging rijden? Het sluit ook mooi aan bij de theorie dat Berk zelf de verzekering heeft opgelicht.'

'Hoe dan?'

'Wel, als Berk werkelijk zo in de rats zit en geld nodig heeft, dan lijkt dit wel een uitgekiend plannetje. En als Rogge ooit onraad rook, kon hij dat als argument gebruikt hebben om zijn contract te laten openbreken.'

Sedes zette een voor een de stukken van zijn feestmaaltijd op tafel. Met een ongewone nauwkeurigheid ging hij maniakaal te werk. De messen en vorken lagen met bijna wiskundige precisie naast elkaar en stofjes op het glazen blad werden genadeloos weggeveegd. Sedes zei:

'Inderdaad wel vreemd dat Berk over één nacht ijs dat contract openbreekt.'

'Ik ben wel benieuwd hoe ze het straks zal uitspelen,' zei Belli. 'Als onze theorie klopt, zullen we daar dus mooi wortel staan schieten. Berk zal alleszins de schijn moeten ophouden.'

'Dat kan ze wel,' zei Sedes. 'Die dame is een geboren Julia Roberts. Of ben je haar show vergeten toen ze die brief vond? Ze was er wel weer snel bovenop, moet ik zeggen.'

'Wat denk je? Denk je dat Berk ook zelf de brief heeft geschreven?'

'Kan heel goed zijn.'

Vijf minuten later zaten ze tegenover elkaar. Belli steunde op de ellebogen op tafel en vouwde de handen gracieus samen. Het leek wel alsof ze zat te wachten op een gebedje.

'Dan blijft natuurlijk wel nog de vraag hoe je een ervaren jockey over het paard tilt,' zei Belli.

'Ja. Erop inpraten zal wel niet helpen.'

'Nee, maar er bestaan genoeg andere mogelijkheden.'

'Zoals?'

'Zoals doping. Ik zeg maar iets, als er genoeg middelen bestaan om een paard sneller te laten lopen, moet er toch iets bestaan dat een paard helemaal van de wijs brengt.'

'Of slechter laat lopen,' stond Sedes haar nu bij.

'Ja. Met een spuit in de hand kom je door het hele land.'

Sedes keek Belli aan en knikte. Hij knikte eigenlijk naar haar bord als teken dat ze het niet koud mocht laten worden. Maar Belli talmde.

Alsof ze nu pas tevreden was over haar denkwerk ging ze het gerecht met mes en vork te lijf. Sedes schonk haar nog wat bij en wachtte op een eerste reactie. Die kwam er niet. De room op de zalm had zich ondertussen ook wat in het aluminiumpapier gewrongen en de kleine brokjes paprika smaakten lekker week. Sedes schoot in actie en begon aan de zalm. Hij liet zoals altijd het stuk zalm in het aluminiumpapier zitten en goot in twee, drie scheppen de rijst erbovenop. Belli zat eerst een hele minuut het abstracte kunstwerk voor zich te analyseren. Even leek het erop dat ze er een stilleven van zou maken. Toen probeerde ze het papier met twee vingertoppen onder de zalm vandaan te trekken. Maar zoals het gerecht het voorschreef, bleef de zalm gehecht aan het papier en dus zaten Belli's vinger in geen tijd onder de room. Ze keek een paar keer op naar Sedes die vlug naar zijn eigen bord keek en smakelijk verder at. Gelukkig dat het hem zo smaakte, anders had hij zich nooit kunnen inhouden van het lachen.

'Je kunt het het best gewoon laten liggen,' zei hij dan toch toen hij al voor de helft verder was dan zij.

Belli begon stilzwijgend te eten. Tot Sedes' verbazing kwam er geen compliment. Er kwam gewoon niets. Het was ontstellend hoe die griet gewoon bleef verder eten en er met geen woord over repte! Ze was hem ongetwijfeld aan het tarten, want die zalm was echt wel zijn favoriete gerecht, zijn chef d'oeuvre.

Hij vertikte het dan ook om te vragen of het haar smaakte.

'Nog wat wijn?'

Belli knikte, maar koesterde voor de rest de Chinese beleefdheid waarbij 'ja' eigenlijk 'nee' betekent en zwijgen het enige juiste antwoord is. Even later belandden ze in een ongemakkelijke stilte die zeker vijf minuten bleef duren. Belli deed haar best om op iets te komen, Sedes vond het goed zo te zwijgen.

'Dat kalf van een Rogge heeft het zichzelf natuurlijk ook niet makkelijk gemaakt.'

'Hoezo?' vroeg Sedes bijna tegen zijn zin.

'Hij is en blijft een verdachte. En na vandaag ziet het er nog somberder uit voor hem. Stel dat hij toch *Salieri* heeft laten verdwijnen om zijn contract open te breken. Stel dat Berk daar niet kon mee leven en stel dat dat nu eens de reden was waarom hij van dat paard is gevallen. Uit wraak.'

Sedes kauwde langzaam op een stuk zalm, terwijl Belli een stukje paprika tussen haar tanden plette.

'Heb je trouwens nog wat muskaat?'

Sedes keek haar verbouwereerd aan. Zwijgen, daar kon hij nog net mee leven. Maar nu begon ze zelfs al opmerkingen te geven over zijn kookkunst! Dat was hij helemaal niet gewend. Hij was een vrouw als Phaedra gewoon wiens hart hij wist te veroveren met dit unieke gerecht. Vrouwen die in zwijm vielen voor zijn jongensachtige charme die hij bij het koken tentoonspreidde. Deze heks vroeg daarentegen om wat extra muskaat.

'Te licht?'

'Nee, dat is het niet,' zei ze enkel.

Sedes stond op en kwam terug met de muskaat. Hij zette het ostentatief voor Belli's neus en stapte toen naar de stereo waar hij nu opzettelijk iets van Jacques Brel opzette.

'Je moet toegeven dat het kan kloppen.'

'Er zijn zoveel dingen die kunnen kloppen.'

'Ja, zoals zoon Sander bijvoorbeeld. Wie zegt niet dat die zijn loverboy Rogge bij zich wilde houden. Hij had er alle baat bij dat Rogge onder contract bleef.'

'Hm.'

Sedes was nu eigenlijk meer en meer gaan luisteren naar Jacques

Brel. Hij merkte hoe Belli er maar op los ratelde en eigenlijk had ze zonder het te weten de sfeer al grondig verpest. Hij had nog een toetje in de koelkast staan, maar dat zou hij voor zichzelf bewaren.

Belli vond dat ze moest doorgaan op haar elan. Ze was - godbetert - nerveus om met die Sedes samen bij hem thuis aan tafel te zitten. Het leek wel op een date en dat allemaal zo snel. Het ene moment stonden ze nog als zakenpartners op de Wellingtonrenbaan, het andere zat ze bij hem in dit donkere huis een flesje Beaujolais te kraken. Wat zou er nog volgen?

Belli reikte naar haar glas, maar verslikte zich. Sedes had geen medelijden. Hij nam de afstandsbediening en zette Brel iets luider om het hoesten te overstemmen. Belli keek hem hoestend en verwijtend aan. Ook zij had de indruk gekregen dat de sfeer er niet beter was op geworden.

'Wie is dat? Ik herken die stem,' zei ze toen ze min of meer hersteld was.

'Brel,' zei Sedes, 'Die van *Ne me quitte pas*. Dat moet je wel al eens gehoord hebben.'

'Ik weet wel wie Brel is,' lachte Belli nerveus, al kon ze zich geen enkel ander liedje van hem herinneren. Zelfs de melodie van *Ne me quitte pas* ontsnapte haar nu.

'Er staat een partituur van hem op de oever van de visserskaai geschreven.'

'Echt? Is dat van hem? Dat wist ik niet. Ik kan geen noten lezen.'

'Het staat erop, zijn naam. Brel staat erop.'

'Kan zijn. Ik let daar niet op.'

Sedes knikte. Ingang van ongemakkelijke stilte nummer twee.

'Voilà, dat heeft gesmaakt,' zei Sedes zelf, omdat iemand het toch moest zeggen.

Tot zijn verbazing wilde Belli na het afruimen van de tafel afwassen, maar Sedes verplichtte haar bijna alles te laten staan.

'Wat doet een vrijgezel als ik anders 's avonds in zo'n groot huis?' was zijn grapje.

'Echt niet?'

'Echt niet.'

Als ze dacht dat ze zo de brokken kon lijmen, zat ze verkeerd. In plaats daarvan opende Sedes de deur naar zijn klein binnenkoertje en liet de zachte zomerwind binnen. Belli nam een foto op van een jonge vrouw met zwart lang haar. Ze leek op een zigeunerin in haar lange jeansrok met bloemetjes en een uitgesneden rood hemd. Ze droeg weinig make-up, zag er niet echt knap uit op een klassieke manier, zoals bijvoorbeeld Kirstina Berk, en toch had ze iets.

'Is ze dat?' vroeg Belli.

'Wie?'

'De vrouw die je verplicht alleen de afwas te doen 's avonds.'

Sedes keek om en sloot de gordijnen, een symbolisch gebaar dat ongewild voor een grotesk effect zorgde. Als een doek dat bij een theatervoorstelling definitief na het derde act werd gesloten. Als het van Sedes afhing werd act drie van deze avond ook hiermee afgesloten.

'Ja,' begon hij en daarmee eindigde hij ook: 'Ja.'

'Hoelang is het geleden?'

'Vier jaar.'

'Wat doet een foto van een vrouw die je vier jaar geleden voor het laatst gezien hebt hier?' vroeg Belli op een vreemde, innemende manier.

'Ik zou kunnen zeggen dat ik me haar nog elke dag voor de geest haal,' zei Sedes. 'Maar dat zou je wellicht maar melig vinden.'

'Ik zou het een beetje zielig vinden. Was ze zo bijzonder? Wie was ze?'

Daar ging ze. Op onderzoek uit. Belli was na de stiltes weer op pad en Sedes had er nooit aan toegegeven ware het niet dat het over zijn Phaedra... Hij voelde opeens de behoefte om zijn verhaal te vertellen. Zelfs aan Belli, zo kon hij haar uitleggen hoe uitzonderlijk Phaedra wel was.

'Ze werkte op cruises. Net als ik. We leerden elkaar daar kennen. Ik werkte er als pianist, zij als serveerster. Een keertje voeren we uit naar Turkije. Tijdens het verblijf trad ze op in zo'n karaokebar. Ze had me meteen. Op de terugreis speelde ik niet meer alleen. Ze zong de helft van de set mee en ze kreeg het hele publiek op haar hand. Op dat ogenblik werden we een stel. Toen we in Oostende aanmeerden zei ik haar dat ze een aardige stem had. Zij zei me dat ik aardige vingers had en diezelfde avond zong ze nog een stukje Piaff voor me.'

'Zong ze hier Piaff voor je? Waar ik nu sta?'

'Nee, dat was ergens anders.'

'Speel je nog piano?'

'Nee. Ik heb de piano samen met de... ik heb de piano afgezworen toen het uit was.'

'Jammer,' zei Belli gemeend. 'Ik had je graag eens horen spelen.'

'Ja, dat kan dus niet meer. Ik heb die piano destijds verkocht om mezelf op een nieuwe cruise te trakteren. Egypte. Viel trouwens dik tegen.'

'Ik wed dat je ondertussen stijve vingers hebt gekregen.'

'Dan hebben alle mensen die geen piano spelen stijve vingers.'

'Ja, misschien is dat wel zo,' zei Belli.

Sedes zette Brel af.

'Enfin, ik moet die foto eens opbergen.'

Dat dacht hij al twee maanden aan een stuk. En die foto was nog niet alles. Als hij die foto opborg, moest hij ook maar eens die tape opbergen die Phaedra en hij samen hadden gecompileerd en de verzameling maskertjes die ze steevast bij elke reis aanvulden.

'Het is tijd,' zei hij, met een oog op de klok. Het was bijna tien uur. 'Moens vroeg ons toch om iets eerder te komen.'

'Moens,' pufte Belli.

Sedes trachtte haar niet meer aan te kijken. Hij hield zelfs de deur niet voor haar open. De schok van het contrast tussen haar en zijn Phaedra was zo levensgroot dat hij ze nooit te boven zou komen. Door zijn verhaal was Phaedra bijna weer tot leven gewekt en nu was het verschil dubbel zo groot. Het was fout geweest om haar hier uit te nodigen. Het was heiligschennis. Het was alsof hij niet alleen Phaedra, maar ook het huis bedroog. Waar zaten zijn gedachten om iemand als Belli mee naar huis te nemen en te trakteren op zijn kookkunst? Ze zag er trouwens bleekjes uit. Een grote mond, maar ze deed het wellicht al in haar broek van schrik voor vanavond.

14

Het is de privédetective verboden elk vuurwapen of elk ander wapen in
zijn bezit te nemen en te gebruiken tijdens zijn werkbevoegdheden en acti-
viteiten, mits de daarvoor toegekende vergunning vanwege het Ministerie
van Binnenlandse Zaken.

De Lexus van Kirstina Berk stond op goed vijftig meter van de oude
vismijn, op de slipway, achter een vuil schuurtje dat ooit diende als
controlepost voor de inkomende schepen. Nu lagen er enkel nog ver-
roeste oude kettingen en ander scheepsmateriaal in. Vic Moens en
Kirstina Berk zaten in de Lexus te kijken hoe het nacht werd.

'Nerveus?'

'Helemaal niet,' zei Berk dapper, maar nogal onnozel.

'Wat er ook gebeurt, we blijven in de buurt.'

'Ik hoop dat dat niet nodig zal zijn.'

Moens keek naar het computertasje dat op Berks schoot lag. Het
was er eentje van *Samsonite*, in zwarte nylon met een smalle donkerblauwe lederen band, en het was net dun genoeg om de nieuwste laptop in te stoppen. Net te dun blijkbaar om 150.000 euro in te stoppen,
want er was een bultje te zien alsof er een hamster in kampeerde.
Berk hield de tas met beide handen vast, op een manier zoals oude
vrouwtjes hun boodschappentas op de bus vasthouden. Ze zag er
gespannen, maar ijzig kalm uit. Een harde vrouw die terugviel op
haar automatismen als manager van een grote horecazaak.

'Mag ik vragen hoe u toch nog aan dat geld bent geraakt?' vroeg
Moens.

'Het was op het nippertje. Laat ons stellen dat ik zowat overal mijn
krediet verschoten heb en laat ons het erop houden dat ik nog één
laatste toevlucht heb gevonden die me wilde helpen.'

'Het is allemaal echt?'

'Ik hoop het. Het is een lening als een ander.'

'Goed,' resumeerde Moens. 'Zullen we het een en het ander eens overlopen? Het is nu bijna halfelf. U vertrekt zo dadelijk naar de vismijn. Sedes en Belli komen binnen enkele minuten. Zij zullen zich opstellen langs de mijn. Ons tweede team staat nu al klaar aan de andere kant van de mijn. We hebben geen idee vanwaar de actie zal komen, maar we houden elke beweging in de gaten. U overhandigt het geld en u doet vooral geen domme dingen.'

'Zoals?'

'Zoals op eigen houtje gaan handelen. We houden ons allemaal best aan de afspraak, mevrouw Berk. Wat dat type u ook vraagt of beveelt, u volgt gewoon het plan.'

'Ik begrijp het,' zei Berk.

'U geeft het geld en wacht op verdere instructies. U gaat in geen geval mee met de verdachte. O.k.?'

'O.k. Hoe ben ik er zeker van dat die smeerlappen niet gewoon met mijn geld gaan lopen en me in mijn blootje laten staan?'

Moens keek voor zich naar de nog verlaten vismijn.

'Dat weet u nooit zeker. Maar ik betwijfel het. Als die gasten hun geld krijgen, dan werken ze zo goed mogelijk mee. Het zou onverstandig zijn om er met het geld vandoor te gaan en dan nog eens nieuwe eisen te stellen. Nee, ze geven zich nu één keertje vrij en dat is het. Dit is hun enige slag.'

Berk keek naar de tas op haar schoot.

'Ik ben er nog altijd niet zeker van of we er goed hebben aan gedaan de politie hierbuiten te laten,' zei ze opeens.

'Wees gerust. We hebben er goed aan gedaan,' zei Moens zakelijk.

'Waarom? We hebben geen enkele zekerheid. Met de politie... ik weet niet.'

'Wat denkt u dat er met de politie zou gebeuren, mevrouw Berk?' vroeg Moens.

'Ik weet het niet,' zei Berk.

'Ik ook niet,' zei Moens. 'Het zou anders zijn dan nu, maar daarom niet beter.'

Moens bleef gewoon voor zich uitkijken.

'Met de politie achter ons zouden we hier morgen nog staan wachten. Wie dit dealtje ook opgezet heeft, zou de politie ruiken van op
tien kilometer afstand.'

In de verte was Oostende volop aan het leven, hier leek alles uitge-
storven. De ferry's die normaal iets verderop in de geul uitvoeren,
lagen voor anker en de kronkelende wegjes die van en naar de slipway
leidden hadden meer iets van een sloppenwijk. De Lexus van Berk
stond op niet meer dan tien meter van de oude Pastor Pypeboot ver-
wijderd. Die boot, een replica van de originele Pastor Pype - bescherm-
heilige van de Oostendse vissers - werd enkel nog gebruikt als oplei-
dingsschip en dat was er ook aan te zien. Alle glorie was verdwenen.

'Hoe zal de deal dan verlopen? Ik bedoel, de wissel.'

'Geen idee.'

'Zullen ze hem bij zich hebben? In een trailer?'

'Ik kan me vergissen, maar ik vrees van niet. Tenminste, zo zou ik
het niet doen, maar goed, ik ben dan ook geen misdadiger. Volgens
mij zullen ze u, eenmaal ze het geld hebben, naar een plaats sturen
waar hij zich bevindt.'

'Dat is riskant, nee? We hebben enkel hun woord.'

'We hebben dan alleszins meer dan wat we nu hebben,' zei Moens.
'En geloof het of niet, mevrouw Berk, maar mijn ervaring leert me
dat zelfs misdadigers zich aan hun woord houden. Sterker nog, het
zijn meestal misdadigers die hun erewoord heel ernstig nemen.'

Berk liet dit even bezinken.

De oude vismijn van Oostende wordt nog dagelijks gebruikt en
rond een uur of zeven 's ochtends is het er bijna net zo druk als op
het strand in volle zomer. De vismijn is één uitgerekte overdekte galerij met langs beide kanten een aantal kraampjes en nissen. Het zijn
kleine zaakjes, niet groter dan de wachthokjes op een perron, met
een groot raam waarvoor de vis in koele ijsbakken wacht op de vroe-
ge klanten. De galerij ligt er wat surrealistisch bij, want de rest van
de wijk rond de haven ziet er aftands en luguber uit, de perfecte loka-
tie voor de handel in illegale goedjes. Het is een soort fata morgana,
even melancholisch als een oud, negentiende-eeuws station.

Het was volledig donker en stil. Moens keek op de klok. Het werd tijd dat Sedes en Belli kwamen aanzetten. Vooral toen hij merkte dat Berk als het ware een beetje nostalgisch uit de hoek begon te komen.

'Het zal vreemd zijn,' zei Berk. 'Om *hem* terug te zien. Ik heb hem zo gemist. U vindt dit wellicht raar, meneer Moens. Maar... gelooft u in een band tussen mens en dier?'

Moens durfde niet opzij te kijken, om niet in lachen uit te barsten. Hij had ooit een paar katten gehad, althans zijn Carine had een paar katten gehad, respectievelijk Djengis en Kahn genaamd. Maar de enige band die hij met die beesten had, was een leiband. Hij keek dus in zijn achteruitkijkspiegel.

'Welke band is dat dan?'

'Een band die soms sterker is dan een band tussen mensen. Ziet u, mens en dier kunnen niet met elkaar spreken, maar toch creëren ze een band. Zo'n band heb ik met *hem*, meneer Moens. Met *Salieri*. Ik voel hem aan, als u begrijpt wat ik bedoel. U moet weten, ik heb in mijn leven al veel meegemaakt. Onaangename dingen en *Salieri* was eigenlijk altijd de enige... ach, u vindt dit vast gek.'

Moens vroeg zich af of Berk misschien niet zelf een mislukte ruiter was die in haar jonge jaren een tik te veel van paardenhoeven tegen het hoofd had gekregen.

'Die band is uniek en heb ik met geen enkel ander paard.'

'Waarom denkt u er dan aan de stal te verkopen?'

'Ik moet wel. Een paard heeft niet veel nodig om te overleven. Ik wel. Ik moet een zoon opvoeden en laten studeren.'

'Misschien wil uw zoon helemaal niet studeren.'

'Met de opbrengst van de stal kan ik hem sowieso met moeite onderhouden. Nee, ik denk dat het het beste is zowel voor hem als voor mij dat we eruit stappen.'

Er werd zachtjes op de ruit getikt. Moens ontgrendelde het achterportier en Belli gleed op de achterbank. Ze schoof meteen door naar links en maakte plaats voor Sedes die zijn benen heel dicht tegen zich moest houden en een beetje voorover moest bukken om in de wagen te kunnen. Er kwam een flauwe warme visgeur mee de wagen ingekropen. Belli zag er nog een stuk bleker uit dan toen ze Sedes' huis verlaten had. Sedes had om de een of andere reden flink zin gekregen in deze nachtelijke opdracht. Het was een kans om al zijn opgekropte frustratie te uiten en eindelijk nog eens iets nuttigs te verrichten die dag. In plaats van een heel prinselijk maal te bereiden voor een ondankbare Cleopatra als Belli.

'Sorry dat we wat later zijn,' zei Belli terwijl ze iets onderdrukte dat naar boven leek te willen.

'Waar komen jullie vandaan? En wat is die geur? Jullie speciale undercoverolie?'

'We komen eigenlijk net van tafel. Vis.'

'Toepasselijk. Waar staan jullie geparkeerd?'

'We zijn te voet gekomen, chef,' zei Sedes. 'We staan aan het begin van de haven. Belli had dringend wat frisse lucht nodig. Dat is haar subtiele manier om te zeggen dat er iets op haar maag ligt.'

Moens draaide zich halvelings om, geamuseerd, en keek Belli gespeeld droevig aan.

'Echt waar, Belli? Waar heb je haar mee uit eten genomen, Sedes? Ik hoop toch wel een eersteklasrestaurant als 't Zeezotje?'

'Beter nog,' mompelde Sedes eerder in zichzelf, 'bij mij thuis.'

Moens draaide zich bruusk om. Hij keek van Berk naar de klok. Toen draaide hij zich weer naar Sedes en Belli en werden er afspraken gemaakt. Na de afspraken vroeg Sedes waar Coene en Tydgat zaten en Moens antwoordde dat ze aan de andere kant van de mijn stonden, wellicht verschanst op een van de kleine vissersschuiten. En Lambroux? Die zat in de Scanvan aan het eind van de dokken, want een geblindeerde monovolume zou alleen maar onrust wekken. Wat deed ze daar dan? Ze zat achterin en hield met een nachtkijker elke obscure wagen in de gaten en noteerde alle nummerplaten. O.k.

De rest van de briefing duurde al bij al nog geen twee minuten. Moens had het natuurlijk in de vooravond met een sterk ruikende viltstift allemaal al mooi uitgetekend op het SCAN-bord waarbij hij af en toe lijntjes en kruisjes had gezet bij de figuurtjes als een voetbaltrainer die in de kleedkamer zijn tactiek uiteenzet.

Toen stapte Sedes uit, gevolgd door Belli, en verdween de vislucht weer uit de wagen. Moens en Berk keken het tweetal na en zagen hoe ze de hoek omsloegen van de rechtervleugel van de mijn. Volgens het plan zou Sedes zich opstellen aan de zuidkant en Belli aan de noordkant. Moens keek weer op de klok.

'Bon. En nu wachten we op onze zware jongens.'

Zo zaten ze nog een klein halfuur met zijn tweeën in de Lexus. Niemand zei nog iets. Om tien voor elf zette Moens de radio definitief uit al had geen van beiden gemerkt dat die nog aanstond. Het geruis ging op in het zachte kabbelen van het water tegen de oevers. Nog steeds geen beweging in de oude vismijn. Berk bewoog een paar keer nerveus heen en weer en haalde haar handen van haar computertasje. Ze maakten een glijdend, piepend geluid als tapdansschoenen over een squashvloer.

Moens was gebiologeerd door de klok. Even werden ze opgeschrikt door een blazende toeter van een ferry, maar er gebeurde niets. Om vijf voor elf draaide Moens zijn raampje dicht. Hij keek Berk aan.

'Alles in orde met de apparatuur?' vroeg hij naar haar borstkas kijkend. Berk betastte zichzelf als een vreemde.

'Ik denk het wel.'

Moens drukte een paar toetsen in en zette een luidspreker aan die verbonden was met een bandrecorder die op het dashboard stond.

'U weet hoe het zit? Blijf op ten minste twee meter afstand als u met de dader spreekt.'

'O.k. Geen probleem,' herhaalde Berk en meteen klonk de zin in stereo uit de luidspreker. De bandrecorder stond nog stil, maar die zou straks wel aangezwengeld worden.

'Alles in orde,' zei Moens. 'Bent u er klaar voor?'

Berk knikte en wachtte tot Moens een knik gaf naar de klink. Berk keek nog even achterom; het was haar blijkbaar totaal ontgaan dat Sedes en Belli allang de wagen uit waren. Vervolgens stapte ze zelf uit en liep richting vismijn. Moens keek haar na en zag de sierlijke hals van Berk met het opgestoken haar steeds kleiner worden. Berk hield de computertas naast zich alsof ze gewoon naar het werk vertrok.

Moens rekte zich tot bij het dashboard en liet de bandrecorder lopen. 'Tsssj,' zei hij toen hij Berk op de bandrecorder nerveus hoorde neuriën.

Kirstina Berk voelde zich als een reiziger die net de laatste trein heeft gemist. Ze wandelde rustig de galerij binnen naar het midden van de vismijn. Ze wist niet waarom ze onmiddellijk naar het midden stapte, het leek haar gewoon de beste plaats om een deal te sluiten. De verborgen microfoon die haar een tweetal uur tevoren met wat pluizige tape op de borst was geplakt wrong wat tegen, maar voor de rest voelde ze zich prima. Het was alsof haar lichamelijke conditie met behulp van elektroden gecontroleerd werd en ze zich zo rustig mogelijk moest houden. Ze maakte zich de bedenking dat dit best wel een interessant en spannend spel kon worden. Een beetje zoals een spannende race waarvan de afloop nog niet gekend is.

De vismijn was heel schaars verlicht met enkele ouderwetse lantaarns die onder het dak van de galerij een oud-geelachtig licht verspreidden. Het zwoele zomerwindje en de stank wrongen zich als een slang doorheen dit windgat en waaiden in Berks aangezicht.

Ze stopte en ging rustig met haar rug tegen de zijkant van de galerij leunen. Zo had ze een mooi uitzicht op de twee uiteinden. Ze legde haar kin op haar borst en zei:

'Nog geen kat te zien.'

Een tijdje bleef ze daar zo staan, lang genoeg om een beetje weg te zinken en de concentratie te verliezen. Haar gedachten gleden langzaam weg naar die aangename roes. Het niemandsland van de hersenen, een soort zweverig opnemen van indrukken zonder daarbij na te denken. Ze moest er al bij al tien minuten hebben gestaan toen ze opeens wakker schoot door een luide knal die in een echo aan het dak van de galerij bleef hangen. Ditmaal was het geen toeter van een vrachtschip. Het was een ruige knal die nog het best geleek op de knal van een kanonschot. Maar wat Berk daarna te horen kreeg was nog meer *out of place* dan een kanonschot. Er werd een symfonisch orkest opgestart dat een of ander klassiek strijkstuk in gang zette. Het klonk beklemmend in de vismijn en de echo maakte er iets griezeligs van.

'Wat is dat?' riep ze in een reflex uit alsof ze dacht dat Moens en co in de wagen meer wisten.

In een mum van tijd stond ze weer midden in de gang en keek tweemaal rechts en links. Niemand te zien. Berk kende te weinig van muziek om te weten welk stuk het was. Het interesseerde haar ook niet.

'Wat moet ik doen?'

Er kwam natuurlijk geen antwoord. Het was het moment om snel te beslissen. Rende ze naar de Lexus dan was de kans groot dat ze de zaak verprutst had en nog veel meer dat ze als een watje werd aangezien. Maar alleen afgaan op de muziek leek haar ook niet echt verstandig. Waar zaten die twee teams trouwens? Gelukkig hoorde ze algauw het knarsetanden van de banden van de Lexus die op het kiezelwegje naar de vismijn kwam opgereden. Hij stopte voor de ingang en net op dat moment kwam Sedes aan de zuidkant om de hoek gelopen.

'Wat is dat kabaal allemaal?'

'Geen idee,' zei Berk nog altijd stil hoewel het geen zin had om zich nog langer schuil te houden. De koplampen van de Lexus stonden als kattenogen fel open en stuurden een kleine lichtbundel de galerij in.

'Heb jij iets gezien?' vroeg Moens aan Sedes.

Sedes schudde zijn hoofd.

'Waar zit Belli?'

En daar verscheen Belli langs dezelfde weg als Sedes, maar zichtbaar minder snel en zichtbaar alsmaar zieker wordend. Ze zou er alles voor over hebben gehad om lekker thuis in bed te liggen, met een goed boek. Of nee, met een emmer naast haar bed.

'Waar komt het vandaan?'

Berk draaide zich om.

'Daar, dacht ik. Daar aan de andere kant.'

'Dat kan niet,' zei Sedes. 'Daar stonden wij.'

Hij keek naar Belli. Die knikte amper.

Moens ging iedereen voor. Sedes en Belli volgden hem, al had Sedes zijn bedenkingen.

'Zullen we niet wachten, chef?'

Maar Moens had er geen oren naar.

'Als het van de noordkant kwam dan moeten Coene en Tydgat iets gezien hebben,' zei Sedes.

Zaten ze bij de rijkswacht of bij de brigade dan trokken ze nu hun wapen, maar het probleem was dat niemand bij SCAN een wapen droeg, behalve Coene en dan nog enkel op de schietbaan. Belli begon zich ferm duizelig te voelen en zocht steun tegen de muur. Toch volgde ze Sedes op de voet. Alleen Berk bleef achter, haar computertasje nog steviger vastgeklampt.

Nu verscheen ook Coene in de gebogen poortopening. Hij bleef wezenloos staan als een man die in een tunnel op het punt staat overreden te worden en niet meer ontsnappen kan. Seconden erna kwam ook Tydgat ten tonele. Hij bolde zijn wangen toen hij het kabaal van dichtbij hoorde. Het toverde de vismijn om in een soort van ondergrondse hel.

'Jezus, wat een herrie,' zei Tydgat.

'Wil iemand dat eens uitzetten,' riep Moens boven de muziek uit. 'Waar is het?'

'Waar komt die herrie vandaan?' vroeg Coene.

Er was geen spoor van leven te vinden. Geen sigarettenpeukje, geen voetsporen, geen olie. Niets. Moens probeerde de verschillende kraampjes te openen, maar ze waren allemaal gesloten. Sedes zette zijn voorhoofd tegen de stoffige en zure ramen, maar het enige wat er binnen te zien was waren lege laadbakken en afwassystemen.

'Niemand,' zei Moens, 'niemand.'

Zijn stem klonk nu voor het eerst iets luider en kreeg een plezierige echo. Ook Berks stem weergalmde door de galerij.

'En?'

Niemand antwoordde. Ze keerden terug.

'Wat denk je? Afleiding?' vroeg Moens.

'Beslist,' zei Sedes.

'Ik word gek van die herrie,' vloekte Moens en toen zei Sedes doodleuk:

'Dit is geen herrie, chef. Dat is de aanzet van een opera van *Salieri*.'

Moens draaide zich ontzettend traag om naar Sedes.

'Salieri, de componist. *La grotta di Trofonio*.'

'*La grotta di...*'

'Ja,' zei Sedes.

Berk stond ondertussen in het midden van de gang, in een vrij preutse houding: de voeten gekruist en het tasje voor de borst houdend. Moens vloekte.

'Verdomme, hé!'

'Niets?'

Moens vloekte weer.

'Verdomme!'

Toen was iedereen even stil. Alleen de ijle vioolklanken van de muziek waren nog te horen. Plots barstte een mannelijke sopraan uit in een Italiaanse aria. Het klonk als een donderstem: chaotisch en onheilspellend. Moens probeerde af te gaan op de schelle stem. Hij passeerde drie nissen en in de vierde vond hij een opgeplooide houten toonbank die overdag werd gebruikt om de verse vis tentoon te stellen. Moens ging met moeite en een zucht die de muziek oversteeg op één knie zitten en ging met zijn hand achter de plank. De rest van het gevolg stond achter hem toen hij iets heel opmerkelijks te voorschijn haalde.

Iedereen hield zijn ogen op het houten voorwerp dat deels onder de spinnenwebben zat. Alleen Belli had er geen oog voor. Zij liet zich als een hoopje pudding in elkaar zakken tegen de muur en ging gehurkt naar de grond zitten staren. Ze voelde zich echt ellendig. Zo ellendig had ze zich nog nooit gevoeld.

'Shit,' zei Coene.

'We hebben dus te maken met een dief met een ego,' constateerde Tydgat.

Moens stond rechtop en keek net als de rest neer op een klein houten hobbelpaardje dat op de stenen mozaïeken vloer zachtjes heen en weer wiegde. Het was zo'n prul dat je soms nog op kermisjes kunt winnen. Het was heel ouderwets nagemaakt met blond gekrulde

manen en blauw geschilderde ogen en het was net groot genoeg om
een papegaai te laten paardrijden. Het kon zo uit grootmoeders kast
geplunderd zijn. Een anachronistisch stuk speelgoed dat nog niets
aan charme had ingeboet. Maar wat deed het hier midden in de
nacht? En belangrijker: wie had het hier zo mooi neergezet? Moens
nam een klein briefje dat met een punaise op de neus van het houten spul was geprikt. De boodschap was even hard als het hout van
het hobbelpaard:

*"De afspraak was dat u alléén kwam. U bent niet alléén, dus geven wij u alléén
dit paardje."*

'Wel, we hebben een paard,' zei Moens droogjes terwijl hij zich verslagen omdraaide naar de rest en het briefje omhoog hield voor wie
erin geïnteresseerd was. Berk zette haar tas voor het eerst op de grond
neer en graaide het briefje uit de handen van Moens.

'Heel grappig, meneer Moens. Hier zijn we veel mee opgeschoten.
Ik was beter mijn eigen gang gegaan. Uw bureau lost de zaak niet op,
uw bureau maakt het enkel gecompliceerder.'

Sedes keek even om naar Belli en zag toen pas dat ze neerzat. Hij
wilde vragen wat er scheelde, maar deed het toch maar niet.

'Dit lijkt wel een mooi ingestudeerd nummertje,' zei hij tegen
Moens.

Berk keek Sedes kwaad aan.

'Wat bedoelt u?'

'Sedes bedoelt dat dit houten paard van Troje inderdaad niet uit
de lucht komt vallen. Wie dit hier ook heeft neergezet, moet geweten
hebben dat u niet alléén zou komen.'

'Wat zou kunnen wijzen op een lek...' ging Sedes verder.

'Inderdaad, iedereen had dit hier kunnen verstoppen. Voor hetzelfde geld staat dit stuk hout hier al twee dagen op ons te wachten.
Iedereen kan een timer in gang laten schieten. Iedereen...'

Maar Moens hield zich gelukkig op tijd in. Hij maakte de bedenking dat Kirstina Berk nog altijd een verdachte was. Gelukkig was

Berk zelf te druk bezig met de zaak te analyseren om de suggestie door te hebben.

'Wat is dat apparaat op het zitje?' vroeg Berk.

'Een timer,' zei Moens. 'Hij staat geprogrammeerd om elf uur en is aangesloten aan de recorder. Inventief.'

'Mooi klank- en lichtspel,' zei Tydgat.

Moens bekeek het spul. Je kon de vraag zo van zijn gezicht aflezen: wat doe je met een houten paard dat voor je in een verlaten vismijn staat? In de koffer steken? Meenemen als bewijsmateriaal? Of in de open haard gooien? Sedes maakte met een vinger een einde aan het enerverende gehobbel van het paard en keek ondertussen Berk doelbewust, maar vriendelijk aan.

'U heeft niets gehoord?'

'Wanneer?'

'Daarnet.'

Berk keek Moens aan alsof ze zich moest verantwoorden. Ze stamelde:

'Nee, ik bedoel, ik ging mee met jullie. Ik stond in het midden.'

Moens hield zijn handen voor zich gevouwen, dicht tegen zijn lippen. Dan opeens barstte hij uit in een vlaag van colère, iets waar normaal gezien enkel Coene het patent op had. Hij trapte met een uitgestoken been als een kungfuleraar het houten paard omver. Sedes keek nu weer om naar Belli die een reeks rare en onsmakelijke geluiden begon te maken.

'Wat denk jij hier allemaal van, Belli?' vroeg Moens uitdagend luid voor de rest van de slipway en de vismijn tezamen. 'Of interesseert het je niet misschien? Hè? Komaan, geef eens jouw visie van de feiten.'

En op dat moment keek Belli haar baas aan, kortstondig, want haar antwoord lag twee seconden later op de mozaïeken vloer van de vismijn. Ze kokhalsde eerst een paar keer en toen, net op het ogenblik dat de sopraanstem een hoogtepunt bereikte en Moens een eind maakte aan de voorstelling, kotste Belli het feestmaal van Sedes er in één trek weer helemaal uit.

Sedes wendde als een gentleman zijn blik af, maar was toch

nieuwsgierig om te zien hoe zijn maaltijd eruitzag in dergelijke vorm. Belli had tranen in haar ogen van misselijkheid. Moens draaide zich om en gaf het paard nog een natrap. Berk bekommerde zich weer om haar geld en Sedes hielp Belli overeind.

'Nu overdrijf je toch,' mompelde hij, maar Belli trakteerde hem op een onfrisse walm van zuur en gal. De boosheid en de ontgooche-ling waren geluwd bij Sedes. Nu maakte dit vrouwtje eerder een kwetsbare en meisjesachtige indruk op hem. En eerlijk gezegd deed het hem een beetje pijn haar zo te zien. Hij wilde een arm rond haar schouder leggen, maar dat deed hij natuurlijk niet. In plaats daarvan gaf hij haar een pepermuntje.

15

Om de betreffende vergunning tot het uitoefenen van het beroep privédetective te verkrijgen dient de persoon in kwestie eerst een deskundige gespecialiseerde opleiding te volgen. De vergunning wordt in eerste instantie voor een periode van vijf jaar uitgereikt. Nadien voor de periode van tien jaar.

Na drie bruistabletten tegen de hoofdpijn, twee pijnstillers tegen de maagpijn en één algemene opkikker tegen de misselijkheid verscheen Belli de volgende ochtend nog steeds als een open goal voor Coenes uitlatingen. Hij had ze er maar in te trappen, zo uitnodigend was Belli's uiterlijk. Ze was een wrak. Ze was zelfs nog een erger wrak dan de vorige nacht toen ze al een ernstig wrak was. Ze herinnerde er zich weinig van en dat was misschien goed ook. Het enige wat haar nog min of meer was bijgebleven was dat Sedes - met of zonder grijns? - haar thuis had afgezet. Ze meende zijn stem nog een tijdje door haar hoofd te horen rondspoken, maar ze wist niet of hij nog lang gebleven was. Misschien was hij nog wat blijven plakken bij haar vader en had hij haar vader een deftige bruidsschat gegeven waardoor ze nu zijn bezit was. Ze was alleszins wakker geworden met haar nachtkleed aan en haar vader had die ochtend nog gegrapt dat hij geen vinger naar haar had uitgestoken. Maar Belli kon niet geloven dat Sedes dàt zou durven.

'Wie we hier hebben,' lachte Coene ronduit. 'Na Makepeace en Makelove, is het nu Makebaby. Wat is er, Belli? Zwanger?'

'Kop dicht, Coene.'

'Ik had gedacht dat het nog vroeger prijs zou zijn. Sedes is blijkbaar niet van de snelste.'

'Coene...' zei Tydgat toen hij zag in welke staat van ontreddering Belli verkeerde.

'Wat is er? Mag een mens geen grappen meer maken misschien? Waarom leven we dan nog?'

Belli ging met dubbelgeplooid gezicht achter haar bureau zitten. Haar blik was wazig, haar mond droog en haar lichaam voelde aan alsof er net dertig kilo bij was gekomen.

'Nee, ernstig, Sedes. Wat heb je met haar uitgestoken?'

'Niets,' zei Sedes. 'Ik denk dat onze Belli allergisch is voor haute cuisine.'

Coene bekeek Belli als een prulletje dat net op de grond is gevallen.

'Ha ha, Sedes. Dat past dan mooi in het rijtje: allergisch voor cultuur, allergisch voor snelle wagens, allergisch voor mooie jongens zoals ik, allergisch voor knoflook, witlof, zalm, geitenkaas...'

Sedes' uitdrukking veranderde plots van noord naar zuid. Hij keek Belli aan.

'Zalm?'

Belli zat met het hoofd voorovergebogen. Ze stak enkel een hand op alsof ze schuldig pleitte, maar het haar eigenlijk niet veel kon schelen. Ze probeerde zich te focussen op een paar letters van een dossier, maar die gingen meteen al aan het dansen en toen begon haar maag weer te keren. Net op dat moment kwam Vic Moens de briefingroom binnen.

Hij had de slechte prestatie van gisterennacht als een vuil hemd van zich afgegooid en was nu, in een vlekkeloos wit hemd zonder kraag, klaar voor de revanche. Iedereen ging zitten aan de vergadertafel. Lambroux bleef staan.

'O.k., mensen. Er zijn een paar nieuwe feiten aan het licht gekomen. Lambroux, Sedes en Belli hebben eens de koppen bij mekaar gestoken. Lambroux zal beginnen.'

Lambroux schraapte haar keel.

'De resultaten van het onderzoek van *Sacré Neige* na het ongeluk met Nico Rogge zijn binnengekomen. Ze zijn negatief.'

'Negatief?' vroeg Tydgat ongelovig.

'Ja, clean. Net als de vorige keer.'

'Ook een van de weinige keren dat een mens ontgoocheld is dat er geen doping in het spel is,' zei Coene.

'Een stom ongeluk dus,' zei iemand.

'Ja en nee,' zei Lambroux. 'Er werden geen verboden producten gevonden in het bloed van *Sacré Neige*, maar geloof het of niet: bij de neurologische testen waren de specialisten het erover eens dat het paard overdreven zenuwachtig was voor zijn eigen goed.'

'Welke testen?' lachte Coene ongewild.

'Ja, je hoort het goed. Ook paarden kunnen problemen in hun bovenkamer hebben. Ze hebben er zelfs speciale dokters voor. Nooit *The Horse Whisperer* gezien, mensen?'

'Wat betekent dat?' vroeg Sedes.

'Dat betekent dat we nog niet veel verder staan,' zei Lambroux die verweesd voor zich uit bleef kijken. Sedes' zorgen waren eventjes bij Belli die de hele tijd geen woord had gezegd. Ze was wellicht ook niet in de mogelijkheid om een woord uit te brengen. Ze leek *op*. Zalm. Wie is er nu allergisch voor zalm? En meer nog, wie durfde gewoon niet te zeggen dat ze allergisch was voor zalm?

Moens hernam.

'O.k. Sedes en Belli houden die Rogge en de familie Berk in het oog. Als Rogge en die Berkzoon echt iets met mekaar hebben, dan hebben ze ons niet alles verteld en dat kan dus betekenen dat ze iets te verbergen hebben.'

'Dat gelooft u zelf toch niet,' riep Belli uit. 'De een is gespuis eerste klas, één brok testeron. De ander is....'

Belli ging niet verder. Wat ze bedoelde was niet publiceerbaar op de werkvloer. Wat ze bedoelde was dat een jongen met zo'n figuur en zo'n onschuldige ogen gewoon gemaakt was om vrouwen lief te hebben. Vrouwen zoals Belli zelf bijvoorbeeld.

'Voilà, je zegt het zelf. *Face it*, Belli,' zei Moens. 'Misschien maak je wel geen kans bij die Sander omdat hij eerder voor de jongens is.'

Moens keek opzij naar Lambroux die ging zitten. Hij was als een leraar die ontzet was dat zijn leerlinge hem geen toestemming had gevraagd om te gaan zitten.

Moens zuchtte.

'Nog even over gisteren. Gisterennacht was onze dader op de hoogte van onze plannen.'

'Dat was duidelijk,' zei Sedes.

'Ik veronderstel dat niemand van jullie zijn mond voorbij heeft gepraat. Dat wil dus zeggen dat we met een lek zitten *on the outside*.'

'Wie?'

'Kan iedereen en niemand zijn,' zei Moens. 'De media hebben er zich ook al flink op geworpen. Voor hetzelfde geld kan Berk er zelf achter steken. Hou alleszins jullie ogen open en jullie mondje dicht.'

Coene stootte zijn makker Tydgat aan.

'En wij?'

'Coene en Tydgat blijven op de dopingpiste. Werp je licht eens op die nieuwe stal. Sedes en Belli hebben bot gevangen bij Boddaert. Misschien hebben jullie meer geluk. Confronteer hem desnoods met de resultaten van het onderzoek na het ongeluk.'

'En de andere zaken,' begon Coene. 'Die apothekerszaak...'

'Geen andere zaken,' zei Moens. 'De *Salieri*zaak heeft alle voorrang.'

Coene stond al op nog voor Moens met zijn eeuwige peptalk oneliner afsloot:

'O.k.? Iedereen mee? Actie, en voorzichtig, hè mannen!'

Na de briefing ging Moens achter zijn bureau zitten en droop Coene in het gezelschap van Tydgat en Lambroux af naar beneden. Sedes ging tegenover Belli zitten.

'Ik voel me als een zak bloem,' zei Belli.

'Ik voel me als een zak *tout court*,' zei Sedes. 'Waarom heb je me niet gezegd dat je geen zalm lust?'

Belli haalde haar schouders op.

'Ik lust ook geen Coene en toch heb ik het drie jaar volgehouden. Ik dacht: dit kom ik ook wel te boven.'

'Komaan, je weet best wat ik bedoel.'

'Ik weet niet,' zei ze. 'Je ging er zo in op. Ik wilde je niet echt teleurstellen.'

'Het was maar een etentje tussendoor,' zei Sedes. 'Het is niet alsof het een echte date was of zoiets.'

Belli keek op.

'Ja, inderdaad. Dan was het nog een stuk erger geweest. Maar het was echt lekker, ik bedoel, het zag er lekker uit.'

'In zijn oorspronkelijke vorm wel, ja,' lachte Sedes.

Belli lachte terug, een flauwe oprechte glimlach die haar gezicht wat meer kleur gaf.

'Kom, we laten die vis voor wat ze is en werpen ons op de vlees-markt.'

*

In een aftandse stal in de polders was de stilte bijna oorverdovend. Het was de stilte van een geconcentreerd gebeuren waarbij niets fout mocht lopen. De stilte die van essentieel belang was en die door één verkeerde beweging zo zou kunnen omslaan in een helse schreeuw. De stal was ingericht als een geïmproviseerde operatiekamer. Op de houten schaaf tegen de achterwand van de stal lagen een paar blin-kende instrumenten: scalpeermessen, pincetten, verdovende middelen, verbanden. Het leek wel alsof terstond een veearts was geroepen om een veulen op de wereld te helpen. Maar er was geen veulen in de stal. Er was enkel een paard en het lag languit in het stroeve, droge hooi dat zo hard was dat het bijna stekels van een cactus leken. Het paard had de ogen gesloten en had een diepe, maar trage ademhaling. Het was vakkundig verdoofd. Naast de pincetten lag de spuit. Het was als bij de tandarts gaan: een klein prikje, je wang werd gevoelloos en de specialist kon zich uitleven.

'Hoe staat het met de wond, jongen?' vroeg een stem terwijl een paar handen over de rechterkant van de hals ging.

'Dat ziet er mooi genezen uit. Nog een geluk dat je in de handen van een professional bent, hé.'

Toen grepen de handen naar een van de pincetten. De handen zaten zorgvuldig in rekbare, doorzichtige handschoenen. Het was niet makkelijk om het pincet tussen de vingers te houden. Maar het was duidelijk niet de eerste keer dat hier met zulke precisie te werk werd gegaan. Zorgvuldig nam een kleine schaar het uiteinde van een zwart draadje op en sneed het door. Toen werd de schaar opzij gelegd, bij de rest van de instrumenten, en kwam het pincet er weer aan te pas. Het pincet nam het afgesneden draadje op en trok het zachtjes, met hele korte snokjes uit de vacht. De plek op de hals was geschoren, maar in een paar dagen tijd was het haar bijna helemaal weer bijgegroeid. Toen de draadjes er allemaal uit waren, reikten de handen naar de plastic bus met ontsmettingsmiddel en deden wat van het spul op een doek. De wond werd nog eens extra ontsmet, schoongemaakt en ook weer drooggemaakt.

Het was als een kuur bij een schoonheidsspecialiste of een manicure. Elke handeling werd zorgvuldig overwogen en in alle rust en intimiteit voltooid.

'Ziezo, jongen. Je ziet er niets meer van. Net alsof je gewoon een kies hebt laten trekken.'

16

Art. 5. *Het is de privédetective verboden personen die zich bevinden in niet voor het publiek toegankelijke plaatsen, met behulp van enig toestel te bespieden of te doen bespieden, of opzettelijk beelden van hen op te nemen dan wel te doen opnemen, zonder dat de beheerder van die plaats of de betrokken personen daarvoor hun toestemming hebben gegeven.*

Bernard Berk werd wakker van een dof monotoon ritme boven zich. Hij dacht eerst dat het harpoenschoten onder water waren, maar toen ontwaakte hij pas echt uit zijn slaap en merkte dat het gewoon voetstappen waren. Ze kwamen van het dek van de *Kirstina*. Hij bleef er een tijdje naar luisteren, als naar de tonen van een experimentele ritmesectie, maar toen ze op het dek bleven rondlopen en niet de moeite namen om naar beneden te komen, wist hij dat het zijn dochter was. Ze wist ongetwijfeld dat hij hier weer was komen indutten en hij wist dat hij haar daarmee tegen de borst stootte. In het begin had hij nog een excuus gezocht en haar verteld dat hij 's avonds laat, na een ritje, met een goed glas bier was blijven zitten en in slaap was gelummeld, nu zocht hij niet meer naar excuses. Hij was op de boot blijven slapen en dat was dat. Er waren geen excuses meer nodig. Hij nam zijn intrek op de boot, de boot werd langzaam aan van hem.

Hij stond op en merkte dat hij zijn blauwe *Champion*-short nog aanhad. Die was wat opgedroogd en leek wel van karton. In bloot bovenlijf zocht hij op de tast zijn slippers en klom uit de kajuit naar boven waar de zon hem nadrukkelijk vertelde dat het weer eens een bloedhete dag zou worden.

'Dag prinses, wat kom jij hier doen?' was zijn eerste vraag.

'Jij bent vroeg op,' zei Kirstina koel. 'Heb ik je wakker gemaakt?'

'Laat maar,' zei grootvader Berk.

Hij ging half op de reling zitten en zag hoe ze verwonderd rondkeek. 'Wat zoek je?'

'Niets speciaals. Ik kwam even kijken. Ik zit eraan te denken om de boot te verkopen. Er is wel nog wat werk aan, maar hij zal wel nog iets opbrengen, denk je niet?'

'Tina...' begon Bernard Berk.

Hij ging vermoeid door zijn haar en keek naar de tien lege flesjes bier, de erfenis van gisterennacht. Hij had een ferme nadorst en smachtte naar iets fris. Maar hij had niets anders aan boord en moest het dus stellen met zijn eigen droge speeksel.

'Wat doe je hier eigenlijk, pap?' vroeg Kirstina plots als iemand die na dertig jaar stilte opeens weer oog in oog komt te staan met een oude vriend die om een lening vraagt.

'Wat bedoel je?'

'Ik bedoel wat ik bedoel. Wat doe je hier op de boot, pap? Ik stel het op prijs dat je me hebt geholpen bij die losgeldaffaire, maar... Je bent toch niet van plan hier te blijven?'

'Waarom niet? Sander heeft vakantie. Ik had gedacht om samen met hem een paar dingen te doen.'

'Slecht idee, pap. Je jaagt hem alleen maar nog meer op stang en dat kan ik nu wel missen.'

'Wat wil je dan dat ik doe, Tina?' vroeg Berk plotseling op onschuldige toon.

'Ik zou graag willen dat je je hier buiten houdt. We hebben ons eigen leven. Jij bent eruit gestapt, weet je nog? Jij hebt dit alles in mijn handen achtergelaten om de dingen te doen die je voordien nooit hebt kunnen doen. Wat was het allemaal? Reizen, cruises, diepzeeduiken...'

'Bezinning,' zei Berk intriestig.

'Bezinning, ja, zo kun je het ook noemen,' zei Kirstina sarcastisch. 'Ik noem het bij zijn naam.'

'Waarom zou ik niet met Sander mogen praten? Heb je dan een patent op een gesprek met hem?'

'Je weet best...'

Kirstina Berk maakte zelfs haar zin niet af omdat ze niet wist wat ze eigenlijk bedoelde. Bedoelde ze dat haar gezag langzamerhand op alle vlakken ondermijnd werd? Maar haar vader wist waar ze op aanstuurde.

'Je kan het gewoon niet verkroppen dat die knul beter met mij overweg kan,' zei hij stilletjes. 'Hij heeft een man nodig, Tina. Je weet hoe hij is. Hij lijkt al bijna een volwassen man, maar we weten allebei welke weg hij heeft afgelegd. Hij is nog een tikje in de war, met mij kan hij praten over die dingen.'

'Met jou? Hij kent je niet eens, pap. Hij weet niet wie je bent. Hij verafgoodt je, maar zoals je zelf zegt: hij is een tikje in de war.'

Berk stootte zich af van de reling.

'Hij *is* wie hij is, Tina. Daar kun je niets aan veranderen. Het is zijn natuur. Je kan nog honderd keer zeggen dat hij in de war is. Wat dàt betreft lijkt het me duidelijk. Dàt is net het enige wat hij wel zeker weet.'

Kirstina bleef staan en keek haar vader aan. Ze haatte hem omdat hij tegen iedereen zo charmant en innemend was. Ze haatte hem ook omdat hij haar zoon inpalmde met oudemansverhalen. En de speelse verleiderskunst die hij hem aanleerde. Maar het meest van al haatte ze hem omdat haar zoon met de dag meer op hem begon te lijken. Alsof het een lot was dat al vanaf zijn geboorte was bezegeld.

Ze had nog nooit zoveel zin gehad om hem te slaan. Omgekeerd was dat al een paar keer voorgevallen, maar nooit uit slechte wil. Zoals elke vader had Bernie Berk zijn dochter vroeger wel eens een tik tegen haar achterste gegeven of aan haar haar getrokken toen ze niet luisterde. Maar die tijden waren voorbij.

'Je wordt oud, pap. Je begint steeds meer te bazelen. Dat komt van al die tochtjes op zee. Je hersenen zijn verbrand.'

'Het is Nico, hè?'

'Nico wie?'

Bernards bulderlach was misschien wel tot over het kanaal te horen. Hij schudde glimlachend het hoofd.

'Tina, Tina, Tina toch. Je beschouwt je eigen zoon toch niet als een rivaal, hè? Het is maar een jockey en jij laat je zoon voor hem in de kou staan.'

Kirstina stapte op de lege flesjes bier af en begon ze een voor een zorgvuldig recht te zetten. Toen stond ze op en zocht naar de bijhorende bak, maar die vond ze niet. Ze hield haar handen in de zij en keek naar de smurrie van bierresten en water op het dek. Ze zei:

'Moeten we het daar nog een keertje over hebben?'

'Nee, daar hebben we het al genoeg over gehad.'

Kirstina vond nog een bierflesje dat tegen de kant van het dek was gerold. Ze nam het op en keek erdoorheen om te zien of het leeg was. De wereld zag er opeens een stuk donkerder en ouder uit. Als ze door het bruine glas van het flesje keek, leek de tijd opeens teruggedraaid. In drie seconden ging ze meer dan twintig jaar terug. Naar haar adolescentiejaren in Eindhoven waarin ze haar zoveelste nieuwe vriendje kwam voorstellen aan haar vader die vanaf zijn schommelstoel op de veranda altijd meteen een struikelblok vormde. Zijn zegen had ze wel nooit nodig om een paar keer uit te gaan met die kerels, maar meer dan dat gebeurde er niet. Allemaal werden ze vroeg of laat afgeschrikt door de présence van haar vader. Hij vond geen van allen een geschikte partij voor haar. Kirstina besefte pas later dat hij ze allemaal vergeleek met zichzelf.

In dezelfde lichtbruine schakering van het flesje ging ze nog een paar jaar verder in de tijd terug. Haar plechtige communie. Korte, grijze broek en een zwarte blazer. Een coupe *casserole* die toen zo in de mode was, en kortgeknipte nagels. Kirstina had het haar vader nooit hardop horen verklaren, maar het was duidelijk dat hij Kirstina zo zou hebben omgeruild voor een zoon die met hem kon vissen, voetballen en armworstelen. Die jongen leek hij nu gevonden te hebben in de persoon van zijn kleinzoon Sander.

'Je behandelt iedereen als jouw paarden, Tina. Misschien zonder dat je het zelf beseft. Je behandelt ons precies hetzelfde. Nee, integendeel. Die paarden krijgen tenminste nog aandacht en een beloning.'

Daar kon of wou Kirstina niets tegen inbrengen. Ze stond met dat lege bierflesje in haar handen. Even leek het erop alsof ze het op de reling van de boot zou kapotslaan zoals ze vroeger in westerns deden, maar ze zette het mooi bij de andere flesjes. Ze veegde haar handen af aan haar rok. Sinds haar achttiende had ze uit protest tegen haar vader nooit meer een broek gedragen. Steek hem maar eens goed de ogen uit met die hoge muiltjes en dat wiegende kontje.

Toen ze haar wijsvinger naar haar gezicht bracht om haar zonnebril recht te zetten kon ze het zuur van het bier aan haar vingertoppen ruiken. Een geur van verderf.

Een tiental meters verderop stond een amusant publiek van twee toeschouwers al een tijdje meelevend toe te kijken. Sedes maakte aantekeningen in een klein boekje. Af en toe keek hij even opzij naar Belli, die op een steiger zat, en vroeg of ze had verstaan wat Kirstina Berk haar vader zonet naar het hoofd had geslingerd.

'Mooi schouwspel.'

'Echt *Theater aan Zee* moet ik zeggen.'

'Beter,' zei Sedes. 'Wie weet heeft hij haar gisteren ook zalm voorgeschoteld en is ze daarom zo wraakzuchtig.'

Belli keek op en kon erom lachen.

'Ja, of omgekeerd.'

Het was een schone dag met een schone maag en een schone lei. Ze had slecht geslapen, maar ze had natuurlijk geen seconde Sedes de schuld gegeven voor haar erbarmelijke toestand. Hoewel, een paar seconden lang had ze hem verdoemd. Minuten om precies te zijn. O.k., een paar uur had ze hem naar de hel verwenst, toen ze over de toiletpot gebogen zat en haar vader een natte doek in haar hals legde. Haar vader had er zoals altijd om gelachen, al zag ook hij wel in dat Belli zich in lange tijd niet meer zo ellendig had gevoeld. Ze had zich zelfs niet zo ellendig gevoeld toen haar hond Bas drie jaar geleden op de dijk omvergereden werd. En dat was toch het ergste wat totnogtoe in haar fijn georganiseerde leventje gebeurd was. 'Fijne partner,' had haar vader gezegd tussen twee kokhalzen door. 'Hij probeert je al meteen te vergiftigen.' Gelukkig was het ook haar vader die met de juiste oplossing was komen aandraven. In plaats van weken aan een stuk met een lang gezicht rond te lopen en moeite te moeten doen om de juiste steken onder water te geven, had hij Belli voorgesteld om op haar beurt

Sedes uit eten te vragen. Bij Belli thuis. Zo kon ze wraak nemen. Of zo kon ze snel weer alles in orde brengen en hoefde hun werk er niet onder te lijden. Belli had er eerst geen oren naar, maar toen kwam haar vader - toch een gluiperd als het op die dingen aankwam - met het idee van een blind date. Waarom probeerde ze die Sedes van haar dan niet te koppelen aan haar zus? Die was ook alleen en hoewel die Sedes nu niet bepaald het zonnetje in huis was, kon het toch geen kwaad om het te proberen. Waarom niet? En daar kon Belli niet meteen een zinnig antwoord op vinden en dus vroeg ze, net op het moment dat Kirstina Berk het lege bierflesje opmerkte dat tegen de kant was gerold:

'Sedes?'

'Hm.'

Sedes keek op en ging toen verder met schrijven. Alsof hij aan de lopende band bekeuringen aan het uitdelen was.

'Ik heb zo het gevoel dat ik me moet verontschuldigen voor mijn slecht gedrag van gisteren.'

Nu keek Sedes op en liet het schrijven voor wat het was.

'Slecht gedrag? Je zag er slecht uit, da's alles. En dat was eerder mijn schuld, dan de jouwe.'

'In ieder geval, ik bedoel, als je vanavond niet veel te doen hebt, of beter, als je niets te doen hebt, dan mag je altijd bij mij thuis, ik bedoel, bij mij en mijn vader thuis langskomen. Hij wil je dolgraag eens ontmoeten.'

'O ja? Je hebt hem ongetwijfeld al een mooi portret geschetst, niet-waar?'

Belli knikte.

'Een surrealistisch portret zou je het kunnen noemen. Wat denk je ervan?'

'Vanavond? Om te eten?'

Belli keek hem van onder haar lange wimpers aan. Terwijl op het dek van de *Kirstina* de harde dochter haar vader straal voorbijliep, klonk Belli's vraag bijna als een aanzoek. En dat wilde ze helemaal niet. Ze had er eigenlijk al een beetje spijt van toen de woorden van haar lippen waren gesprongen. Het was weer typisch zo'n idee van haar vader: in eerste instantie ideaal, nadien viel het dik tegen. Sedes, van zijn kant, tuurde naar Kirstina Berk, niet omdat hij liever met haar wilde gaan dineren, maar omdat hij zijn antwoord lang genoeg wilde uitstellen. Hij reageerde niet graag op onvoorziene omstandigheden en zeker geen onvoorziene omstandigheden met vrouwen. Bovendien zag hij helemaal geen reden om op het aanbod in te gaan. Lena Belli had niet zoveel te verbergen voor hem. Er was geen mysterie aanwezig. Er was geen *drive*.

'Mijn vader zal ontgoocheld zijn als je niet komt,' zei ze eerlijk naar waarheid.

Sedes zag hoe Kirstina Berk onderweg haar sleutels op de steiger liet vallen. Ze bukte zich tergend traag om ze op te rapen en hij zag dat ze nog een heel eind te gaan had naar haar wagen die op de kade van de Ryco stond geparkeerd. Hij zou de stilte niet lang genoeg kunnen rekken, hij zou een antwoord moeten geven.

'O.k. dan maar,' lachte hij. 'Zal ik je een lijstje geven met dingen die ik niet lust? Of nee, beter niet of je gebruikt het nog!'

Belli lachte, maar het lachen verging haar onmiddellijk toen Kirstina Berk het tweetal in het oog kreeg. Berk week lichtjes van haar route af naar haar wagen en kwam in de lengte op Sedes en Belli af. Sedes stak vakkundig onopvallend zijn boekje weg. Belli stond op van de steiger.

'Wat staan jullie hier te doen? Heb ik jullie daarvoor soms ingehuurd? Om ons een beetje te bespieden?'

'We waren net van plan ons... aan te melden,' zei Belli naar Sedes kijkend. 'Maar u was... bezig.'

Kirstina Berk was nog altijd hevig ontdaan, vooral door de discussie met haar vader, maar ook door de ongewilde vrijpostigheid van Belli's woorden.

'Wie heeft hier iets gezegd over melden? Houdt u me voor de gek?'

'Helemaal niet, mevrouw.'

Ze zag eruit zoals vrouwen van eind de dertig eruitzien die van hun troon zijn gedonderd. Vrouwen die zich als koninginnen gedragen en hun mannelijke rechterhanden wandelen sturen om een kopje koffie. Vrouwen die niet werden verkozen als *Miss van het jaar*, maar wel kans maakten op de trofee *Manager van het jaar*.

'Jullie vinden dit wellicht heel grappig.'

'Nee, mevrouw,' zei Sedes. 'Belli heeft gelijk. We zijn eigenlijk op zoek naar uw zoon.'

'Alweer.'

'Tja, we hebben hem al die tijd nog niet echt kunnen spreken. We hadden afgesproken, maar hij is niet komen opdagen. Nu leent de tijd er zich toe en bovendien lijkt hij meer bij de zaak betrokken dan we vooraf dachten.'

'Sander?'

Mevrouw Berk was niet minder ontdaan, maar wel verrast.

'Wat kan hij in godsnaam met die zaak te maken hebben?'

Sedes keek naar het jacht achter hen waar Bernard Berk vriendelijk zwaaide. Sedes zwaaide terug. Hij had het wel voor de ouwe man. Net als hijzelf straalde die een soort heimelijke melancholie uit. Een oude ijsbeer of dinosaurus uit een vergeten tijdperk. Kirstina Berk draaide zich om om te zien wie Sedes in het vizier had. Ze draaide zich snel terug en keek Sedes aan met een blik alsof ze hem verbood om haar vader te groeten.

'Uw zoon... hij heeft nogal nauwe banden met... wel...'

Belli pikte in.

'Uw zoon heeft een relatie met Nico Rogge, mevrouw. Uw voormalige jockey.'

'Nico?'

Ze wilde er nog aan toevoegen dat dit onmogelijk waar kon zijn aangezien zijzelf een relatie had gehad met Rogge, maar dat hield ze wijselijk voor zich. Het kwam zelfs maar in tweede instantie in haar op dat zo'n bewering uit de lucht moest zijn gegrepen omdat ze probeerde vol te houden dat haar zoon Sander nooit zo'n verkeerde gevoelens kon hebben. Sedes zag een teleurstelling in haar ogen die op het eerste gezicht over haar brave zoon kon gaan, misschien nog meer over haar minnaar Nico Rogge. Daarna schudde ze hevig het hoofd. Het leek haar eventjes aannemelijk, maar toen dacht ze terug aan Nico's diensten en aan zijn ervaring en hartstocht en... het kon niet waar zijn.

'Dat is volkomen ridicuul.'

Ze sprak het woord ridicuul op zijn Hollands uit. Het klonk op zich al een beetje ridicuul.

'Het is toch zo.'

'Daar geloof ik dus niets van,' zei ze.

'We geloven ook niets tot we het echt zeker weten,' zei Belli. 'Daarom wilden we het hemzelf vragen of hem ermee confronteren. Weet u waar hij te vinden is?'

'Weet ik veel. Hij was al vroeg de deur uit. Ik hou hem niet aan de leiband als u dat denkt. Hij is net twintig...'

Kirstina Berk draaide zich weer om in de hoop dat haar zoon dan toch nog uit de kajuit zou strompelen, aan de hand van een mooi, braaf meisje. Hoewel ze al uit een generatie stamde die de vrije waarden in dit leven respecteerde, bleef Kirstina Berk de liefde tussen twee mannen vreemd vinden. Ze hield zichzelf voor dat ze het in se niet vreemd vond, maar in het geval van haar zoon vond ze het onnatuurlijk. Misschien zadelde ze zichzelf enkel met een schuldgevoel op, alsof ze ervan uitging dat Sander mét een vaderfiguur geen last zou hebben gehad van dergelijke buitenissigheden.

Ze moest op haar tanden bijten om de detectives niet in te lichten over haar eigen relatie met de jockey en zo het verhaal helemaal ongeloofwaardig te maken. Dus zei ze:

'Hij zei dat hij eerst even bij pappie zou langsgaan. Hij zit al een tijdje met het krankzinnige idee in zijn hoofd om een tatoeage te laten zetten. Net als zijn grootvader. Allicht weer zoiets dat hij hem heeft aangepraat.'

Ze keek Sedes en Belli aan. Belli wilde vragen waar Sander Berk van plan was die tatoeage aan te brengen. Was dat op een opzichtige plek, bijvoorbeeld in zijn hals of op zijn schouder, of eerder discreet zoals op de enkel of...

Tot hun eigen verbazing veranderde Kirstina Berk van het ene op het andere moment van pose. Ze wilde opeens meewerken. Of misschien wilde ze het gewoon voor zichzelf weten. Ze bleef zich stuurs en dwars opstellen en behield haar hautaine blik en arrogante zuchten, maar ze haalde haar gsm uit haar handtas, zocht het nummer van haar zoon Sander en drukte het in.

'Sander? Waar zit je ergens?'

Kirstina Berk keek Sedes en Belli aan terwijl ze luisterde.

'Luister, ik heb hier twee mensen bij mij staan die je willen spreken. Ze zeggen dat ze een afspraak hadden met jou en...'

Kirstina Berk liet haar gsm zakken en bood hem aan aan de snelste van de detectives. Het was natuurlijk Belli die het eerst reageerde. Ze zette het toestel aan haar linkeroor.

'Ja? Met Lena Belli.'

'Hallo? Mevrouw Belli? Eerst en vooral mijn excuses dat ik niet ben komen opdagen die andere keer. Dat was echt lomp van me.'

Belli lachte.

'Dat geeft niets,' zei ze. 'We zijn zelf ook van Oostende. We hebben dus niet veel tijd verloren.'

'Maar als u wil... waarom gaan we nu niet meteen een glas drinken? Als dat u past tenminste. Is uw partner daar ook?'

Belli moest nog meer lachen om het woord 'partner'.

'Sedes? Ja, die is hier ook.'

Sedes stak zijn hand uit alsof hij dacht dat hij aan de lijn werd gevraagd, maar Belli hield de gsm koppig aan haar oor. Sander Berk zei:

'Welja, komen jullie allebei maar. Mijn moeder zal er ook zijn. Kennen jullie Café Ensor?'

'Café Ensor? Ja.'

'O.k. dan. Ik zal er zitten. Wat willen jullie drinken, dan bestel ik alvast.'

Belli hield de gsm even van haar oor en vroeg aan Sedes en Kirstina Berk wat ze wilden drinken. Sedes was verbaasd. Het leek wel alsof Belli en Berk zonet een dubbele date in elkaar hadden gestoken en hijzelf opgezadeld zou worden met de moeder des huizes. Na de bestelling zocht Belli naar het knopje om de gsm uit te schakelen, maar Kirstina Berk nam het spul over en stak het zonder meer in haar handtas.

'Café Ensor,' zei Belli hoopvol.

Het was druk in het centrum. Strandgangers die met badhanddoek over de blote schouder geslagen op zoek waren naar een sandwich, Oostendse jongelui die zich verschansten in de lawaaierige lunaparken en de oude Oostendse garde die vanaf de groene, metalen zitjes in de straat al uitkeek naar de winter, wanneer ze het rijk weer voor zich had. Overal in de lucht prijkten kleurrijke vliegers aan de wolkeloze hemel. Oefenaars die zich opmaakten voor het Grote Internationale Vliegerfestival *Kites in Oostende*.

Sedes en Belli volgden Kirstina Berk als twee bodyguards naar de drie tafeltjes voor Café Ensor. Aan een van de tafeltjes zat Sander Berk de menukaart te bestuderen. Hij zag eruit als de plaatselijke ster. Hij droeg een zonnebril met donkerblauwe glazen en slippers zonder kousen.

'Kijk eens aan,' zei hij glunderend terwijl hij opstond om Sedes en Belli de hand te schudden. 'Schoon volk laat altijd op zich wachten.'

Kirstina Berk nam twee stoelen van een ander tafeltje en schoof die erbij. Ze bukte zich, met één hand op Sanders schouder, om hem een kus te geven.

'Ze hadden geen campari, mams,' zei hij. 'Dus heb ik voor jou een gin-tonic besteld. Is dat O.k.?'

'Gin-tonic? Dat lust ik niet.'

Van een perfecte timing gesproken. Een jobstudente die als dienstertje werkte kwam met de drankjes aan. Sander Berk wilde de mislukte afspraak van de vorige keer op eigen initiatief extra goedmaken.

'Juffrouw, heeft u soms ook wat nootjes of olijfjes?'

Sander Berk zette zijn zonnebril af wanneer hij tegen dames sprak. Een oude truc die zijn grootvader hem wellicht ingelepeld had. Kirstina Berk voelde zich nog steeds niet op haar gemak met die twee vreemden aan tafel. Ze wilde voor alles voorkomen dat haar zoon te familiair werd in hun bijzijn en kwam direct tot de kern van de zaak.

'Sander... deze mensen vertelden me zonet iets dat... wel, ik heb ze speciaal meegebracht zodat jij het kan weerleggen... wat ze me...'

Kirstina Berk raakte niet echt uit haar woorden. Ze reikte nu toch naar haar gin-tonic.

'Wel, ze kunnen het je misschien beter zelf vragen?'

'We wilden gewoon even vragen,' zei Sedes op de man af, 'of je soms iets meer weet over die nieuwe opdrachtgever van Nico Rogge.'

Belli bleef Sedes aankijken. Ze deed alsof ze hier zelf ook niet op voorbereid was en ze er niets aan kon doen dat haar partner zulke vragen stelde. Sander Berk nam vriendelijk het kommetje groene olijven aan dat de dienster bracht, prikte er een op een tandenstokertje en zei heel smakelijk:

'De nieuwe baas van Nico? Nee, nog nooit ontmoet. En ik zal maar niet vragen hoe jullie weten dat ik nog contact heb met Nico, zeker?'

Kirstina Berk wilde haar zoon verdedigen en beschermen.

'Sander, liefje, als je wil kunnen we dit ook thuis bespreken. Die mensen werken voor me, maar ze hebben niet het recht je zo onder druk te zetten.'

Sander wuifde het weg.

'Mams, ik heb helemaal geen problemen om te zeggen dat ik gisteren bij Nico was. Die mensen doen gewoon hun werk en ze doen het goed. Waar zit je nu over te klagen?'

Hij bood Belli een olijf aan. Belli hapte gretig toe. Vervolgens ging hij verder de rij af en kwam bij Sedes. Sedes weigerde. Iedereen had zijn allergieën: Belli had zalm, hij had olijven. En drank natuurlijk. Kirstina Berk keek de twee detectives verontschuldigend aan. Daarna legde ze een hand op Sanders schouder en trok de mouw van zijn T-shirt wat omhoog.

'Je bent toch niet doorgegaan met die tatoeage, hè?'

Sander trok gemaakt preuts de mouw weer wat omlaag en lachte:

'Mams, alsjeblief, niet waar dames bij zijn.'

Hij schudde op zijn beurt verontschuldigend het hoofd in de richting van Sedes en Belli.

'Nee, mams. Wat dacht je? Dat ik *Nico ti amo* op mijn schouder had laten zetten? Ik ben misschien impulsief, maar ik ben nog altijd niet gek. Nee, dat hoofdstuk is afgesloten,' besloot hij.

Gelukkig maar, dacht Belli. Sedes hield Kirstina Berk in de gaten. Het was hem niet duidelijk of de moeder al dan niet op de hoogte was van Sanders aard. Misschien maakte ze er alsmaar grapjes en hints over zodat zoonlief het lekker kon weglachen en zij er niet hoefde bij stil te staan. Of misschien wist ze het wel, maar dacht ze dat ze het nog uit zijn hoofd kon praten. Net als die tatoeage.

17

*De privédetective is bij wet verplicht de gerechtelijke instanties op de hoog-
te te brengen van eventuele criminele, strafrechtelijke feiten die zich voor-
doen tijdens zijn werkzaambevoegdheden.*

'Wat denk je nu zelf, Tydgat?'

'Coene, alsjeblief.'

'Nee, echt. Wat denk je nu zelf? Mag ik je soms geen vragen stellen? Wat zijn jouw gedachten? We werken nu al een tijdje samen en
ik zou graag je mening horen.'

'Mijn mening, Coene? O.k., hier komt mijn mening. Je zit er volledig naast.'

'Denk je dat echt, Tydgat? Ik bedoel, denk je dat echt? Want, nu
ja, je stamt nog van een andere generatie en ik weet dat ik die dingen altijd meteen doorheb. En op die renbaan kan er veel gebeuren...'

Tydgat zuchtte. Coene besloot:

'Dus jij denkt, in alle eerlijkheid, jij bent er helemaal zeker van,
jij zou er dus je hele postzegelverzameling om verwedden dat Sedes
en Belli niets met elkaar hebben? Dat er niets tussen hen is behalve
zuurstof?'

Tydgat zuchtte nog een keer en dat was zijn antwoord. Ze zaten
in hun kantoor. Het was halfvier en eerlijk gezegd vond Coene dat ze
al genoeg werk hadden geleverd.

Ze waren net terug van de oefenrenbaan waar ze halsstarrig op
zoek waren gegaan naar Jos Boddaert. Sedes en Belli sloegen niet
meteen aan bij de trainer en dus werden Coene en Tydgat op pad
gestuurd om hem aan de tand te voelen. Als er één iemand was die
kon weten waarom *Sacré Neige* zo tekeer was gegaan, behalve de jockey, dan was het de trainer wel.

Op de oefenrenbaan werden ze echter van het kastje naar de muur
gestuurd en moesten ze het doen met Timmy, de stalknecht van de

Winner-stal. Timmy was een schuchtere boerenzoon met rode wangen een een bos gezond blond haar. Het type dat de hoofdrol kon spelen in de *Wonderlijke Avonturen van Dik Trom*. Hij liep er bij in een blauwe overall die een stuk te kort was.

'Mr. Boddaert? Nee, *den* Jos is er niet vandaag.'

'Enig idee wanneer hij er dan wel is?' vroeg Coene.

'Morgen zal hij er wel weer zijn.'

'Morgen zijn wij hier niet. Waar is hij nu dan?'

'Hij had een afspraak met iemand ,' zei Dik Trom.

'Waar?'

'Op het kantoor van Winner. Zaken. Contracten, zeker?'

'Op het kantoor van N.V. Winner in de Koningstraat?' vroeg Tydgat voor de duidelijkheid.

'Ja. We zijn nog maar pas begonnen met een eigen stal, dus *den* Jos runt alles nog vanuit zijn flat in de stad.'

Hij stopte zijn zin, maar de toon in zijn stem verraadde dat daar wel snel verandering in zou komen eenmaal *Sacré Neige* geld in het laatje begon te brengen.

Tydgat en Coene keken toe hoe de staljongen zich zonder pardon weer aan het werk zette. Over het onderste luik van een stal hing een capuchon te drogen in de zon. Het waren dezelfde kleuren als Nico Rogges nieuwe outfit. De stalknecht corrigeerde hier en daar nog een paar plekjes op de capuchon.

'Kun je eigenlijk een beetje opschieten met de nieuwe jockey?'

'Nico,' zei Timmy zonder omkijken. 'Nico is de max. Nico én den Jos kennen elkaar al lang, hè.'

'Dat hebben we gehoord. Die N.V. Winner is dus een beetje een reünie?'

De stalknecht antwoordde niet. Tydgat vroeg:

'En, hoe schat je de kansen in van *Sacré Neige* dit weekend? Hij staat niet echt bovenaan op het lijstje van de favorieten, hè? Zeker nu hij gisteren tijdens de race met zichzelf geen blijf wist.'

Timmy nam de capuchon met beide handen vast, hield een stuk tussen kin en borst geknield en draaide hem dan om met een snok, zoals een matador zijn rode doek voor een stier schudt. Toen begon hij aan hetzelfde ritueel als daarnet.

'Nog niet, nee. Maar dat is juist zijn sterkte, hè. *Den* Jos heeft daar alle ervaring mee. De kunst van de paardenrennen zit 'm niet in het winnen van één race, maar in het opwerken naar één bepaalde race.'

'Is dat niet hetzelfde?' hield Tydgat zich van de domme.

De stalknecht wilde per se al zijn opgedane kennis etaleren en trapte blind in de val.

'Natuurlijk niet,' zei hij. 'Het is allemaal strategische timing.'

Dat was een begrip dat hij ongetwijfeld al eens uit de mond van *den* Jos Boddaert had horen waaien.

'Daar komt het op neer. Om u een voorbeeld te geven: er zijn trainers die hun paard in bepaalde perioden bewust onder de knoet houden. Ze bedwingen het, niet in de race zelf, maar op training. Zo ontvluchten ze de favorietenrol en kunnen ze des te meer verrassen wanneer het er echt op aankomt.'

'Zoals de *Grote Prijs*?' vroeg Coene.

Tydgat zei snel:

'Dus als ik het goed begrijp hebben de trainers alle macht. Als ze willen dat een paard niet presteert, dan kunnen ze dat? Hoe? Met doping dan?'

De stalknecht glimlachte raadselachtig.

''t Hangt ervan af wat u doping noemt, hè. Als een trainer zijn paard suf traint en er alles tot op het bot uithaalt op training, dan zal het wel niet ver meer geraken in een race. Is dat een vorm van doping? Misschien wel, ja.'

'En dat heeft *den* Jos gedaan? Tot nu. Tot de *Grote Prijs*?'

De stalknecht reageerde streng, iets wat niet bij zijn uiterlijk paste.

'Dat heb ik niet gezegd! Ik ben niet de persoon om achter *den* Jos zijn rug te praten. Den Jos is de max.'

'De max, ja,' zei Coene.

Jos Boddaert stond in de hal van *Résidence San Calixto* en keek naar het visitekaartje dat hij net uit zijn brievenbus had gehaald. Wie *den* Jos vroeger als trainer had gekend, zag hem meestal in een versleten kostuumbroek en een trainingsvest rondlopen. Zijn haar was bijna altijd ongekamd, wat eigenlijk een betere zaak was. Nu probeerde hij zichzelf wat standing te geven door zich met schuim en scheermes te scheren en zijn vettige haar te kammen, maar door het kammen kwam er des te meer roos vrij. En het veel te spannende blauwe kostuum met de te korte broek brachten ook al niet veel bij.

In de bus staken reclamefolders, een paar uitnodigingen en rekeningen, maar het was dat visitekaartje dat hem intrigeerde. Een schietclub. Wat had N.V. Winner te maken met een schietclub? Of was dit een bedreiging? Boddaert dacht plots terug aan het ongeluk met Nico Rogge. Hij verkreukelde het kaartje onmiddellijk en liet het in de bus van zijn buur, ene mevrouw Glorieux, droppen. Het beste wat je met dreigementen kon doen, was ze gewoon negeren.

Het was een plakkerige namiddag, drieëndertig graden en heel vochtig. Maar in die kleine, knusse hal was het aangenaam vertoeven. Het was zo'n typische ruimte die je kon gebruiken om te schuilen tegen de brandende hitte. Boddaert stak zijn sleuteltje van de brievenbus weg toen hij aan de binnenkant van de glazen deur van *Résidence San Calixto* iemand uit de lift zag stappen. Een felle lichtflits van de instormende zon reflecteerde als een onheilspellende bliksemschicht op het glazen oppervlak. Boddaert zag het gezicht vanuit de donkere liftgang naar de deur komen. Hij zag zijn eigen spiegelbeeld in de deur ingevuld worden met de grove lijnen van het andere gezicht. Het was alsof hij benaderd werd door een mysterieus hologram dat hem uitnodigde binnen te komen in de catacomben van de onderwereld.

'Waar kom jij vandaan?' zei Boddaert. 'Wat doe je hierbinnen?'

Hij stapte de liftgang in waar het opmerkelijk koeler was en drukte op de lichtschakelaar. Er kwam geen antwoord. En er kwam ook geen licht. Er was geen tijd om te antwoorden. Alles ging heel snel. Boddaert had zijn vlezige hand al aan de donkerrode liftdeur toen hij plots een hevige pijnscheut voelde in zijn hals. Toen hij zich wilde omdraaien, besefte hij opeens dat de pijn zich niet in de hals situeerde maar eerder in zijn kaken en in zijn gehemelte. Hij hoorde iets knarsetanden, het geluid van een stuk wrakhout dat wordt stukgetrapt. Hij zag nog een paar beelden voor zijn netvlies passeren: het eerste paard dat hij trainde in Kuurne, zijn eerste liefje, een citroen die hij voor een weddenschap op school helemaal naar binnen had gewerkt, een fragment uit een film. Toen hoorde hij nog een krak en voelde hij alle levenskracht uit zijn lichaam wegvloeien. Het leek alsof hij werd opgehesen van de grond en opeens voelde hij zich een vulkanische massa: vloeibaar en heet. Even proefde hij nog zijn laatste levenssappen, maar tegen de tijd dat hij het Perzische tapijt raakte, voelde hij niets meer en was hij al dood. Het laatste wat hij had gezien was het groene lichtje van de lift dat aan- en uitflikkerde en dat zijn flashback mooi afsloot.

'Tiens, je kaartje van de schietclub is blijkbaar in goeie aarde gevallen,' zei Tydgat toen hij de klep van de brievenbus omhoog deed en erin keek.

'Tja...'

'Dat betekent dat ze niet op vakantie zijn. Zullen we nog even proberen?'

Tydgat belde aan, weer bleef het stil. Coene keek op zijn horloge. Het was iets voor vieren. Hij merkte dat de glazen deur op een kier stond. Van door de opening hoorde hij een monotoon mechanisme, als het geluid van een fotokopieermachine die een proefschrift van driehonderd bladzijden in twintig exemplaren aan het kopiëren was. Coene stapte de liftgang in. Het geluid werd sterker. Tydgat riep van bij het elektronische bellenbord:

'Coene!'

Maar Tydgat volgde Coene voorzichtig en toen iets minder voorzichtig toen hij een gedempte kreet te horen kreeg:

'Shit! Tydgat! Tydgat!'

Tydgat kwam de liftgang ingerend en tegelijk viel de automatische lichtschakelaar uit. Hij zocht op de tast zijn weg naar de lift, afgaande op het monotone geluid dat steeds sterker werd. Met één arm vooruitgestoken raakte hij Coene aan. Coene leek zwaar te ademen. Toen vond Tydgat de schakelaar naast de lift. Hij drukte erop en het tafereel werd mooi uitgelicht. Tydgat had zin om weer op de schakelaar te duwen om het licht uit te doen. Hij had zin om deze korte beeldflits onmiddellijk uit zijn geheugen te wissen. Maar het was licht en het licht maakte alles dubbel zo gruwelijk.

'Jezus Christus!'

Bij nader inzien was het niet Coene die zwaar stond te ademen, maar een mollig vrouwtje van rond de veertig. Het moest een bewoonster zijn die net voor hen gearriveerd was. Zij stond in de hoek van de lift, aan de kant van de deur, met de rug tegen de knopjes die de verdiepingen aangaven. Het was hààr rug die het hele mechanisme in gang had gestoken en ook had doen blokkeren. De liftdeur wilde dichtgaan, maar botste op een uitgestoken voet. Coene keek van het mevrouwtje naar de persoon die languit op de vloer lag.

Jos Boddaert lag er als één vlezige, sponzige massa uitgestreken. Een bergje plasticine. Zijn vette dijen gingen naadloos over in zijn uitgestoken pens en zijn kleine hamsterwangetjes die hem in combinatie met de kleine pretoogjes deden lijken op een jonge Orson Welles hingen treurig neerwaarts. Voor de rest lag hij er vredig bij. Enkel zijn gezicht zag er niet pluis uit en Tydgat besefte pas na een tweede blik wat eraan scheelde. De onderkaak en onderlip van *den* Jos waren volledig naar achteren getrokken, zeker zeven à acht centimeter. Ze moesten met veel geweld en een ongelooflijke kracht naar achteren geforceerd zijn. Tydgat verlegde zijn blik naar de koperkleurige beugel die half in Boddaerts nek hing.

'Wat is dat in 's hemelsnaam?' vroeg Coene gruwend.

'Het lijkt op een teugel,' zei Tydgat. 'Een paardenteugel.'

'Jezus Christus!'

Het arme vrouwtje stond nog altijd aan de grond genageld. Ze verkeerde in een zware shock en bleef haar blik vastpinnen op de kapotte tanden van de overleden trainer. Ze had een lege plastic zak van de supermarkt in de hand. De inhoud van de zak, de twaalf sinaasappelen die ze daarnet nog vlug had gekocht voor de brunch morgenochtend, lagen als tennisballen verspreid in de lift. Eentje lag zelfs in de schoot van Boddaert. De hele liftkooi rook gelukkig naar de zoete sinaasappelen. Nog nooit rook een lijk zo fris. Misschien rook Jos Boddaert dood wel levendiger en frisser dan levend. Tydgat zette een stap naar voren, over twee sinaasappelen heen, en bekeek de mond van Jos Boddaert van naderbij. Coene vroeg:

'En?'

'Alle tanden eruit of verbrijzeld,' zei Tydgat nuchter als een begrafenisondernemer. 'De hele kaak is naar achteren getrokken. Het gehemelte is er helemaal aan. Echt als een vet varken afgeslacht. Shit, zeg.'

Hij verlegde zijn blik naar de teugel die hij niet aanraakte. Dat spul zag er splinternieuw uit. Het was wellicht zelfs geen millimetertje gebogen. Er zat enkel wat vocht en damp op, misschien van de laatste levensadem van Boddaert.

'Mevrouw,' zei Tydgat zacht.

Er kwam geen reactie.

'Moet ik haar een slag in het gezicht geven?' vroeg Coene zelf nogal paniekerig.

'Coene... verdomme, alsjeblief...'

'Wat?'

Tydgat nam de elleboog van de vrouw vast alsof ze allebei op een zinkend schip stonden of ergens aan een gigantische afgrond en hij extra voorzichtig moest zijn met zijn bewegingen om niet mee naar beneden te donderen. Hij raakte de vrouw nog maar even aan of ze gaf al een korte, abrupte, schelle schreeuw. Tydgat trok snel zijn hand terug. Weer probeerde hij de vrouw gerust te stellen, maar weer had de vrouw alle zin voor realiteit verloren. Ze was zich wellicht nog niet eens bewust van de aanwezigheid van Coene en Tydgat.

'Mevrouw, het is in orde. Het is voorbij.'

Maar het was natuurlijk niet voorbij en het zou voor mevrouw Glorieux, bewoonster van flat 3B in *Résidence San Calixto* wellicht nooit voorbij zijn. Elke nacht zou dat gruwelijk vervormde gezicht van die dikke man in haar nachtmerries opduiken. En tot overmaat van ramp zou ze een van de volgende ochtenden ook nog een anoniem kaartje van een schietclub in haar bus vinden.

'Gaat het, mevrouw? Coene, zorg jij even voor mevrouw hier?'

'Waarom?'

'Verdomme, Coene! Omdat ik het je vraag. Kun je even een glas water halen voor haar? Waarschuw ondertussen Moens en de rest.'

Coene nam het mevrouwtje over van Tydgat en begeleidde haar over de rand van de lift. Tydgat drukte onmiddellijk op de knop om de liftdeur open te houden. Hij was nu even alleen en liet zijn verstand ratelen. Wie had hier bij N.V. Winner een afspraak met Jos Boddaert die zo belangrijk was? Wat het ook was, het was belangrijk genoeg om tot actie over te gaan. Er bleef echter één prangende vraag in de lucht hangen: hoe had de dader de trainer kunnen overmeesteren beneden in de hal? Die laatste vraag loste Tydgat onmiddellijk zelf op. Hij wist hoe simpel het was om samen met een oud, gepensioneerd grootmoedertje de hal binnen te gaan en zich schuil te houden in de liftgang. Een klein smoesje zou volstaan om Boddaert op te wachten en hard toe te slaan.

Weer ging de automatische lichtschakelaar uit. Tydgat voelde zich in zekere zin opgelucht en bleef daar even staan in het donker. Hij was zich bewust van het lijk dat op nog geen meter van hem lag, maar hij wachtte even om het licht opnieuw aan te schakelen. Hij zocht en vond enige bescherming in het duister.

Iemand drukte op de schakelaar. Het lijk van Jos Boddaert was weg en de liftdeur was mooi gesloten alsof er niets gebeurd was en het leven in *Résidence San Calixto* zijn gewone gang kon gaan. Het was drie uur later en van alle betrokken partijen schoten enkel nog Sedes, Belli en Vic Moens over. Coene en Tydgat werden verzocht een verklaring te gaan afleggen op het politiebureau van Oostende. Commissaris Musseeuw en de haren zouden de zaak op de voet volgen. Het gebeurde immers niet vaak dat een rustige badstad als Oostende werd getergd door moord en corruptie. Sedes en Belli waren vrijwel meteen verwittigd en kwamen samen met Moens aan. Ze zagen nog net hoe de specialisten van het parket van Brugge ter plaatse waren en alles aan de nodige routine onderwierpen. De liftkooi werd afgebakend met een geel lint, wat niet zo moeilijk was en alle voorwerpen binnen en buiten de lift werden bestrooid met een zwart poeder om de vingerafdrukken te laten uitkomen. Weinig kans dat de dader geen handschoenen droeg, maar het behoorde tot de routine van Musseeuws team. De fotograaf deed zijn best om het als een routineklus te laten uitschijnen, maar het was hem ook wel duidelijk dat dit een primeur was voor Oostende. Zijn twee toestellen bengelden rond zijn hals en op een bepaald moment wist hij niet meer goed welk toestel hij moest gebruiken.

Toen het lijk werd opgeborgen en buitengedragen, was mevrouw Glorieux al opgevangen door Vic Moens en een psychologe van het parket. Ze mochten binnen bij een buur op de eerste verdieping en Moens was geshockeerd door het contrast tussen de twee plekken. Beneden in de lift was net een man vermoord, boven zat de echtgenoot van de gedienstige buur naar het voetbal te kijken en te vloeken omdat de scheidsrechter een goal wegens vermeend buitenspel afkeurde.

Nu, na afloop, ging Sedes met zijn rug tegen de lichtschakelaar leunen en stuurde Moens voor de gelegenheid de lift naar de vijfde verdieping. Hij had ze eventjes genoeg gezien.

'Wat denken jullie hiervan?' vroeg hij.

'Geen idee. Boddaert... eerlijk gezegd was hij de eerste op mijn lijstje van verdachten.'

'Ja...'

Belli keek naar de gesloten liftdeur. Ze had ooit in haar jonge jaren een Nederlandse thriller gezien over een lift die een eigen leven ging leiden en mensen vermoordde. Maar dit overtrof de fictie. Een geluk dat ze gisteren haar maag had gezuiverd. Ze mocht Sedes eigenlijk wel bedanken dat hij die moordenaar voor was geweest. Sedes merkte op:

'Die teugel is niet licht en je moet al heel wat kracht in je armen hebben zitten om zo'n snok te kunnen geven.'

'Het kan ook evengoed een vrouw zijn geweest,' zei Moens. 'Kirstina Berk?'

'Denk je?' vroeg Sedes.

Belli zei:

'Er zijn ook wel vrouwen die vandaag de dag heel wat schade kunnen aanrichten, Sedes.'

Sedes zag een grap voorbijgaan, maar reageerde niet. De situatie was te luguber. In plaats daarvan merkte hij op:

'Geen aanwijzingen in het kantoor van N.V. Winner?'

Moens gaf een zucht.

'Geen kantoor *tout court*. De flat staat volgens de eigenaar al maanden leeg. Blijkbaar gebruikte Boddaert enkel de brievenbus voor correspondentie. Blijkbaar was hij van zin klein te beginnen en zich letterlijk van de brievenbus naar het kantoor omhoog te werken.'

Het bleef even stil. Toen kwamen Sedes en Belli bijna gelijktijdig op het idee.

'Maar als er geen kantoor is,' begon Sedes.

'Waarom had hij hier dan afgesproken?' besloot Belli.

'Goeie vraag,' zei Moens.

In stilzwijgen verlieten ze de donkere liftgang. In de hal keken ze naar de brievenbus van N.V. Winner die ook al uitvoerig onderzocht was op vingerafdrukken. Moens dacht na over het verhaal dat Tydgat hem uit de doeken had gedaan en hij was aangenaam verrast met welk gemak en welke kalmte zijn oude makker de situatie had aangepakt. Natuurlijk kende hij Tydgat van vroeger, maar een tijdje was hij ervan uitgegaan dat hij zijn pensioen nabij was.

Moens en Tydgat hadden een geschiedenis samen. Hun vriendschap ging al een heel eind terug. Tydgat had zelfs de meeste ervaring van de twee, maar ze beseften allebei dat Moens het meeste gezag uitstraalde.

'Tydgat heeft de zaak goed aangepakt,' zei Moens opeens hardop terwijl hij de deur openhield voor Belli.

'Ja,' zeiden de andere twee in koor en ze wilden er nog iets aan toevoegen, maar ze hadden geen idee wat. Het was een spijtige zaak en of die nu goed of slecht was aangepakt, er was één mens minder op deze aardbol. En alle drie beseften ze meer dan ooit dat de volgende dagen de lijn tussen professioneel en privéleven niet meer te trekken zou zijn.

18

Art.10. Behoudens het bepaalde in artikel 16§2 mag de privédetective de inlichtingen die hij bij het vervullen van zijn opdracht ingewonnen heeft niet bekend maken aan andere personen dan zijn opdrachtgever of diegenen die door deze behoorlijk zijn gemachtigd.

Belli's zus Katia had dezelfde levenslustige trekken als haar jongere zus, maar ze had een zwaardere stem. Katia Belli was ook meer een vrouw dan haar zus, wat opmerkelijk was en ze straalde een soort constante ernst uit zonder daarbij saai te worden. Belli omschreef haar zus bij wijze van introductie aan Sedes als het ultieme resultaat van datgene wat bij Belli zelf nog niet tot uiting was gekomen. Katia had veel meer van het leven geproefd, *gezopen*. Ze was op haar twintigste getrouwd met een visser, een mislukking die haar exact drie maanden en negentien dagen van haar leven had gekost. Sedes kon moeilijk geloven dat de vrouw die nu voor hem zat ooit met een visser was getrouwd. Nog minder kon hij geloven dat ze hetzelfde bloed had als zijn partner. In tegenstelling tot Belli was dit een rijpere vrouw die al heel wat had meegemaakt. Een beetje zoals hijzelf. Een beetje zoals zijn Phaedra ook.

Ze zaten alle vier samen op het platformdak van de loods dat Belli's vader had ingericht als dakterras. Het was nog niet echt af, maar met een beetje goeie wil en een complete tuinset van *Dorset Teak* kon je je best aan de Rivièra wanen. Vader Belli dekte de tafel en verdween om de haverklap naar de andere kant van de schoorsteen waar hij een barbecuestel had opgesteld. De twee Belli's en Sedes zaten rustig aan tafel en keken uit over de Ryco terwijl voornamelijk Lena Belli het woord nam:

'Sedes hier komt recht uit de polders. Nietwaar, Sedes?'

Sedes glimlachte verveeld en keek Katia aan. Een doublure voor zijn Phaedra. Het was alsof Belli gewoon een advertentie had geplaatst na het zien van die foto in zijn huis. Of misschien was ze dan op het idee gekomen.

'Ja, ik ben een gezonde boerenjongen. Ik geef het toe,' lachte hij.

'En hij heeft nog piano gespeeld op cruises,' zei Belli die het bijna leuk vond om Sedes als het beste waspoeder aan te prijzen.

'Echt?' vroeg Katia.

'Ja, we maken allemaal fouten, hè,' grapte Sedes.

'Zie je dat echt als een fout? Ik vind dat romantisch,' zei Katia.

'Zus is zo,' zei Belli terwijl ze een kartonnen bierviltje nam en het onder een poot van de tafel stak om ze recht te houden. Het dak van de loods bestond uit een soort rubberen asfalt met zwarte korrels op en er zaten hier en daar putten in.

'Katia heeft iets met mannen die iets met de zee hebben.'

'Lena!'

'Het is toch zo! Ik heb nooit geweten of jouw vroegere wederhelft kieuwen had of longen. Ik bedoel, ik heb het nooit gecheckt, maar...'

'Al had je dat bijna gedaan, nietwaar,' lachte Katia met een vette knipoog naar Sedes.

'Ja ja,' zei Belli. 'Laten we dat potje vooral maar gedekt houden.'

'Waarom?' zei Sedes. 'Laten we dat dus vooral niet doen. Katia, aan jou de eer.'

Het duurde dus niet lang voor het drietal in een amusante anekdote verwikkeld was rond een misverstand waarbij Belli voor haar zus werd aanzien en door de visser bijna vol op de mond was gekust. Ze was echter op het nippertje van de verstikkingsdood gered door haar allergie aan tabak. Sedes, van zijn kant, kon maar niet begrijpen hoe de arme visser zich had kunnen vergissen: de twee Belli's verschilden zowat evenzeer van elkaar als een vlot en een cruiseschip.

'Ja, zoals je al zei: we maken allemaal wel eens fouten. Eddie bleek naderhand niet alleen met mij getrouwd, maar bleek ook nog eens een vrouw te hebben zitten in Dover en eentje in Calais.'

'Oeps,' zei Sedes.

'Tja.'

Toen was het even stil, en daar was vader Belli alweer met drie borden op één arm die hij als de beste ober aan zijn bezoekers presenteerde. Op elk bord lagen drie mooi gesneden stukjes: een half kippenborstje, zachtjes bruin gebakken, een klein Italiaans worstje en een varkenssaté met gele en groene paprika en schijfjes sinaasappel tussen. Dit alles had Belli's vader versierd met wat gekoelde couscous met muntsmaak, rozijnen, olijfolie en aan de rand een mild currysausje.

Sedes maakte nog een grapje over Belli's kookkunsten en vroeg voor de zekerheid of *zij* niet had ingestaan voor dit maal. Maar Belli's vader zei:

'Ben je gek? Voor één keertje dat ik mijn twee dochters tezamen over de vloer heb, wil ik ze niet allebei in één klap verliezen.'

'En Sedes dan?' vroeg Lena.

'Sorry hoor, Frank, jou ken ik nog niet goed genoeg,' zei Belli's vader. 'Maar als je mijn dochter zover krijgt om mij aan de barbecue te zetten... Coene heeft dit nooit gekregen, weet je.'

Katia Belli viel uit de lucht.

'Wat is er wel gebeurd misschien?'

'Lang verhaal,' zei Belli alsof het om een zaak ging die al verjaard was.

'Lang verhaal en vooral een onsmakelijk verhaal,' lichtte Sedes toe.

Het vlees en de kip smaakten heerlijk. Belli's vader had verstand van barbecuen, zo bleek. Hij was niet de zoveelste middelmatige barbecuer die om de twee weken zijn stel uit de garage haalde en dan stond te jongleren met het vuur om indruk te maken op zijn buren. Nee, deze man zag barbecue niet als spektakel, maar als subtiele kookkunst. De stukjes kip waren zalig net op tijd omgedraaid en hadden een lichtbruine, korrelige korst die Belli's vader op de een of andere manier heel mals had gekregen. En de stukjes op de varkenssaté klitten mooi samen met de schijfjes sinaasappel, wat op zich dan weer mooi paste bij de koele muntsmaak van de couscous. Als verfrissing had de chef van het huis gekozen voor een Australische wijn die tegenwoordig zeer in trek was en die lekker lang en droog aan het gehemelte bleef plakken.

Een tijdlang bleven ze daar genieten van het eten en de drank en de vallende duisternis. Het was zo'n moment waar alles mooi in elkaar paste en de tijd leek stil te staan. De Belli's hadden elkaar al een poosje niet meer gezien en het weerzien was heel gemoedelijk en rustgevend. Sedes voelde zich merkwaardig genoeg geen buitenstaander, maar een vriend van de familie. Hij had dat gevoel bijna nooit. Hij merkte ook op dat Lena Belli het harnas van de partner van zich had geworpen en zich voluit liet gaan. En het stond haar.

Gedurende al die tijd had niemand van hen nog stilgestaan bij de gewelddadige dood van Jos Boddaert. Misschien hadden ze er wel even aan gedacht, maar lieten ze het elk weer even snel varen. Een beetje zoals een student de gedachte aan zijn volgende examen voor eventjes laat rusten. Het liep allemaal heel lekker tot Katia de cruciale fout maakte om over het werk te beginnen.

'En waarmee zijn jullie nu bezig? Drugs, moord, oplichting?'

'Niet doen! Niet doen,' riep Belli's vader nog, maar het hek was van de dam.

'Ja,' zei Sedes enkel.

Belli legde de zaak verder uit, in grote lijnen. Haar zus leek de eerste te zijn die niet moest gniffelen om de paardenzaak. Dat lag niet in haar karakter. In plaats van zich op de dij te slaan, schonk ze nog wat wijn bij en zei ze dat ze dat op zijn minst interessant vond.

'We zitten momenteel op een dood spoor. Maar we denken alleszins aan oplichting van de verzekeringen.'

'Wie piept diens holleke riekt,' zei Belli's vader speels.

'Zoiets,' zei Belli.

'Ik weet niet,' zei Sedes. 'Ik geloof niet dat Berk daartoe in staat is. Ze heeft het veel te druk met mannen af te blaffen en vergaderingen te leiden.'

Katia haalde haar wenkbrauwen op. Lena zei plechtig:

'Zoals je wellicht merkt ligt Sedes een beetje onder de sloef van mevrouw Berk, onze opdrachtgever. Hij heeft het niet zo voor vrouwen die orders uitdelen.'

'Dat heb ik niet gezegd,' zei Sedes. 'Ik heb niets tegen feministes zoals Berk. Maar ik heb wél iets tegen feministes die denken dat de geest van hun overleden echtgenoot voortleeft in hun paard. Dat heeft niets te maken met feminisme, dat lijkt meer op extremisme.'

Hij keek naar zijn onaangeraakt wijnglas en besefte dat hij zonet vier zinnen achter elkaar had gezegd. Hij begon uit zijn schelp te komen en zich dus op gevaarlijk gebied te begeven. Hij hield de palm van zijn hand boven het glas toen Belli's vader nog eens rondging.

'Ik zal even toelichten,' zei Lena. 'Berk is een moeder met een pracht van een zoon, die homo is en is daar blind voor. Ze verstopt zich bij haar paarden.'

'Je bedoelt om de werkelijkheid niet onder ogen te zien,' zei Katia.

'Het is een bekend gegeven dat zo oud is als de straat,' zei Belli. 'Escapisme eerste klas. Door het wegvallen van de vaderfiguur wordt de zoon wie hij is en krijgt de moeder schuldgevoelens.'

Vader Belli leek geamuseerd. Hij had het naar zijn zin. De baan van zijn dochter bracht altijd wel de nodige afleiding. Overdag werd hij geconfronteerd met aardse zaken zoals het vervangen van een touw of de herstelling van een motor. 's Avonds keek hij al een beetje uit naar het moment waarop Belli thuiskwam. Het was alsof hij met haar de televisie opzette en zich kon ontspannen met een goed verhaal. Onder het avondeten was het dan ook meestal zij die het woord voerde. Nu reageerde hij. Hij wilde dat Belli bij de feiten bleef. Psychologie was niet aan hem besteed.

'Ben jij nu nog psychiater ook?' vroeg hij lachend aan Belli. Hij stootte Sedes aan en merkte dat die zijn glas nog niet had aangeraakt. Hij wees ernaar, maar Sedes maakte een vastberaden gebaar alsof hij zelfs zijn laatste sigaret voor een vuurpeloton afsloeg.

'Nee,' verdedigde Belli zich. 'Dat is nu niet zo moeilijk, toch? Het is trouwens ook duidelijk dat die zoon, Sander, er nog een schepje bovenop doet om zijn moeder te tergen.'

'Denk je?' zei Sedes.

'Ik ben er zeker van. Katia, die jongen is echt, wel, hij is echt een kanjer. Het is uitdagen, daar draait het allemaal om. Het is een zuiver psychologische strijd. Zeker als je bekijkt dat zoontjelief in zijn moeder een rivaal ziet.'

'Denk je echt dat die zoon homo is geworden door de afwezigheid van een vaderfiguur? Dat is een nogal éénzijdige theorie, vind ik. Dat betekent dat alle wezen in se homo's worden.'

Belli zat even vast. Katia steunde Sedes.

'Ja, daar zit iets in, Lena. Ik bedoel, een geaardheid is een geaardheid en dat zit *in* je. Het zou een verkeerd beeld geven mocht je dat toeschrijven aan een externe factor. Net zoals het verkeerd zou zijn om de moeder de schuld te geven.'

'En toch heb ik de indruk,' zei Belli, 'dat Berk zich op de paarden stortte uit onmacht. Ze kan het niet aanzien wat haar zoon zichzelf aandoet en dus kiest ze voor de beesten.'

Vader Belli gaf het commentaar van een nuchtere buitenstaander. De modale kijker die met de afstandsbediening meespeelt met een poll op televisie.

'Ik begrijp nog altijd niet hoe een vrouw zich in deze eeuw nog kan storen aan de geaardheid van haar zoon,' opperde hij.

Daarna was het even stil. Maar niet voor lang. De bal was gespeeld en omdat Katia noch Sedes elkaar iets zinnigs konden vertellen, schoot Belli in actie om de meubelen te redden met haar anekdote over *zatte* Frans op de renbaan. Ze beschreef hem uitstekend en het verhaal was sappig en overdreven, maar toch was er iets veranderd in de conversatie. Misschien was het wel de tweede stilte die aangaf dat er buiten het werk niet veel meer te zeggen viel. Katia bleef beleefd geïnteresseerd, maar Sedes begreep dat het niet meer dan beleefdheid was. Hij begreep dat Lena Belli net een uniek moment zat te vertellen dat ze samen als partners hadden meegemaakt en dat maakte van zus Katia weer niet meer dan een buitenstaander. Ze had evengoed kunnen zeggen: '*Jullie hadden het precies helemaal naar jullie zin.*' Lena Belli ging ongestoord verder:

'Nu ja, hoe afstotelijk Frans er ook uitzag, hij had iets met paarden. Meer nog, zijn gebit was bijna even groot en walgelijk geel als dat van een paard, maar hij heeft me toch maar wat unieke informatie doorgespeeld.'

'Voor je mooie ogen, zeker,' lachte vader Belli.

'Ja, pa. Voor mijn mooie ogen.'

'Wat voor informatie dan?' vroeg Katia.

'*Inside information* van de renbaan,' zei Belli en uit vrees dat dit te kortaf klonk, zei ze er nog bij:

'Je staat ervan versteld hoeveel codes er op zo'n renbaan gelden.'

'Ja? Zoals?'

Belli zocht in haar geheugen naar een voorbeeld. Ze had de avond na haar ontmoeting met zatte Frans op de renbaan een paar zaken in haar schoolschriftje geschreven en daar zat ze nu denkbeeldig in te bladeren. Ze had er natuurlijk ook samen met Sedes over gepraat, maar die leek haar niet te willen helpen.

'Wist je bijvoorbeeld dat twee paarden met dezelfde beginletter in hetzelfde jaar geboren zijn?'

Katia lachte verveeld. Ze zocht iets in haar zakken. Sedes dacht aan sigaretten, maar het was een nicotinekauwgum die Katia niet snel genoeg kon openen.

'Ja?'

'Ja,' zei Belli. 'Natuurlijk geen twee paarden die tien jaar verschillen. Maar binnen een bepaalde periode -laat ons zeggen vijf jaar- staat één bepaalde letter voor één bepaald jaar.'

'Frappant,' zei Katia doodernstig.

'Ja, hé? Pak nu bijvoorbeeld dat paard van de Berks, je weet wel, onze zaak, die heet *Salieri*. Welnu, *Salieri* moet in hetzelfde jaar geboren zijn als pakweg...'

Sedes sprong in.

'Als *Sacré Neige*.'

'Dat is... boeiend,' zei Katia weer. 'Bijna zoals met tweelingen, nee? Je weet wel: een band tussen twee familieleden. Nu ja, *Salieri* of die *Sacré* Huppeldepup, voor mij is het allemaal hetzelfde. Een paard is een paard. Een staart en manen en dat is het...'

Maar Katia kon haar verhaal niet verder afmaken. Belli zat Sedes verwonderd aan te kijken. Het woord 'tweeling' was hen net ontglipt, maar er was iets anders tussen hen blijven hangen. Ze waren nog niet zo heel lang partners, maar wel al lang genoeg om te beseffen dat ze net een constatering hadden gedaan. Het kon evengoed een constatering zijn van het kaliber dat een kikker groen is: volstrekt overbodig en nutteloos. Maar allebei reageerden ze.

'Wat zei je daar?' vroeg Belli.

'Wat?' vroeg Katia verwonderd.

'Daarnet. Je zei dat het je niet uitmaakt.'

'Ja toch. Die beesten lijken allemaal op mekaar. Staart...'

Belli verlegde haar blik naar Sedes. Sedes stak zijn tong in zijn kaak.

'Jij hebt het ook gehoord, hè, geniepigerd,' zei ze geheimzinnig. 'Wat denk je?'

'Niets,' zei Sedes. 'Maar...'

'Maar het klinkt wel lekker. Ja, dat gevoel heb ik ook.'

Katia keek haar vader aan. Ze was niet meer mee. Ze voelde de aandacht verslappen. Ze kauwde verbeten op haar nicotinekauwgumpje. Vader Belli had maar één blik nodig om Lena teken te doen dat ze moest ophouden over haar werk. Maar Belli fronste bijna boos de wenkbrauwen en maande haar vader aan ze eventjes te laten brainstormen. Ze mochten niet gestoord worden en toen Katia uiteindelijk opstond om na vier maanden haar eerste sigaret op te steken, was de sfeer helemaal verpest. Vader Belli keek zijn ene dochter vol medelijden en zijn andere vol verwijten aan. Hij begon de tafel af te ruimen en nam het overschot van de fles wijn voor zich mee.

Sedes en Belli hadden zich ondertussen afgezonderd in een soort geestelijke cocon.

Ze beseften allebei dat ze er dicht op zaten. Opeens, door een speling van het lot, werd hen een tip in de schoot geworpen. De waarde van de tip viel nu nog niet te achterhalen, maar hij kon wel eens doorslaggevend zijn. Belli verliet opeens de tafel en even draaide Katia zich hoopvol om, maar nog geen twintig seconden erna was Belli daar weer met de foto's van *Salieri* die Lambroux had laten bijmaken. Ze staken in het kartonnen dossier *Berk*, samen met de rest van de documenten. Belli spreidde de foto's over de tafel en schreef op de achterkant van een van hen de drie namen: *Salieri, Sacré Neige* en N.V. Winner.

'Allemaal onwerkelijke namen,' zei ze.

'Pseudoniemen.'

'Maar waar zit het verband?'

Als opgewonden speelkinderen zaten ze op de rand van hun opklapbare tuinstoel en wiebelden met de ellebogen op tafel heen en weer. Met een guitige blik keken ze elkaar af en toe eens aan en zagen de spanning in elkaars ogen. Opeens schrok Belli op en richtte ze zich tot haar zus:

'Sorry, Katia. We zijn zo klaar, hoor. Ik hoop dat je het niet erg vindt dat ik je blind date even inpalm.'

Katia glimlachte gemaakt. Je mag hem houden, dacht ze. En ze doofde haar sigaret en riep vragend door het schoorsteengat naar haar vader of ze niet moest helpen. Ze wachtte niet op het antwoord en zette al een been op de trap. Belli slaakte een speels kreetje zoals iemand zou doen die net iemand anders wil tikken en die op een haar na mist.

'Er is toch een verband, hè. Zeg me nu niet dat ik me dit allemaal inbeeld.'

'Ik voel het ook,' zei Sedes kalm, maar hij wist niet te zeggen wat en naarmate hij langer naar de foto's van *Salieri* bleef kijken, des te leger werd zijn blik. Tot hij na een tijdje gewoon niets meer zag en in het ijle staarde. De duisternis was ingetreden. Hij keek rond en merkte dat ze alleen waren.

'Ik hoop dat je zus ons nog een dessert gunt,' zei hij.

Belli keek hem beteuterd aan, nam een van de foto's en tikte er met haar nagel op alsof ze wilde zeggen dat ze iets hadden. Ze hadden echter een foto en niets meer en met die wetenschap doken ze allebei het schoorsteengat in, in een ultieme poging om zich toch nog sympathiek te maken bij de rest van de Belli's.

Op hetzelfde moment probeerde een gebruinde kleine dertiger van amper tweeënvijftig kilogram zich tevergeefs in slaap te wentelen. De gebeurtenissen van de voorbije dag waren te spannend en te uniek geweest om te doen alsof er niets aan de hand was. Vier uur geleden zat Nico Rogge nog in een verhoorkamer van de Oostendse Eenheidspolitie in de Alfons Pieterslaan. Hij had nooit durven te denken dat hij, een man die altijd wel op zijn pootjes terechtkwam, daar zou vastzitten op verdenking van moord met voorbedachten rade. Commissaris Musseeuw had de leiding genomen bij het verhoor. Het was een zachtaardige, lieve vrouw die Rogge een beetje deed denken aan een lerares scheikunde die hij ooit had gehad. Een lekker ding.

Musseeuw en hij waren de enigen in de cel. Maar Rogge had ook wel genoeg films en series gezien om te beseffen dat er nog andere personen het gesprek volgden. Achter het spiegelglas stonden wellicht die directeur van SCAN, die Vic Moens, en zijn werknemers, elk detail te volgen.

De commissaris sprak op een heel lieve toon, ook al beweerde ze de meest onaangename stellingen. Ze begon eerst over zijn resultaten op de renbaan en over zijn relatie met Kirstina Berk en toen schakelde ze haast onopgemerkt over op zijn relatie met zijn nieuwe trainer Boddaert. Het was toen dat ze zei:

'Meneer Rogge, ik zal u geen blaasjes wijsmaken. Naast de vingerafdrukken van Jos Boddaert hebben we ook uw vingerafdrukken gevonden op die teugel. Ik zal niet beweren dat u daardoor geklist bent, maar, wel, we moeten natuurlijk rekening houden met alle mogelijke motieven. Begrijpt u wat ik zeg?'

Rogge antwoordde gevat zoals hij altijd deed bij mondelinge examens.

'Natuurlijk. U denkt dat ik de kans had om *den* Jos te vermoorden. Ik ben niet stom.'

'Dat dacht ik niet.'

'Ik ben niet zo stom om te vergeten dat men een motief nodig heeft om iemand te vermoorden. Waarom licht je me niet eens in, brigadier, over mijn motief. Hé?'

Rogge ging arrogant achterover leunen. Commissaris Musseeuw zei:

'Dat kan van alles zijn: geld, contracten die uitbleven, voor mijn part heb je hem vermoord omdat hij je bijna per ongeluk doodde door zijn paard in te spuiten zodat het minder ging lopen. Eerlijk gezegd doet een motief hier weinig ter zake, meneer Rogge. Vingerafdrukken zijn feiten. Het is dan ook logisch te veronderstellen dat u de laatste bent geweest die hem levend heeft gezien.'

Commissaris Musseeuw was een vrouw met ballen aan haar lijf. Daar viel niet over te twijfelen. Achter haar halflange donkerbruine pony en haar grote, majestueuze gestalte hield zich een vrouw schuil die al heel wat had meegemaakt. Roddels spraken vroeger zelfs over een vermeende verhouding met Patrick Coene en dat op zich was al genoeg om je sporen te verdienen. Rogge hield zijn onschuld staande:

'Ik bén bij Jos geweest, ja. Maar ik ben weggegaan toen hij nog lééfde.'

'Waarover wilde u hem spreken?'

Rogge keek naar de spiegelwand. Hij sprak voor de beide partijen.

'We hadden zaken te bespreken. Een nieuw contract met *Sacré Neige*. Jos zei dat er gouden tijden zouden aanbreken en hij wilde mij mee aan boord hebben. Zegt u me nu eens, madame de brigadier, waarom ik dat zou verkloten door hem te vermoorden?'

Musseeuw sloot geërgerd de ogen.

Een uurtje later werd Nico Rogge vrijgelaten. Hij werd niet in voorlopige hechtenis genomen en er werd geen borgsom geëist om de eenvoudige reden dat hij officieel nog geen verdachte in de zaak was. Het onderzoek van het parket was nog maar net gestart en tegen de tijd dat SCAN de politie ten volle op de hoogte had gebracht van het dossier waren we een paar weken verder. Wel moest Rogge zich te allen tijde ter beschikking stellen van de politie.

Daar lag hij nu aan te denken terwijl hij de slaap bijna te pakken had, maar telkens weer moest laten gaan.

'Jos,' prevelde hij half in zijn slaap. 'Jij stom, vet varken. Je dacht er te veel bij na, Jos. Je bent altijd al een denker geweest. Ik ben altijd een doener geweest, Jos. Ik zal nooit dezelfde fout maken als jij deed.'

En terwijl hij zijn ogen sloot, voelde hij zich voor het eerst sedert lang meer dan een gewone jockey. Hij wàs ook zoveel meer dan een jockey. Althans, dat zou hij binnenkort wel worden. Jockeytrainer, dat klonk een paar dagen geleden in de Berk-stal nog vies, nu klonk het mooi. Dat was voor later.

19

Het is de privédetective toegestaan elk gesprek, inclusief telefoongesprek, waaraan hij zelf actief deelneemt ten dienste van zijn werkzaambevoegdheden te registreren, ook zonder medeweten van andere partijen.

'En wie nu nog twijfelt aan mijn rendement, nagel ik aan de paal,' zei Coene triomfantelijk. Hij wees met uitgestoken wijsvinger naar zijn eigen diepe wallen onder zijn ogen en zijn rode adertjes die op hun beurt dan weer wezen op een zware nacht.

''t Is al goed, Coene,' zei Tydgat. 'Je mag blijven. O.k.?'

'Ik wil niet alleen blijven,' protesteerde Coene, 'ik wil ook respect. R.E.S.P.E.C.T.'

'Wat heb je dan wel uitgespookt, Coene?' vroeg Sedes. 'Waarvoor zou je zo per se een medaille moeten krijgen?'

Tydgat ging naast Coene staan en behandelde hem als een skelet dat voor een klas geneeskunde werd geplaatst. Hij duidde speels op de lichtjes weggedraaide ogen en het stekelige korte, ongekamde haar. Aan het einde nam hij ook het spijkerjasje van Coene tussen duim en wijsvinger vast alsof het om een met bier doordrenkt zweterig onderlijfje was.

'Coene wil enkel zeggen dat hij voor de verandering gewerkt heeft.'

Het kwam niet vaak voor dat Patrick Coene 's avonds op kantoor bleef om overuren te maken. Coene was een man van de straat, zowel op professioneel als op privévlak. Als Coene 's avonds niet op kantoor was, liep hij meestal zijn rondjes in de rosse prostitutiewijk van Oostende. Het was een publiek geheim binnen SCAN. Niemand kende de ware toedracht. Sommigen zagen Coene echter niet als een doorsneehoerenloper en gokten op een geheim. In ieder geval zag iedereen binnen SCAN Coene een beetje als een verloren gelopen broekjochie met een grote muil dat eigenlijk vooral nood had aan affectie en medeleven.

Het was gisteren iets over negenen in de avond geweest en Coene was voor de show maar gelijk blijven pitten in zijn kantoor. Hij kon maar gelijk overdrijven ook. Tydgat had even lang doorgewerkt, maar die was braafjes naar kind en gezin gegaan en was twaalf uur later weer present met verse koffiekoeken van *Bakkerij De Cock* in de Lange-straat, recht tegenover het grote Lunapark.

'En wil je je bevindingen delen met ons?' vroeg Sedes aan Coene. 'Of wil je liever wachten tot de briefing met Moens om met de plui-men te gaan lopen?'

Coene nam een vettige boterkoek en zette er zijn ongepoetste tanden in. Nu ja, of hij nu bleef plakken op kantoor of niet, ongepoetst bleven zijn tanden sowieso.

'Ik wacht liever tot iedereen hier is. Waar zit Belli?'

'Belli komt later,' zei Sedes. 'Ze wilde iets natrekken.'

'Nu? 's Ochtends? Wat dan?'

Sedes lachte geheimzinnig.

'We hebben elk onze geheimen, hé Coene. Wie eerst, jij of ik?'

'Ik ga trouwens niet alleen met de pluimen lopen,' zei Coene. 'Lambroux heeft ons flink geholpen. Nietwaar, Tydgat?'

Tydgat knikte instemmend.

'Lambroux heeft gisteren alle obscure zoekmachines op het net uitgepluisd. De naam Winner kwam recentelijk niet voor. Ondertus-sen zijn wij in het archief van de Nationale Vereniging van de Paardensport gedoken en het resultaat...'

'Het resultaat mag gezien worden,' zei Moens.

Een klein uur later zat het hele SCAN-team minus Belli rond de vergadertafel in de briefingroom. Het was nog maar tien uur en toch was het al boven de dertig graden. Het was de heetste dag in dertig jaar tijd. Moens had zijn eigen koelbox mee naar kantoor genomen, de box die hij ook gebruikte als hij ging strandzeilen. De hitte kon Moens echter niet tergen. Hij was er weer bovenop. Vannacht had hij de beslissing genomen om zich toch in te schrijven voor de race van dit weekend. Hij zag het slechts een beetje als zijn wraak tegenover

Carine. Maar meer nog had hij dringend een kick nodig. Het verwoeste gezicht van Jos Boddaert was ook op zijn netvlies blijven kleven.

De dood van Boddaert was de aanleiding voor een nieuwe briefing. Het was eerder een *round-up*. De bedoeling was dat iedereen zijn steentje op tafel gooide en er samen aan een oplossing werd gebouwd. In het stilzwijgen schuilde een eensgezind vermoeden dat ze dicht bij de oplossing kwamen. Moens bleef zitten terwijl hij het woord voerde en dat gebeurde niet vaak. Onder zijn oksels waren al enkele zweetplekjes te zien.

'O.k. Eerste round-up,' herhaalde Moens en hij knikte naar Tydgat die het woord nam.

'De naam Winner zit nergens in een archief van de Vlaamse en Nederlandse renbanen. Maar hij zit wel in een ander archief. Winner doet - of liever deed - aan jumping. Er bestaat dus een paard dat ooit Winner heette. Het duikt voor het eerst op in 1976 in de Prijs Henri Loget waar hij derde werd. In datzelfde jaar reed hij nog eens twee races waarin hij niet meteen veel brokken maakte.'

Sedes interpelleerde.

'Hoho.Winner was dus ooit een paard?'

'Dat heb ik toch net gezegd.'

'Wat wil dat zeggen? Niets, toch. Er zullen wel nog paarden zijn die Winner heten.'

Tydgat ging verder:

'Het heeft allemaal te maken met paarden, Sedes. Maar wacht: dat is nog niet alles. Winner stopte met de jumping in 1979. Een korte carrière dus. Niet te verwonderen als je beseft wie de eigenaar was.'

Belli had het op de een of andere manier voor mekaar gekregen om professor Dubruel op deze drukke voormiddag te spreken te krijgen. Zelf weet ze het aan haar charmante onuitgeslapen oogopslag. Professor Dubruel, van zijn kant, weet het aan de drukke zomerse file waar hij net uitkwam. Het énige nadeel als je aan de zee woonde of werkte: zomerfiles van dagjestoeristen. Hij wilde even bekomen en had dus wel tijd voor een losse babbel met dit blonde, overijverige stagiairtje. Ze zaten in de gang van het onderzoekscentrum in Gent.

'Tegen 2005 moeten alle paarden in Europa zo'n chip hebben ingeplant,' zei professor Dubruel.

'Dan kan niemand meer een paard claimen dat niet van hem is?'

'Inderdaad.'

'Dat doet me denken aan die stempels waarmee ze in die oude westerns met John Wayne het vee brandmerkten,' zei Belli.

'Je kunt het zo bekijken,' zei Dubruel. 'Maar je staat ervan versteld hoeveel paarden er gewoon aan hun lot worden overgelaten. Weet u, het zijn niet alleen katten en honden die langs de snelweg worden afgezet. We hebben de cijfers binnengekregen van vorig jaar: onthutsend. Meer dan de helft van de paarden in Vlaanderen bestaat officieel zelfs niet.'

Een stem uit een luidspreker vroeg naar professor Dubruel. De professor stond op en stak zijn hand uit. Belli schudde die, maar ze vroeg:

'Waar worden die chips eigenlijk ingeplant, professor?'

'In de hals,' zei Dubruel. 'Dat is het makkelijkst om te scannen en het paard heeft er daar ook het minst last van.'

'Zou ik zo'n chip herkennen als ik er één zie?'

'Het is een chip als een ander,' zei Dubruel. 'Ik ken niet veel van computers, maar ik veronderstel dat die dingen allemaal op mekaar lijken. Ze zijn allemaal even klein en hebben gewoon allemaal een andere code. Het kan eigenlijk niet simpeler. Je steekt de chip erin en het paard bestaat.'

Belli herhaalde:

'Het kan inderdaad niet simpeler.'

Ze moest zichzelf in bedwang houden. Ze mocht haar verbeelding niet op hol laten slaan. Ze mocht zich niet gaan vergalopperen. Zou het kunnen? Het was een waanzinnige gedachte. Maar hier zat ze dan, tegenover een specialist ter zake, die haar tussen de regels vertelde dat met een chip alles kon. Belli sprak de regels uit die de professor onbewust had verzwegen.

'Dus, professor, stél nu, in theorie...'

'Wie? Wie was die eigenaar van Winner?' vroeg Moens.

'Een veearts uit Nederland,' antwoordde Lambroux. 'Een regelrechte amateur die er niet echt mee bezig was. Een weinig lucratieve hobby voor hem en dus is hij een andere hobby gaan zoeken.'

'Ja, maar wie, Lambroux, wie? Een naam alsjeblief,' smeekte Sedes bijna.

Coene genoot. Toen zette hij zelf de kers op de taart:

'Wie denk je? Wie is zelf veel te zwaar om op een paard te gaan zitten? Wie gaat liever vissen? En wie vertelde ons dat hij *niets meer met groot vee wilde te maken hebben*?'

'Bernard Berk?'

Sedes klonk zelf minder verrast dan hij verwacht had. Het was alsof de naam van de dader al die tijd al als een teek op zijn huid had gezeten. Lambroux schakelde prompt de projector aan en toonde een geïmproviseerde foto van Bernard Berk. De foto was heel oud en de ouwe man van de zee was er bijna niet op te herkennen. Zijn haar was donker en zijn robuuste kop had nog niet zoveel karakter als nu. Lambroux gaf zelf toelichting.

'Bernard Hendrix om precies te zijn. Vader van Kirstina Berk en grootvader van Sander. Was veearts van 1958 tot 1967 aan de Universiteit van Eindhoven en begon daarna in 1968 een eigen praktijk in de buurt van Zeeuws-Vlaanderen. Had werk in overvloed, maar hield er opeens mee op. En dit is het vreemde: al zijn spaarcenten gaf hij door aan zijn dochter Kirstina. Zij bouwde er een stal mee uit en Bernard Hendrix zelf verdween voor een tijdje uit de picture.'

'Waarom?'

'Geen reden aangegeven. Kirstina Berk stak de grens over en verhuisde naar Oostende.'

'Het lijkt wel alsof ze met een schone lei wilde beginnen.'

'Ja, maar nogmaals: waarom?'

Sedes keek Moens aan, met een blik die het midden hield tussen spijt en excuses.

'Shit. Hendrix. Dat we die niet nagetrokken hebben.'

'Inderdaad,' zei Moens. 'En zeg me nu niet dat die Hemingway nooit te bereiken was omdat hij visjes was gaan vangen op zee.'

'Dus Bernard Berk was de echte eigenaar. De man achter de schermen?'

Dat zette iedereen weer aan tot nadenken. Moens voelde de natte plekken onder zijn oksels en kruiste zijn armen. Coene nam een tweede boterkoek en werkte die iets minder gulzig naar binnen. Die boterkoek zag er een stuk minder vettig en uitgeslapen uit dan Coene zelf. Tydgat keek naar Lambroux die opdracht gaf om de uittreksels omtrent de jumpinggeschiedenis van Winner uit te printen. Een overbodige opdracht aangezien alles beetje bij beetje duidelijk begon te worden.

'Het enige wat nog ontbreekt,' merkte Tydgat pienter op, 'is een motief.'

Plots werd het voor Sedes duidelijk:

'Shit! Belli!'

'Wat met Belli?' vroeg Moens hoewel hij al nattigheid voelde. 'Ze is toch niet weer ziek?'

'Ze zit bij Bernard Hendrix.'

'Wat? Nu?'

De stem van Moens klonk als een donderslag bij heldere hemel.

'Wat zit die daar te doen?'

Sedes durfde in eerste instantie niet te antwoorden in het bijzijn van de anderen. Hij had het liefst Moens even apart genomen. Coene zei:

'Heeft dit soms iets te maken met *"elk onze eigen geheimen"*, Sedes?'

Sedes slikte.

'Je bent niet de enige die heeft doorgewerkt, Coene. Belli en ik hebben gisteren nog wat gebrainstormd. Ze belde me vanochtend vroeg om te zeggen dat ze nog iets wilde onderzoeken. Ze wilde per se een zekere professor Dubruel spreken. En ze wou iets checken op het jacht van Berk.'

Moens leek ontstemd.

'Dus jullie wisten het al van Bernard Hendrix?'

'Nee, we hadden een vermoeden, chef,' zei Sedes. 'Enfin, Belli had een vermoeden en u weet hoe ze is als ze een vermoeden heeft.'

Moens wist niet of hij de twee nu een veeg uit de pan moest geven of ze moest complimenteren met het mooie werk. Het kwam niet vaak voor dat beide teams van SCAN zo mooi naar elkaar toe hadden gewerkt. Maar wat Belli nu nog moest checken leek hij niet te kunnen vatten.

'Wat is ze daar gaan zoeken?'

Sedes trok zijn lederen jasje aan. Hij wachtte tot de rest hetzelfde zou doen, en toen dit niet gebeurde, zei hij:

'Met alle respect, chef, maar kunnen we dit in de wagen bespreken? Ik leg u onderweg alles wel uit. Ik heb het gevoel dat Belli in de problemen zit.'

Moens keek iedereen aan. Toen stond hij op, nog altijd kalm en beredeneerd.

'Dat soort gevoelens kreeg ze destijds nooit van Coene, Sedes,' zei hij enkel.

Sedes had niet veel zin om een geschikt antwoord te zoeken. De zin 'Coene en gevoelens gaan nooit samen' viel hem pas veel later in. Nu was hij vooral begaan met Belli. Hij wachtte tot Moens hem voorging en even later stapten de vijf SCAN-leden als een hele brigade uit het gebouw. Een uitermate geschikt beeld om een film mee te beginnen: tegen het dampende verhitte asfalt komen vijf helden zij aan zij op de camera tegemoet. Moens en Sedes en Lambroux namen de SCAN-observatiewagen. Coene en Tydgat namen hun eigen wagen en allen zetten ze koers naar de Ryco.

'Zo,' zuchtte Moens terwijl hij goed en wel in vijfde versnelling het dok afreed. 'Wil je dan nu eens uitleggen wat Belli daar in haar eentje aan het uitspoken is?'

Sedes trok de zonneklep aan het raam naar beneden en liet het zwarte nylon gordijntje zakken aan het zijraam. De SCAN-observatiewagen bleef er altijd als nieuw uitzien. Aan de zetels kleefde nog de geur alsof hij pas van de lopende band was gerold.

En toen draaide Sedes ook maar meteen de film van gisterenavond terug. Hij draaide helemaal terug tot aan het begin van het gesprek met Katia, het pijnlijke moment waarop Katia zich uitgesloten voelde en Sedes en Belli over het werk begonnen.

De scène waarin Belli's arme zus afdroop spoelde hij snel door. Daarna legde hij alles stap voor stap aan Moens uit, beginnende bij de verwondering die de opmerking van Katia bij hen had opgewekt. *'Ze zien er allemaal hetzelfde uit, die paarden,'* had ze gezegd en toen was Belli die foto's gaan halen en hij wist niet meer precies hoe ze erop waren gekomen. Hij wist alleen nog te vertellen dat het Belli was geweest die verslingerd was geraakt aan die *Salieri*-foto's. Toen ze uiteindelijk allebei door het schoorsteengat van de loods naar beneden waren geklauterd om te helpen met afwassen, voelde hij duidelijk haar nervositeit.

En plots was Belli weer verdwenen naar boven, op het dak van de loods. Sedes was haar achternagegaan als een verliefde tiener die in het geheim had afgesproken en daar stond ze dan, half opgegaan in het duister, voorovergebogen over de foto's. Sedes was in alle stilte naast haar komen staan en ze was niet eens geschrokken van zijn plotse aanwezigheid. Zonder iets te zeggen legde ze een van de foto's boven alle andere. Het was een vrij aardige foto van *Salieri*, genomen in volle actie.

'Kijk,' zei ze enkel. 'Kijk goed.'

Sedes keek, maar zag niets. Althans niets speciaals. Hij zag een paardenkop, een rank en soepel lichaam in galopvorm en een wapperende staart. Hij schudde het hoofd. Toen nam Belli een andere foto van het paard. Nu liep het paard in een peloton van vijf paarden frontaal op de finish af.

'Wel...?'

'Wel wat?' vroeg Sedes.

'Je ziet niets?'

'Ik zie twee foto's van *Salieri*.'

'Mis. Je ziet één foto van *Salieri*. Op die andere foto staat *Sacré Neige*.'

Stilte. Sedes nam een van de foto's. Toen nam hij ook de andere. Hij legde ze allebei mooi terug. Hij was onthutst door de frappante gelijkenis. Op het eerste gezicht ging het om hetzelfde paard. Als je iets meer in detail trad, dan zag je de twee verschillen. Het was zoals zo'n puzzelplaatje in de kranten waarbij de lezer de verschillen moest ontdekken.

'O.k., ze lijken op elkaar. Maar...'

'Maar wat?'

'Hoe zit dat dan met die bles hier? En die twee vlekken op de rechterdij?'

Belli bleef Sedes glimlachend aankijken.

'Schoonheidsvlekjes, waarde Sedes. Die werk je zo weg met een laagje make-up. Of in het geval van paarden, met een laagje haarverf.'

Sedes draaide zich weg van de foto's. Hij was weer klaarwakker. Hij kreeg een kleine adrenalinestoot door zijn lichaam. Het bleef even stil. Beneden gaf Katia een krampachtige lach alsof ze zich aan het amuseren was met haar vader. Het klonk gemaakt en dat was het waarschijnlijk ook.

'Nee,' riep Sedes lachend uit. 'Nee! Zoiets kan niet.'

'Ik weet het, het is een krankzinnig idee. Maar... verdomme, het is echt krankzinnig!'

Belli sloeg opeens spijkers met koppen.

'*Salieri* en *Sacré Neige* hebben niet alleen dezelfde beginletter. Ze zijn niet alleen in hetzelfde jaar geboren. Meer nog, het zijn bij wijze van spreken tweelingbroers.'

Ze nam de twee foto's vast.

'*Salieri* is *Sacré Neige* en *Sacré Neige* is *Salieri!*'

Moens zat al een hele tijd zijn hoofd te schudden. Hij kende Belli al een tijdje en hij wist dat ze soms fel opging in haar werk, dat ze wel eens de pedalen verloor in fantasie en verbeelding. Maar hij dacht ook dat hij met Sedes de perfecte tegenpool in huis had gehaald: ernstig en nuchter. Wellicht zat Sedes al onder het juk van zijn nieuwe partner en diens dromerige verbeelding. Moens reed bijna een onschuldige voetganger aan de oever van de Ryco omver.

'Ik ben er niet mee weg,' zei Moens ten slotte droogjes.

'Ik vind het eerlijk gezegd ook wat ongeloofwaardig, Sedes,' zei Lambroux achter in de van. 'Ik weet het: paarden zijn paarden, maar hoe verklaar je dan dat kenners het verschil niet zouden merken?'

'Dat is het juist,' zei Sedes die ondertussen teken deed dat Moens moest uitwijken voor een fietser. 'Die kenners baseren zich nu voornamelijk op die chips die worden ingeplant. Het vergt heel wat precisie en echte professionaliteit om zo'n chip in- en uit te planten. Het is het werk van een veearts...'

'Een veearts als Bernard Hendrix.'

Sedes ging verder:

'Een andere kenner die het verschil merkte was Jos Boddaert. Hij was jarenlang de trainer van *Salieri*. Stel je eens voor hoe die reageerde toen hij opeens zijn eigen paard herkende in een andere vorm en onder een andere naam.'

Moens bleef zijn hoofd schudden. Hij keek even achterom naar Lambroux en richtte zich dan weer voor zich waarbij hij een klopje op het stuur gaf.

'Dit is een plot voor een B-film, Sedes. Dat geloof je zelf toch niet!'

Lambroux stak haar hoofd naar voren en legde een hand op Sedes' schouders. Een symbolische daad van ondersteuning.

Tijdens het vervolg van de rit naar de Ryco hield Moens zijn mond. Hij reed als een *Hell's Angel* en haalde de gekste toeren uit. Het was niet zijn gewoonte om zo op te gaan in het drukke verkeer. Sedes' monotone stem liep ondertussen gewoon door als een verslag op de radio. Hij gaf te kennen dat het niet moeilijk moet zijn geweest voor een ex-eigenaar en veearts als Bernard Hendrix om de truc te laten slagen. Moens was echter niet overtuigd.

'Wat wil Belli daar dan vinden?'

Sedes moest iets zuurs doorslikken om verder te gaan. Hij was het niet gewend om zo lang het woord te voeren. Maar net op dat moment ging zijn gsm af.

'Hallo, met Sedes. Belli?'

Het was niet Belli. Sedes stak vliegensvlug het toestel in de carkit en schakelde de luidspreker aan zodat iedereen in de wagen het gesprek kon volgen. De stem van Bernard Hendrix vulde de auto en weerkaatste op het dashboard tot bij Lambroux.

'Je weet wel wie dit is,' zei Hendrix. Moens zei:

'Bernard Hendrix?'

'Wie is dit? Ik wil Sedes spreken.'

'Dit is Vic Moens, chef van *Scan Recherche*,' begon Moens. 'Ik...'

'Geef Sedes door, Moens. Ik wil Sedes.'

'Sedes zit hier naast me,' zei Moens.

Het was even stil. Wellicht vroeg de ouderwetse Hendrix zich af hoe twee mensen aan dezelfde lijn konden hangen.

'Sedes?'

'Ja, ik ben hier. Waar is Belli?'

'Lena is hier bij me.'

'Waarom geef je haar niet door?'

'Luister, Sedes,' zei Hendrix. 'Ik wil geen problemen.'

'O.k.,' zei Sedes.

Hij zweeg. De ander wachtte tot Sedes de vraag zou stellen. Maar Sedes gaf niet toe aan dit psychologische spelletje. Hij bleef even koel als een ijspiste. Hendrix zei:

'Sedes? Je weet dat binnen een uurtje de *Grote Prijs Teflon* start op de Wellington? Ik weet dat je Lena zo snel mogelijk wil weerzien en ik beloof je op mijn erewoord dat je haar zal weerzien. Heb je dat?'

Sedes keek naar Moens die zijn hoofd schudde.

'Ja, ik heb het,' zei Sedes. 'Maar dat van die race kan ik je niet beloven, Bernard. Waarom tot na de race en niet ervoor?'

Moens wilde er nog iets aan toevoegen maar Sedes stak op tijd zijn hand op. Hij richtte zijn blik op het dashboard naar de carkit. Bernard Hendrix antwoordde vrijwel onmiddellijk.

'Ik kan het je maar beter meteen vertellen. Het is toch allemaal naar de knoppen. *Salieri* rijdt mee als *Sacré Neige*. De nieuweling die niemand kent. Hij staat driehonderd tegen één, Sedes. Driehonderd tegen één. Als je dus een bom geld wil verdienen, kan je best op hem wedden. Hij staat er het slechtst voor bij de bookmakers, maar het best wat zijn eigenlijke kansen betreft.'

'Dank u wel voor de tip,' zei Sedes droog. 'Ik geloof niet in gokken.'

Bernard Hendrix bleek vrij zenuwachtig voor een man die alles onder controle leek te hebben.

'Sedes?'

'Ja.'

'Jullie houden je dus koest tot na de race, hé? Ik wil geen problemen.'

Sedes keek naar Moens. Moens hield zijn ogen op de weg. Hij fluisterde:

'Waarom zegt die vent steeds dat hij geen problemen wil? Hij hééft problemen.'

Lambroux tikte Sedes op de schouder en wees naar de carkit als teken dat hij de conversatie moest gaande houden. Zij had achterin de bandrecorder aangezet en het gesprek werd vanaf de tweede zin opgenomen op DAT.

'U hebt ongetwijfeld al heel wat ingezet,' zei Sedes.

Om de een of andere reden weigerde Bernard Hendrix daarop in te gaan.

'Als *Sacré Neige* wint en het geld is overgemaakt, dan is er geen enkel probleem. Maar als er iets tussenkomt op de baan of *Sacré Neige* haalt het niet... Tja, Sedes, zorg alsjeblief dat Lena niet in de problemen komt. Ik heb het wel voor d'er.'

Moens reageerde nu wel op tijd, maar de verbinding werd al verbroken. Lambroux constateerde dat het gesprek vier minuten zevenendertig had geduurd en dat het was gevoerd met een mobiele telefoon, waarschijnlijk de gsm van Belli zelf. Sedes zat nog altijd star voor zich uit te kijken. Hoe stom was hij geweest om Belli er alleen op uit te laten trekken. Ze waren partners. Moens schoot in actie en drukte een nummer op zijn gsm. Hij keek in zijn achteruitkijkspiegel en zag achter hem Tydgat in de andere wagen opnemen.

'Tydgat? Het plan is gewijzigd. Jullie gaan naar de Wellington.'

'Waarom?'

'Ik leg het later wel uit.'

Moens zweeg even.

'Bernard Hendrix heeft Belli. Hij heeft een massa ingezet op *Sacré Neige* en we kunnen enkel hopen dat dat verdomde paard wint. *Sacré Neige* is *Salieri*.'

'Wat moeten wij dan doen, chef?'

Dat was de stem van Coene die zich even tegen Tydgat had aangevlijd om deel te kunnen nemen aan de conversatie.

'Ik weet het niet,' gaf Moens toe. 'Ik weet het eerlijk gezegd niet. We kunnen niet allemaal tegelijk achter Belli aangaan. Bovendien kan Hendrix zich in de tribunes verschalken en van daaruit handelen.'

'O.k., Vic,' zei Tydgat en hij hing op.

Vrijwel gelijktijdig zag Moens in zijn achteruitkijkspiegel de wagen achter zich rechtsomkeer maken. Moens reed nu zelf de Ryco binnen. De wagen was nog niet tot stilstand gekomen of Sedes sprong er al uit en liep zonder aarzelen naar de *Kirstina*. Nog geen minuut later kwam hij op hetzelfde tempo teruggehold terwijl hij ostentatief zijn hoofd schudde. Hij stapte in, gooide zijn portier dicht en zei:

'Noppes.'

'Chef,' piepte Lambroux voorzichtig. Moens keek haar aan in de achteruitkijkspiegel. Het was alsof hij enkel nog handelde met zijn ogen. Lambroux vroeg:

'Musseeuw?'

Moens keek op zijn horloge. Nog een goed uur en de hel zou losbarsten op de Wellington. Hét evenement van het Vlaamse paardenseizoen. Zijn ervaring had hem geleerd dat tijdens grote evenementen er altijd meer kans was dat er iets kon fout lopen. Dit was niet anders. Het probleem was dat Hendrix zich als een lafaard verstopte. Moens zei:

'Geen tijd. Trouwens, het risico is te groot. We hebben het hier over een oude man die iemand met een beugel de tanden heeft uitgetrokken. Belli...'

Het was niet nodig om er verder op in te gaan.

Moens reed via de Torhoutsesteenweg Oostende uit en sloeg toen linksaf, diep de polders in. Sedes zag dat hij maar wat in het wilde weg reed. Hij was als een verdwaalde toerist die zonder plannetje de ene straat uitliep en de andere weer in. Doelloos. Er was ook geen beginnen aan. Er was geen enkel aanknopingspunt. Sedes keek op de digitale klok. Het was bijna halféén. De zon stond op haar hoogste punt. Zo reden ze nog een klein halfuurtje rond, zonder veel te zeggen, van de ene grote baan naar de andere.

Het enige wat Moens en Sedes te horen kregen was het steeds her-halende gsm-gesprek van Bernard Hendrix. Lambroux had de bandre-corder aangesloten op een tuner en een soort equalizer en probeerde de lage tonen eruit te filteren. Op die manier nam ze de aandacht wat weg van de stemmen en kon ze zich focussen op de achtergrondge-luiden. Het was zoeken naar de beroemde speld in de hooiberg, maar het viel te proberen. Sedes keek weer op de klok. Zelfs de digitale cij-fers leken in slow motion te verspringen. Moens vroeg:

'En, heb je al iets?'

Lambroux had een hoofdtelefoon opgezet. Ze schudde kort het hoofd en stelde een paar knoppen bij.

20

Het silhouet van de zware Bernard Hendrix stond in het tegenlicht in de opening van een van de stallen. Belli had eerst geen idee gehad dat ze zich in een stal bevond, maar het kon bijna niet anders, want achter de gestalte die voor haar stond was enkel een goudkleurige grasvlakte te zien en onder haar voelde ze met de toppen van haar trillende vingers hooi. Ze had ook gewoon naar beneden kunnen kijken, maar haar ogen hielden elke beweging van Hendrix in de gaten.

Hij klapte net haar gsm dicht en stak hem in de achterzak van zijn geribbelde bermuda. Hij droeg een mouwloos shirt met V-hals en een zwart snoertje met een soort harde edelsteen. Wellicht een van zijn schatten die hij onder water had gevonden. Het was niet zijn enige duikerssouvenir. Belli keek van zijn ruwe handen opzij naar de onderste kant van het tweedelige luik en zag een handharpoen staan die wellicht van het jacht kwam.

'Lena,' zei hij zacht. 'Lena, ik zal je niets doen. Geloof je dat? Ik ben een oude man met een liefde voor vrouwen. Ik zou een vrouw nooit één haar krenken.'

Belli zweeg. Zelfs nu ze door hem gegijzeld werd, leek de voorraad charme van de oude grootvader nog niet op. Buiten klonk de motor van een wagen die de stoffige oefenrenbaan opreed. Bernard Hendrix draaide zich om en hield zich met één hand aan een houten balk staande. Hij leek verzwakt. Belli vroeg zich af waarom. Misschien was hij de spanning en de situatie die hij zelf gecreëerd had niet meester.

'Herejezus,' zuchtte hij. 'Daar is hij.'

De oude, vergeelde hand gleed te langzaam van de houten balk naar beneden, langs de muur, in de richting van de handharpoen die ertegen stond geleund. Maar Berk kreeg de kans niet de harpoen te grijpen. Hij kreeg een harde stoot in de maag waardoor hij twee stappen achteruitdeinsde en hevig begon adem te halen. Toen hij zich bukte om naar zijn maag te grijpen, zag Belli de gracieuze gestalte van Sander Berk.

194

Als een model dat net was klaargestoomd voor een foto-opname in het hooi van een gerenoveerde hoeve om de nieuwste jeans te promoten, bleef hij daar even staan in het tegenlicht. Toen stapte hij op Belli af en hurkte gedienstig neer.

'Mevrouw Belli? Alles in orde?'

Belli knikte.

'Hij heeft u toch niets gedaan?'

Belli schudde van nee.

'Heeft u niet wat water nodig?'

Belli deed hetzelfde.

'Ik kan het altijd voor u halen, hoor.'

Belli keek op naar de knappe jongeman. Nog nooit had Sander Berk er zo volwassen uitgezien. Belli had er ooit, zoals elke jonge meid, van gedroomd om op zo'n heldhaftige manier gered te worden door een ridder op het witte paard. Ze keek Sander Berk glimlachend aan. Berk ging met zijn lange vingers over haar wang. Hij zei:

'Hoelang zit u hier al opgesloten? Wacht, u hebt hier een paar vuile plekken op uw voorhoofd.'

Belli glimlachte. En Sander Berk ging met de toppen van zijn vingers over haar hals naar boven. Zijn handen waren vuil en hij bracht nog meer vuile plekken aan op Belli's voorhoofd. Belli bleef glimlachen.

'Heeft hij geprobeerd u te verleiden?' vroeg Sander en hij trok snel zijn hand weg van haar voorhoofd. Het was alsof hij plots een andere persoonlijkheid werd.

'Nee,' zuchtte Belli.

'Gelukkig,' zei Sander. 'Hij is echt een monster, mevrouw Belli. Dat weet u wellicht niet, hé? Voor de buitenwereld is hij *mister nice guy*. Maar hij is afval, mevrouw Belli. Afval, ongedierte, het schuim van de straat.'

Belli keek opzij naar de ineengezakte Bernard Hendrix die weer voldoende adem had gevonden om langzaam recht te kruipen. Een stoot in de maag op zijn leeftijd zette hem dubbel zolang buitenspel.

Sander Berk volgde Belli's blik en sprong recht. Hij greep zijn grootvader bij de kin en trok hem zo helemaal recht.

'Je hebt je handen toch kunnen thuishouden, hé, *pappie*?'

Pappie knikte en keek Belli smekend aan.

'Goed zo,' concludeerde Sander Berk nu opeens op heel andere toon. Het was de toon van een jonge manager die over lijken gaat.

'Het spijt me, mevrouw Belli,' zei Sander Berk. 'Ik hoop dat hij het afgeleerd heeft. Maar ik moet hem nog eventjes in uw handen laten. Ik kom hem zo weer halen.'

Het silhouet van het Griekse ideaal zette een stap opzij en het felle zonlicht verblindde Belli. Toen kwam het silhouet van de oude Zeus in de plaats en werd Bernard Hendrix op de grond geduwd. Daarna sloeg Sander Berk iets dicht, het moet een deur geweest zijn waardoor Belli besloot dat ze misschien toch niet in een stal lag. Stallen hadden luiken en houten wanden. Een trailer. Dat moet het geweest zijn. Ze bevond zich in een trailer. Maar met wie en nog meer: met wat voor monster?

Een andere trailer gaat open. De Wellington Hippodroom, 13.20u. De tribunes zitten volgestampt met het erevolk van Oostende. De parkeerplaats staat bomvol en zelfs tot zes, zeven straten in de buurt staan vol wagens, trucks en bussen. Coene en Tydgat hebben geen zitplaats meer kunnen bemachtigen en staan helemaal bovenaan tegen een pilaar. Naast hen bevinden zich de cabines voor de commentatoren. Voor hen ligt de piste. Door het lage dak en de hoge tribunes voor hen bekijken ze de piste in breedbeeld. Er is net een kleurrijke feeststoet afgelopen, met een paar circuspaarden, gevolgd door vorige winnaars en een kort optreden van een plaatselijke Vlaamse charmezanger.

'Om kwart voor twee begint de *Grote Prijs*,' leest Tydgat van zijn wedstrijdformulier af. Coene kijkt op de monitor die in de cabine naast hem hangt.

'*Sacré Neige*, nummer zeven. Staat momenteel 350 tegen één.'

'Dat moet wel zo blijven,' zegt Tydgat. 'Geen kat die weet dat er een raspaard achter schuilt.'

Coene stoot zich af van de pilaar. Hij werpt een vluchtige blik naar beneden.

'Ik maak nog eens een rondje,' zegt hij, 'want straks zal ik over de koppen moeten lopen.'

Coene zet zijn zonnebril op en ritst zijn baseballjacket halfopen. Met korte passen gaat hij de stenen trap af. Bij elke trede kijkt hij links en rechts als een stewardess in een vliegtuig of in de bioscoop die moet nagaan of er geen vrije plaatsen meer zijn. In werkelijkheid kijkt hij of er geen zware Hemingwayfiguur tussen het volk zit.

Een kwartier geleden heeft hij het restaurant en de paddock gecheckt. Tydgat heeft de inzetloketten en de parkeerplaats voor zijn rekening genomen. Er is geen spoor van Bernard Hendrix. Coene komt tot helemaal beneden en gaat de eerste rijen af. Dan kijkt hij omhoog en schudt het hoofd.

'Nog altijd niets?'

Lambroux zit in de Scan-van. Haar handen zijn zodanig gaan zweten dat de afdrukken in de mousse van de hoofdtelefoon staan. Ze houdt een hand op en af en toe werpt ze als het ware de hoofdtelefoon van zich af, trekt hem dan helemaal uit de tuner en laat Sedes en Moens meegenieten van het geluid dat ze heeft gevonden. Het is de tweede keer. De eerste keer heeft ze te vroeg victorie gekraaid. Toen liet ze de beide heren een achtergrondgeluid horen dat volgens haar leek op klotsend water of golven. Ze hoorden de doffe woorden van Hendrix:

'...ik wil geen problemen...'

Lambroux spoelde het fragment een paar keer terug en wees Moens op het scherpe, ritmische geluid.

'Dat zijn toch golven, of vergis ik me?'

'Ik hoor niks,' had Moens gezegd. 'Trouwens, Hendrix zit niet op zijn boot. Zo dom is hij niet.'

En met die woorden zette Moens haar weer aan het werk.

Nu komt ze dus een tweede maal met een theorie op de proppen, en ditmaal lijkt ze ietwat zekerder van haar stuk. Sedes kruipt tussen de voorste stoelen naar achteren en neemt naast Lambroux plaats. Moens rijdt ondertussen de baan op naar de tennisclub van Oostende.

'Ik denk dat ik iets heb,' zegt Lambroux.

Moens en Sedes luisteren en horen weer de stem van Hendrix:

'Ik beloof op mijn erewoord dat je haar zal weerzien...'

Sedes kijkt voor zich uit.

'Ik weet niet waarom, maar het lijkt alsof hij het echt meent, met dat erewoord van hem.'

Hij kijkt opzij naar Moens.

'Alsof hij er alles zal voor doen om haar ergens te gaan halen.'

Lambroux zegt:

'Concentreer je op dat ene geluid dat net komt nadat hij *woord* zegt.'

Ze spoelt het stukje terug en laat het opnieuw afspelen. Wat er te horen valt is een kort, maar duidelijk geluid. Je kan ook de gebruikelijke vage drukke baan horen (dat was het geluid dat Lambroux eerder als golven heeft aangezien), maar dat ene geluid is specifiek voor de buurt. Het lijkt op een gebrom, maar het is een gebrom dat net zijn hoogtepunt heeft gekend en nu met de horizon verdwijnt.

'Een motor?' vraagt Sedes.

'Een vliegtuig,' zegt Moens vastberaden.

'Dat dacht ik ook,' beaamt Lambroux. 'Een vliegtuig met zware motor dat net is opgestegen. Laag bij de grond. Dat kan enkel een goederenvliegtuig zijn. Dat betekent dus dat Hendrix zich dicht bij de luchthaven bevindt. Maar waar?'

Moens trapt op de rem, rijdt achteruit tot het volgende kruispunt waarbij hij bijna twee tegenliggers ramt, en zet dan koers naar de andere kant, richting kleine ring.

'Schuin tegenover de luchthaven,' zegt Moens. 'Een paar honderd meter verder, misschien een kilometer, ligt een oefenbaan voor renpaarden. Als je er voorbijrijdt, zie je niet eens dat het een oefenbaan is.'

Sedes gaat vooraan zitten en zegt:

'Maar wij zullen er niet voorbijrijden.'

De stem uit de luidsprekers kondigt de Grote Prijs Teflon aan. Daarna volgt de voorstelling van de twaalf deelnemers. Elke naam wordt op enthousiast applaus onthaald. Het zijn dan ook allemaal stuk voor stuk paarden die al iets bewezen hebben: Amoroso, Cinderella, Canard Plus, Paradise Blue.

Tydgat staat stil en luistert. De naam Sacré Neige wordt afgeroepen. Als laatste in de rij, als laatste kanshebber en eigenlijk als twaalf-de wiel aan de wagen.

'Weinig supporters voor *Sacré Neige* zo te horen,' mompelt hij in zichzelf.

Tydgat loopt naar het andere eind van de verdieping waar hij op de monitor kijkt in de televisiecabines. Daar staan de deelnemers alle-maal mooi onder elkaar. Nerveus stapt hij met zijn wedstrijdformu-lier van het ene eind van de bovenverdieping naar het andere. Aan de ene kant kijkt hij uit over de paddock en aan de andere kant over de zaal. Iemand die langs de roltrap naar beneden gaat voor een laatste pint voor het spektakel begint, roept hem toe:

'Rustig aan, ze zijn nog niet begonnen en je doet het al in je broek. Er zal toch niet veel aan zijn. *Amoroso* wint. Neem het van me aan. Die heeft niets meer te vrezen sedert *Salieri* ervandoor is gegaan. *Amoroso*, man. *Amoroso.*'

Tydgat glimlacht geforceerd terug. Beneden ziet hij Coene staan. Die haalt overduidelijk zijn schouders op als hij merkt dat de paarden en de jockey de piste komen opgedrenteld. Feestelijke muziek weer-klinkt door de boxen. De commentator is nu al extatisch en de race moet nog beginnen:

'*En de deelnemers staan allemaal klaar. Zet uw horloge klaar, dames en heren, voor de belangrijkste wedstrijd van het jaar, met de grootste prijzenpot van het seizoen...*'

En dan wordt het startschot gegeven en barst het publiek, heel atypisch aan het begin van een race, uit in een daverend applaus. Tydgat ziet de verrekijkers allemaal tegelijk de lucht ingaan. Hij volgt op de monitor en ziet hoe de camera alle paarden en jockeys één voor één afgaat. Coene komt haastig de middentrap opgelopen.

'Het is Rogge die rijdt,' zucht hij.

'Die heeft blijkbaar niet veel last meer van zijn verbrijzelde arm,' zegt Tydgat.

Na dik tweehonderd meter zit te midden van het exclusieve peloton raspaarden op de renbaan één man in het zadel die maar één doel voor ogen heeft. Hij zit niet alleen letterlijk in het zadel; hij beleeft weer dat aloude gevoel, die kick van een hele wedstrijd onder controle te houden, de teugels losjes in de hand. Het gaat zelfs zo goed dat hij zijn zere arm niet meer voelt. Net zoals een voetbalteam de bal rustig rondspeelt in de wetenschap dat het de wedstrijd toch niet kan verliezen. Dat kom je als jockey maar twee, hooguit drie keer in je carrière tegen en het is een heel bijzonder gevoel. Alsof elke rush, elke versnelling, elke beweging net een fractie van een seconde voor je concurrenten door je hersenen wordt georkestreerd.

Nico Rogge zit lekker in het zadel. De cadans is perfect. Wat een verschil met de afgang in de vorige race toen dat beest net onder de ecstacy leek te zitten. Maar wijlen zijn trainer had gelijk gehad toen hij hem vertelde dat dit de race was waar het allemaal om draaide.

En Nico Rogge had zijn lot in eigen handen genomen.

Het is erop of eronder. Hij heeft er lang over zitten nadenken (hij had andere gedachten nodig om niet gek te worden van die moord op zijn ouwe vriend den Jos), maar gisteren hakte hij de knoop door.

Nu staat er exact twintigduizend zevenhonderd vijftig euro ingeschreven bij de *bookies*. De helft van zijn spaarpot.

En terwijl hij zich met *Sacré Neige* een weg naar de kop van het peloton werkt, houdt hij zijn motivatie en concentratie sterk door te denken aan al die mooie dingen die hij met zijn winst zal kunnen waarmaken. Weg uit die gore flat, weg uit Oostende, weg.

Na vijfhonderd meter zit hij in een comfortabele derde positie. Uit de luidsprekers hoort hij het woord 'verrassing' vallen. Maar hij laat het paard nog niet volop gaan. Dat bewaart hij voor straks wanneer hij aan het eind van de race zal proberen om net *niet* te winnen.

Tweede plaats.

Show.

Twintigduizend zevenhonderdvijftig eurolappen op *Sacré Neige* op de tweede plaats. Geen ziel op deze hele aardbol, van Oostende tot Nieuw-Zeeland heeft daar geld op gezet. Hij voelt een arm van een andere vluchter tegen zijn elleboog schuren. Het is vechten voor een plekje.

'Jij kan geen wedstrijd meer winnen, laat staan manipuleren,' verweet Kirstina Berk hem een paar dagen geleden nog.

Terwijl de frontale camera op de renbaan het peloton na de derde bocht opvangt, is het niet duidelijk of Nico Rogge een grimas of al een grijns op zijn gezicht heeft liggen. Hij kan zijn geluk maar niet begrijpen. Voor één keertje in zijn leven heeft hij het lot aan zijn zijde: een middelmatig paard dat een unieke wonderdag lijkt te hebben.

'...De Grote Prijs, dames en heren, altijd al een klassieker geweest en het is dit jaar niet anders. Op kop ligt Amoroso, gevolgd door Cinderella en Sacré Neige, de revelatie tot nu toe, opgeklommen van de vijfde naar de derde plaats, op de voet gevolgd...'

Sander Berk zat achter het stuur van de Cabrio die aan de ingang van de oefenrenbaan stond geparkeerd en luisterde naar het rechtstreekse commentaar op *Radio Free*. Hij had het portier opengezet en liet zijn benen gestrekt op het grind rusten. Hij begreep eerlijk gezegd weinig van de opwinding die de commentator tentoonspreidde. Het leek hem overdreven en zelfs decadent en het leek hem vooral zeer *fake*, net als iemand die overdreven enthousiast reageert op een verjaardagscadeau. Maar hij moest het uitzitten.

'Na een kleine duizend meter ligt Amoroso nog altijd op kop, op de hielen gezeten door Cinderella die het nu knap lastig krijgt en moet afrekenen met Sacré Neige die sterk komt opzetten, Sacré Neige gaat nu nek aan nek met Cinderella, en gaat er over...'

Sander Berk gaf een plotse euforische klop op het stuur waardoor de claxon van de Cabrio per ongeluk afging. Hij stak zijn kin vooruit en grijnsde. Het zag er goed uit. Alles verliep volgens plan. *Sacré Neige* - of *Salieri* - spaarde zijn energie voor de eindsprint en dan zou het zijn eerste race in lange tijd op zijn naam schrijven. Sander dacht aan zijn schoolmakkers die nu ergens in een fabriek aan de band stonden om aan wat vakantiegeld te komen en hij dacht aan zijn eigen fabriekje:

De prijzenpot.

De winst bij de *bookies*.

De stijgende verkoopprijs van het paard zelf.

Sander Berk was er gerust in. De kans dat *Sacré Neige* of *Salieri* na de finish zou worden ontmaskerd en gediskwalificeerd schatte hij als minimaal in. Zeker nu hij die Belli in zijn macht had, kon hij zich niet voorstellen dat SCAN zijn geheim aan de grote klok zou hangen. Hij bleef luisteren en bij elke vermelding van de naam *Sacré Neige* sloeg zijn nog jonge hart impulsief over. Het paard waarmee zijn moeder zijn hele leven lang zo mee te koop had gelopen, zou hem nu tot miljonair maken. Ironie ten top gedreven. Een mooi geschenk voor zijn nakende verjaardag.

Het paard had evengoed *Lucky Luke* kunnen heten. Misschien zou hij het ook wel onder die naam dopen eenmaal hij het in het buitenland zou verkopen voor grof geld.

In de trailer die verscholen stond in de grootste stal van het oefencomplex zat Belli zich in stilte af te vragen of de persoon - of het monster zoals Sander Berk hem noemde - naast haar nog bij bewustzijn was of misschien gewoon in slaap gevallen was.

Het was pikdonker en het deed haar denken aan de duisternis in *Résidence San Calixto*. Ze hoorde hem zachtjes ademhalen als een kat die een duister plekje had opgezocht om in stilte te sterven. Maar Bernard Hendrix had natuurlijk geen reden om te sterven. Al was dat ademhalen zowat het enige teken van leven dat ze nog gehoord had.

Ze had ook niets meer gehoord van haar gijzelnemer. Want dat was haar pas minuten nadat Sander Berk de deur van de trailer had dichtgeslagen, duidelijk geworden. Sander was niet haar redder, hij was haar ontvoerder. De schok was zo groot dat ze er nog niet eens was toegekomen zich af te vragen waarom.

Maar nu was het stil. Had hij haar achtergelaten om toch op de valreep de *Grote Prijs* in levenden lijve te gaan volgen? Wat had hij daar te zoeken? Paarden stonden toch ver van zijn bed? Die gedachte deed haar opstaan en de wanden betasten. Ze probeerde een slot te vinden, maar vond enkel een metalen reling die wellicht werd gebruikt om de muilkorf aan vast te maken. Het slot zat, zoals altijd bij die dingen, aan de buitenkant. Alsof de makers ervan vreesden dat een paard wel eens zelf van de binnenkant het slot zou kunnen openmaken. Plots hield het langzame ademhalen van Bernard Hendrix op en kwam de lijzige stem op de proppen.

'Wat doe je?'

Belli antwoordde niet.

'Lena? Wat doe je?'

'Hou op met me Lena te noemen,' zei Belli opeens. 'Je kent me helemaal niet. Wat bedoelde Sander daarnet toen hij je het schuim van de straat noemde?'

Nu antwoordde Berk niet.

'Jij zit hierachter, Berk,' zei ze ineens toen ze zich wanhopig weer op de grond liet zakken. 'We zijn op je verleden gestoten en daar kan niets iets aan veranderen, zeker je mooie praatjes niet.'

'Wat ben je dan zo spectaculair aan de weet gekomen, *Belli?*'

Belli vond het nog altijd beangstigend tegen de duisternis te zitten praten. Ze had er geen vat op. Het monster kon ondertussen al geluidloos zijn opgestaan en boven haar staan, klaar om zijn zware handen rond haar frêle hals te leggen.

'Je veeartsenpraktijk in Nederland, je korte carrière in de jumpingwereld met een paard dat Winner heette, je operatiespullen die je handig hebt verstopt bij je vismateriaal...'

'Oh, dat,' zei Hendrix luchtig alsof hij iets veel ergers had verwacht.

'Je lijkt niet echt onder de indruk, maar het zijn wel *die* dingen die je gaan klissen, Berk. Jij bent de enige die in staat was zo'n delicate operatie uit te voeren op de twee paarden. De enige die in staat was de chips te verwisselen en de enige, echte beheerder van de nieuwe stal N.V. Winner.'

Hendrix liet een luide zucht ontsnappen. Belli dacht dat hij weer de stilte of de slaap zou opzoeken. Heel vreemd hoe die oude man in de gegeven omstandigheden zo fatalistisch en afwachtend de situatie liet evolueren. Sander Berk was een jonge psychopaat, zoveel was duidelijk. Waarom, dat was minder duidelijk. Hij voerde alleszins iets in zijn schild en Belli begreep maar niet dat de oude grootvader zich zo naar de galg liet leiden. Het was alsof hij wist dat het er op een dag zat aan te komen. Alsof hij dit lot verdiende.

'*Amoroso* verdient om te winnen,' riep iemand uit de tribunes.

'Komaan *Cinderella*, komaan. Laat me niet stikken,' zei een andere.

Het gejoel begon toe te nemen. De spanning was te snijden.

Coene en Tydgat stonden broederlijk naast elkaar voor de eerste rij op het terras. Ze gingen zo erg op in de strijd dat ze leken op de zoveelste wanhopige *bookies* die droomden van die ene grote slag. Maar niemand besefte dat ze zo erg met de race begaan waren omdat er een mensenleven op het spel stond.

'Godverdomme, *Salieri*,' siste Tydgat, 'blijf daar toch niet zo hangen op die tweede plaats.'

Een man die naast hen stond stak zijn hoofd naar voren om te zien wie zonet de naam *Salieri* had laten ontsnappen. Hij keek op zijn eigen formulier om de naam *Salieri* te checken. Niet begrijpend en met scheefgetrokken mond concentreerde hij zich terug op de wedstrijd.

'Waarom gaat hij er niet gewoon langs?' vroeg Coene.

Coene had er met veel drummen voor gezorgd dat ze hier dit plekje hadden kunnen bemachtigen. Maar geregeld kreeg hij nog stoten en duwtjes in de rug. Een keer voelde hij zelfs een paar handen op zijn schouders rusten van een uitgelaten vrouw die bijna als een kind in zijn nek wilde kruipen om een beter uitzicht te hebben. Coene was druk bezig iedereen van zich af te schudden toen hij vervolgde:

'Als hij zomaar al die anderen de loef afsteekt, dan moet het toch niet zo moeilijk zijn om op kop te geraken?'

'Ik snap er ook niets van,' zei Tydgat somber en hij keek op zijn horloge.

'Komaan, Sal..., komaan *Sacré Neige*,' herpakte Coene zich.

'Hoeveel nog te gaan?' vroeg Tydgat.

'Geen idee,' zei Coene. 'Nog achthonderd meter?'

'Maximum,' zei Tydgat en allebei keken ze naar de finishlijn waar het scorebord lag te wachten om ingevuld te worden.

Moens zag voor zich de oude luchthaven van Oostende liggen, die in een ander tijdperk drukke tijden had gekend, maar nu nog enkel vracht vervoerde naar Afrikaanse bestemmingen zoals Caïro en Dakar. De samples uit het telefoongesprek met Bernard Hendrix hadden plaatsgemaakt voor het rechtstreekse radiocommentaar van op de Wellingtonrenbaan.

'*Sacré Neige* ligt nog in de *running*,' zei Moens.

'Als er een paardengod is,' zei Lambroux, maar ze ging niet verder want ze besefte dat er geen paardengoden bestonden.

Sedes dacht enkel aan Belli. Bernard Hendrix was niet stom, maar hij was ook niet snugger en vooral niet sereen genoeg om te beseffen dat SCAN geen schuld zou treffen bij een mogelijk verlies van ettelijke euro's. En Sedes wist uit ervaring dat mensen tot vreemde en gruwelijke zaken in staat waren wanneer ze gefrustreerd raakten.

'Als *Sacré Neige* of *Salieri* niet wint, dan denkt Hendrix wellicht...'

'Dat denk ik ook,' zei Moens. 'Ik wou dat hij dat niet dacht, maar dat denk ik ook,' en hij probeerde nog meer gas te geven, maar hij zat al aan plankgas.

In tegenstelling tot wat Moens en co dachten, zat de oude Bernard Hendrix in hetzelfde schuitje als hun collega Lena Belli. Belli was al wat meer tot rust gekomen omdat ze wist dat, indien Hendrix haar iets wilde aandoen, hij dat allang zou gedaan hebben.

'Waarom heb je die chips verwisseld, Berk?' vroeg ze. Ze wilde haar rol als keiharde detective blijven uitspelen.

'Hoe bedoel je?'

'Waarom heb je het gedaan als je er zelf geen vruchten van kan plukken? Je zit hier in een donkere trailer opgesloten, net als ik. Je kleinzoon heeft je zonet uitgemaakt voor het slijk der aarde, voor alles wat niet mooi is. En toch heb je die operatie uitgevoerd, de naam van je vroegere paard laten gebruiken als naam van de nieuwe stal. Waarom?'

Hendrix zweeg. Belli liet hem zwijgen. Ze wist dat het antwoord er zat aan te komen.

'Ik kon niet anders,' zei hij ten slotte. 'Als Sander me had gevraagd om de koning te vermoorden, dan had ik dat gedaan. Moeten doen.'

'Moeten doen?'

'Ja, moeten. Ik kan je niets meer vertellen, Belli. Ik weet niet hoe dit zal aflopen. Misschien kom je er wel heelhuids uit en zal je het uit een andere bron horen. Maar misschien blijven we hier allebei wel zitten tot de wormen ons hebben opgevreten. En dan heb ik liever dat je het niet weet. Hoe dan ook, ik ben Sander àlles verschuldigd.'

'Waarom, Berk? Wat heb je precies gedaan om zo voor hem door het slijk te moeten gaan?'

'Tja, Belli. Wat kan ik zeggen? Het is zo verschrikkelijk dat ik het zelfs nu we hier op de dood zitten te wachten, niet over mijn lippen krijg.'

Belli zweeg. Ze voelde haar onderlip trillen. En ze voelde een hele vreemde gewaarwording die ze nog nooit eerder in haar jonge leven gevoeld had. Ze wist niet wat het precies was, maar het moest de feitelijke vrees zijn om de dood recht in de ogen te staren.

Het was geen prettig gevoel. Het was zo'n allesomvattend gevoel dat Berks motief haar op slag niet meer interesseerde.

De *Grote Prijs Teflon* op de Wellington bereikt een heerlijke climax. Iedereen staat rechtop in de tribunes. Het is al van in 1987 geleden dat er nog eens een nek-aan-nekrace heeft plaatsgevonden. Het is alsof een heel voetbalstadion staat te supporteren. De commentaarstem heeft zich schor geroepen. De paarden krijgen ervanlangs en persen alle macht en massa uit hun lijf om vooraan te blijven. Met de kaken op elkaar en de blik op oneindig klampen de jockeys zich vast aan de manen en de teugels.

'*De deelnemers komen net de laatste bocht uitgereden en komen nu uit op de laatste rechte lijn. Nog tweehonderd meter te gaan en Amoroso moet alles uit de kast halen om Sacré Neige van zich af te houden. Sacré Neige, de verrassing van deze race, als outsider gestart, nu een lengte voor op Canard Plus en Paradise Blue die zij aan zij...*'

'Komaan *Sacré Neige*! Komaan! Verdomme!'

Nico Rogge zit in een trance. Hij denkt niet meer na. Hij laat zich leiden door zijn intuïtie. Hij voelt zich als een honderdmetersprinter die de blik op oneindig houdt. Geen tijd om even opzij te loeren om te zien wie voor en achter hem ligt. Geen tijd om de afstand van de neus van zijn eigen paard te vergelijken met de neus van de koploper *Amoroso*.

Intuïtie.

Hij ziet de finishlijn op zich afkomen. Naast de joelende massa op de tribunes beginnen nu ook de kreten van de jockeys zelf de kop op te steken. Helse vervloekingen die Nico Rogge niet nodig heeft. Hij praat, communiceert met zijn paard via zijn hielen, zijn korte trekjes aan de teugels. Hij is een dirigent.

Coene stoot Tydgat aan.

'Hij gaat winnen. Hij gaat erover.'

'Nee,' roept Tydgat, 'hij is er nog niet overgegaan. Hij moet er *volledig* overgaan.'

'Nog honderd meter en het is Amoroso die het gaat halen, voor Sacré Neige en Cinderella die aan een ferm inhaalmanoeuvre bezig is. Amoroso voelt de hete adem van Sacré Neige in zijn nek...'

Op de oefenrenbaan is Sander Berk al minstens vijf keer de Cabrio uit gesprongen van de zenuwen. Hij voelt zijn hart ineenkrimpen. Waarom gaat die klootzak van een Rogge er nu gewoon niet over? De winst ligt zo voor het grijpen! Hij rijdt op het meest magistrale paard dat Vlaanderen ooit gekend heeft. Een raspaard dat na de *Belladonna* behandeling even last had van de ontwenningsverschijnselen, maar dat nu, volledig bevrijd van al die schadelijke stoffen, vleugels heeft. Daarvoor moet Sander Berk niet op de Wellingtonbaan staan. Dat weet hij zo ook wel. Jos Boddaert heeft het hem na het ongeluk met Nico Rogge klaar en duidelijk uitgelegd:

'Wees gerust, Sander. Dat is normaal. Als een mens maandenlang een middel inneemt als Belladonna en daar dan opeens van de ene op de andere dag mee stopt, heeft dat ook een averechts effect. Het lichaam reageert daarop. Kijk maar naar al die druggebruikers die ontwennen. Dat is niet anders bij paarden.'

En Sander had den Jos op zijn woord geloofd want wie kende er nu meer van paarden?

'*Maar je zal zien,*' had Boddaert gezegd. '*Eenmaal na de tegenreactie zal hij vleugels krijgen. Hij zal niet meer te stoppen zijn. Het is gewoon allemaal kwestie van timing.*'

Twee seconden lang neemt Sander weer plaats achter het stuur. Maar dan grijpt hij het stuur vast en begint eraan te trekken. Hij klopt erop, draait als een bezetene aan de radioknop waardoor het commentaar afwisselend stiller en luider wordt. Hij begrijpt er niets van.

Zijn gezicht is ondertussen helemaal leeggelopen. Alle kleur is weggetrokken, de ogen liggen diep in de oogkassen, de lippen zijn kurkdroog en zijn adem stinkt al bijna net zo erg als die van wijlen Jos Boddaert. Van het flitse fotomodel schiet nu niet veel meer over.

'Rogge, jij smeerlap. Het is jouw schuld! Het is iedereens schuld!'

Hij stapt uit en slaat het portier hard dicht. Hij opent het weer en slaat het weer hard dicht.

'Ik zit er voor niets tussen,' roept hij. 'Ik heb niet gevraagd om hier te zijn. Ik wou hier niet zijn! Het is niet mijn schuld!'

Hij gaat met zijn handen door het haar en dan, alsof iemand plots een stekker uit zijn lichaam heeft getrokken vanwege het lawaai, is de emotie op slag verdwenen en staat er een geprogrammeerde robot bij de Cabrio.

Met een overdreven kalmte opent hij het portier en sluit het vervolgens op een normale manier. Hij voelt even aan het stukje metaal dat een laagje verf heeft verloren bij het dichtslaan. Dan kijkt hij in de richting van de stallen. En met de handen in de broekzakken sloft hij de baan over naar de stallen terwijl achter hem, vanuit de Cabrio, het commentaar extatisch wordt. Alsof de commentator met een laatste wanhoopskreet de robot nog wil terugroepen:

'*De finishlijn is in zicht en het is Amoroso, Sacré Neige, Amoroso, Amoroso... en het is Amoroso die het haalt, voor Sacré Neige, met op twee lengten Cinderella...*'

Met een enorm geluid als een kreet van een of ander voorhistorisch monster ging de metalen deur van de trailer open. Belli kneep haar ogen dicht. Het licht was te fel. Maar ze wist dat Sander Berk in de deuropening stond. Met de benen wijd opengesperd als een cowboy die op het punt staat een saloon binnen te wandelen. Achter hem leek de wereld niet veranderd. Maar hij was wel degelijk veranderd. En hoe.

'Het spijt me dat ik jullie zo lang heb laten wachten,' zei hij kalm, ietwat afwezig zelfs. 'Er was iets tussengekomen.'

Toen stapte hij bezorgd op Belli af. Hij tilde met wijsvinger en duim haar kin omhoog en keek haar weer aan als de onschuldige jongen die zich excuseerde omdat hij niet was komen opdagen op een afspraak.

'Mevrouw Belli, het spijt me echt. Maar ik moet dit doen. Ik dacht dat ik na vandaag een gelukkig man zou zijn. Blijkbaar is het me niet gegund.'

Weer gaf hij een blijk van afwezigheid.

'Maar goed, je hoeft niet rijk te zijn om gelukkig te zijn, nietwaar? Ik heb die centen van de winst niet nodig.'

Hij keek neer op zijn grootvader die angstvallig probeerde weg te kruipen in een hoekje. Een rat in de val.

'Ik ben al gelukkig als ik... Wel, je zal onmiddellijk zien waarom ik zo gelukkig ben.'

Hij verdween even uit de trailer. Belli en Berk hoorden een gerommel in de stal en toen verscheen Sander Berk weer in de deuropening, maar hij was niet alleen. Hij had het gezelschap gekregen van de handharpoen van zijn grootvader. Zonder meer uitleg te geven richtte hij de harpoen recht op zijn grootvader. Zijn vinger raakte even de trekker aan en toen gaf de harpoen een dof, zoevend geluid en werd een klein, maar haarscherp projectiel afgevuurd in de maag van Bernard Hendrix. Belli gaf een gesmoorde kreet die in haar keel bleef hangen. Bernard Hendrix had geen tijd om te reageren. Hij zat met een harpoenpijl in zijn maag en deed met zijn ene hand halsstarrige pogingen om het projectiel te benaderen.

'Die maagstoot van daarnet was maar een opwarmertje, *pappie*,' zei Sander. 'Mevrouw Belli, nogmaals: het spijt me ontzettend. U begrijpt dat ik u niet zomaar kan laten gaan.'

Hij verdween even uit het zicht. Belli probeerde van de gelegenheid gebruik te maken om op te staan en misschien op blind geluk naar buiten te stormen, maar daar verscheen Sander alweer. Hij hield een blauwe plastic bidon in zijn hand en schroefde er de dop af terwijl hij zuchtend zei:

'Wat me vooral stoort is dat u in ditzelfde donkere hol moet sterven als dat monster hier.'

Hij nam de bidon nu met twee handen vast en liet hem wat schuin hellen. Langzaam deed hij de ronde langs de twee zijkanten van de trailer en liet gelijkmatig de inhoud van de bidon leeglopen. Het rook naar benzine. Toen hij naar de deuropening liep, botste hij tegen de uitgestoken voet van Bernard Hendrix en hij gaf er een venijnige en geërgerde trap tegen. Bernard Hendrix zelf was ondertussen hevig gaan zweten. Hij hield nu constant zijn ene hand vlak naast de open wond, om het bloed te proberen te stelpen. Omdat hij de kracht noch de moed had het spul uit zijn maag te trekken, maakte het niet veel uit of hij nu zijn hand daar hield of pakweg aan zijn linkerteennagel. Het zou niets uitmaken. Zijn maag was doorboord en door het snelle bloedverlies voelde hij zich steeds meer verzwakken.

'Het is niet omdat ik niet van meisjes hou dat ik dit doe, hoor, mevrouw Belli,' excuseerde Sander zich ondertussen. Hij zette de bidon neer en haalde een aansteker uit zijn achterzak.

'U moet er niets achter zoeken. Ik hou ook niet van jongens. Ik hou van niemand.'

En met deze uitsmijter stak hij met de aansteker het hooi en de benzine aan die letterlijk als een lopend vuurtje de hele trailer in vuur en vlam zette.

Moens reed de SCAN-wagen het smalle zijwegje op en liet wat droog stof opwaaien. Hij maakte een halve cirkelbeweging en zag in het midden van de oefenbaan één centrale figuur als een vast punt in een roterend heelal lopen. Sander Berk stak de oefenbaan over op weg naar zijn Cabrio die bij de slagboom stond geparkeerd. Hij hield zijn blik op oneindig terwijl achter hem een vlammenzee van vuur opstak. Uit de stallen kwam een gigantische rookwalm, maar Sander Berk liet het niet aan zijn hart komen. Met die aansteker had hij niet alleen de stal en zijn grootvader in brand gestoken, maar ook zijn eigen bewustzijn vernietigd. Moens vertraagde de wagen en nog voor hij hem tot stilstaan had gebracht, opende Sedes het portier en liet hij zich op zijn zij in het grind vallen. In een soort van halve tijgersprong tackelde hij de nog steeds niets vermoedende Sander en ging half op zijn borst zitten terwijl hij hardhandig zijn hoofd op de grond hield. Het leek wel alsof hij enkel op een lichaam zat terwijl de geest allang was gaan vliegen. Moens stapte uit.

'Sedes! Sedes!'

Maar Sedes antwoordde niet. Hij stelde vragen.

'Waar zit je grootvader?'

Sander Berk leek oprecht verbaasd. Misschien ook wel geamuseerd door het feit dat deze achterlijke brigade nog niet eens doorhad dat *hij* de boosdoener was.

'Ik heb je iets gevraagd, Berk! Waar zit je grootvader? En waar zit Belli?'

'Noem me niet Berk!' schreeuwde Sander uit. Zijn adamsappel bewoog zich nerveus op en neer onder de vlakke hand van Sedes. Sedes keek op naar de gestalte die naast hem was komen staan. Het was Moens. Ook Lambroux was uit de wagen gestapt. Sedes loste zijn greep en stond op. Sander Berk bracht een onsmakelijk, gorgelend geluid uit.

'Waar rook is, is vuur,' zei hij plots gniffelend en hij keek achter zich.

'Heb je hem, Sedes? Waar rook is, is vuur.'

Sedes keek naar de stallen en toen naar Moens. Moens riep:

'Sedes!'

Maar Sedes rende naar de wagen en schoot als een eersteklas renpaard uit de startblokken. Het grind en het stof waaiden op tot in het gelaat van Sander Berk die nog altijd uitzinnig en psychopatisch zat te lachen om zijn eigen woordspeling.

Het laatste wat Belli hoorde was een denkbeeldige stem die haar eigen leven aan het becommentariëren was. Ze was al zozeer door de rook bevangen dat ze ongetwijfeld aan het ijlen was geslaan. De stem diep in haar achterhoofd dreunde erop los terwijl een inwendige tikker het aantal seconden aangaf dat ze nog bij bewustzijn was.

De beelden die voor Belli's ogen werden geprojecteerd werden alsmaar donkerder tot er opeens een zware filter voor hing en alles vervaagde tot één grote leegte. Een tijdje had ze nog onbewust haar eigen, trage ademhaling gevoeld, maar nu leek ze zelfs dat te verliezen. Een diepe slaap maakte zich van haar meester, een comateuze slaap die alle zintuigen en krachten in haar lichaam opslorpte.

Als de beste stuntman van het hele circuit hield Sedes de voet op het gaspedaal van de SCAN-wagen. Hij kon ook niet anders. Het was de eerste keer dat hij achter het stuur zat en gelukkig was dit geen openbare weg, maar enkel een brandende paardenstal. Er kon hem niet veel ergers overkomen en hij moest niet echt inzitten met de eventuele schade die hij zou aanrichten. De rook maakte zich meester over de voorruit en enkele seconden lang zag Sedes niets, alsof hij in een carwash was binnengereden. Hij hoorde hoe de bumper de deuromlijsting ramde en langs de zijkanten werden de twee zijspiegels in één klap van de wagen weggerukt.

Toen minderde de wagen vaart en Sedes vond het dan ook maar het verstandigst om zijn voet van het pedaal te halen. Langzaam aan trok het rookgordijn op, maar in plaats daarvan keek hij opeens uit op torenhoge vlammen. Hij voelde hoe de warmte binnen wilde dringen en nam meteen zijn zakdoek uit zijn zak. Hij bond hem rond zijn mond en duwde het portier open. Het zat klem. Hij had zichzelf klem gereden. Hij hees zichzelf over de versnellingspook en probeerde het andere portier. Dat werkte meer mee, hij duwde het open en gaf het nog een trap met zijn voet zodat het helemaal afkraakte. Nu moest hij snel handelen. Hij kneep zijn ogen tot fijne spleetjes. Waar hij zich precies bevond was niet echt duidelijk, maar hij zag dat de bumper van de Scan-van helemaal was doorgestoten tot de trailer. Het vuur werkte zich langzaam, maar dodelijk efficiënt naar boven, via de motorkap naar het dak.

Sedes wierp zich door de vlammen heen in de trailer. Half op de tast vond hij Belli die languit in het hooi lag. Haar gezicht had vuile rookplekken en haar blonde haar zag er stijf en vies uit. Naast haar lag een andere gestalte. Hij nam Belli op in zijn beide armen, haalde nog eens heel diep adem en rende door de rook en de vlammen naar buiten. Voor hij het wist voelde hij het vuur aan zijn haar en aan zijn oren knagen, maar hij bleef doorlopen en wist dat hij het vuur verslagen had. Het volgde niet meer. Hij had het als een beest van zich afgeslagen. De rook verminderde en toen hij goed en wel zijn ogen helemaal opende, merkte hij dat hij al een dikke twintig meter buiten de stal stond. Zo ver en zo hardnekkig had de rook zich al verspreid.

Hij legde Belli te rusten in het hoge gras, vlak naast de renbaan en liet haar over aan de goede zorgen van Lambroux en Moens. Zelf zonderde hij zich een paar stappen af om alle vuile lucht uit te hoesten. Hij maakte de zakdoek los die ondertussen rond zijn hals bengelde en merkte dat die helemaal zwart was geworden. Hij stonk. Hij zag er niet uit. Maar hij leefde nog. Toen hij zag dat Belli ook begon te hoesten en Lambroux met een opgeluchte glimlach opkeek naar Moens, bond Sedes de zakdoek weer voor zijn mond. Hij strekte zijn rug en liep op de stallen af.

Het vuur knetterde. Er was nog een ander geluid te horen: onheilspellend, splijtend. Sedes zag de rook weer op zich afkomen, maar plots stond Vic Moens voor hem. Hij hield een hand tegen zijn borst.

'Het heeft geen zin meer, Sedes. De boel gaat plat.'

Sedes concentreerde zich op de stallen die onrustig begonnen te jammeren. De houten balken en de pilaren schreeuwden het uit. Ze moesten zich laten gaan. Aan de linkerkant begaf een deuromlijsting het en dat was de voorbode. Algauw hoorden Sedes en Moens hoe de hele stallenruimte binnen in elkaar zakte.

'Laat het zo, Sedes,' zei Moens. 'Je kon niets meer voor hem doen.'

En Sedes wist dat Moens het letterlijk én figuurlijk bedoelde.

21

Het is de plicht van de privédetective informatie met betrekking tot zijn beroepswerkzaamheden over te dragen aan andere instanties of derden indien daartoe de noodzaak is.

Op de achtergrond traden de uitbarsting van het feestlawaai en de muziek als stoorzenders op. Tydgat en Coene staken de paddock over naar de controlekamer van de officials. Tydgat liep ondertussen te telefoneren met Moens die hem net had ingelicht over de brand en de toestand van Belli.

'Shit,' zei Tydgat. 'Hoe staat ze ervoor?'

Moens zei iets wat Tydgat opgelucht adem deed halen.

'O.k. Tot straks, Vic.'

'Wat was dat?' vroeg Coene.

'Dat was Moens. Belli was bijna gestikt.'

'Gestikt? Waar?'

'Op de oefenrenbaan. Sedes heeft haar gered.'

'Sedes?'

Bij de laatste stal op de paddock stond Nico Rogge zich te ontdoen van zijn materiaal. Hij kreeg een paar schouderklopjes en het was duidelijk dat hij zijn succes nog altijd niet kon geloven. Maar tussen de belangstellenden die deze vreemde eend in de bijt persoonlijk wilden feliciteren, stonden ook drie officials. Zij wachtten rustig af tot Rogge klaar was met handjes schudden, om hem dan even uit te nodigen naar de ruimte van de officials voor een ondervraging. Er zou hem eerst de vraag worden gesteld waar de eigenaar van dit mysterieuze paard zich bevond, maar daar zou Nico Rogge natuurlijk geen antwoord op kunnen geven.

Tydgat en Coene kwamen bij de officials staan. Een van hen, een lange man die eruitzag als een dokter uit de jaren dertig, vroeg aan Tydgat:

'Ja?'

'Ik heb u net gebeld,' zei Tydgat. 'Enfin, ik heb iemand van de organisatie gebeld.'

'O, was u dat?'

'Ja.'

Nico Rogge werd steeds meer afgeleid door de drie officials. Eerst had hij gedacht dat ze hem persoonlijk de cheque voor de tweede plaats kwamen overhandigen, maar nu bleven ze toch wel verdacht lang de kat uit de boom kijken. Hij scheepte de laatste nieuwsgierigen af en keek toen vragend naar de officials.

'Meneer Rogge?'

'Ja,' zei Rogge.

'Kunnen we u even spreken?'

'Natuurlijk. Doe maar,' zei Rogge.

'Kunnen we u even apart spreken?'

Rogge keek nu naar Tydgat en Coene. Hij had die twee kerels nog nooit eerder gezien, maar iets vertelde hem dat ze geen goed nieuws brachten. Rogge volgde met zijn nog besmeurde laarzen twee van de drie officials die hem voorgingen. Hij keek nog even achterom en zag hoe een paar mensen zijn paard begonnen te controleren. De hoeven, de mond, het gebit. De chip in de hals werd gescand met een machine die leek op die dingen die ook in de supermarkt werden gebruikt om prijzen te scannen.

Nico Rogge begreep er niets van.

Waren ze op zoek naar doping? Dat was natuurlijk altijd het eerste waar ze aan dachten. Maar als paarden op doping werden getest gebeurde dat in de weegzaal en niet zomaar op de paddock. Er was toch niets speciaals aan de hand, toch? Die *Sacré Neige* had toch gewoon een uitstekende dag gekend?

Nico Rogge schudde het hoofd. Hij besloot dat het zijn zaken niet waren. Hij was de jockey. Hij kroop op het paard als mensen hem dat vroegen en nu was hij tweede geëindigd in een belangrijke race die niemand hem nog kon afnemen.

'De trailer en het paard blijven hier tot het parket en het Disciplinair Comité hier zijn,' verklaarde de derde official die op de paddock was achtergebleven. Hij hield twee soorten documenten in zijn handen en vergeleek ze.

'Je moet er maar opkomen,' mompelde hij nog half tegen Tydgat en Coene, half tegen zijn eigen ongelovige ik. 'Dit lees je zelfs niet in Dick Francisboeken. Hij was er nog bijna mee weggekomen ook.'

Coene keek Tydgat ongelovig aan.

'Dus al die tijd dat we achter dat verdomde paard op zoek waren, liep het gewoon voor onze ogen,' besloot hij.

'Niets is wat het lijkt,' zei Tydgat.

Coene zei nog iets, maar Tydgat was in gedachten verzonken. Langs alle kanten hoorde hij het ongeloof van officials die beet waren genomen, dokters die waren omgekocht.

Een stripverhaal kon er niet aan tippen, dacht hij. Nu ja, de werkelijkheid was altijd wel vreemder dan de fictie. Hoeveel zaken had SCAN al niet aangepakt die uitdraaiden op regelrechte dijenkletsers? Zoals die zaak met die vrouw die zichzelf als lijk liet opsturen naar Spanje om vervolgens hier de levensverzekering op te strijken en een tweede leven te beginnen. Waar gebeurd. Of die zaak van die jaloerse echtgenoot die de minnaar van zijn vrouw liggen had. Hij zette simpelweg een pruik op van zijn vrouw en bedroog zogezegd haar minnaar waarna de minnaar vrouwlief mooi aan de deur zette en de echtgenoot haar stond op te wachten. Vreemder kon niet. Het was Tydgat altijd al duidelijk geweest dat de meest simpele zaken de gevaarlijkste waren. Pruiken, verkleedpartijen, tweelingen, het kwam allemaal wel eens voor en Tydgat durfde er zijn hele postzegelverzameling om te verwedden dat het zelfs vaker voorkwam in het echt dan in de fantasie.

*

Een uur later was de oefenrenbaan van Oostende nog niet zo gek veel veranderd, behalve dat de hele stallenruimte was omgetoverd tot een brandende hel en de scène een dozijn extra acteurs had gekregen. Het algemene beeld van de baan was er zo eentje dat gerust gefreezt kon worden als laatste beeld van een film. De generiek kon beginnen lopen over de rustgevende lege piste, het zachte nasudderen van het vuur en de politiewagen die zich in de kern bevond.

In die politiewagen zat een uitgebluste jongeman van twintig die in niets meer leek op de gezonde knappe bink waarvoor Belli het zo had gehad. Sander Berk zat achteraan en staarde door het raampje naar buiten. Er speelde zich heel wat af voor zijn ogen, maar hij keek er dwars doorheen. Sinds hij van zijn moeder en die commissaris Musseeuw had vernomen dat zijn grootvader in de vlammen was achtergebleven en was omgekomen, had hij zich van de rest van de wereld afgezonderd. Hij was nu volmaakt gelukkig.

Belli had al exact zeven minuten voor het voorval eerste hulp gekregen van een MUG Interventiewagen. Twee verplegers die plat Oostends praatten, hadden haar een zuurstofmasker opgezet en ondertussen ook haar kleren en ondergoed uitgetrokken. Ze had er een keurig wit, hardgestreken ziekenhuishemd voor in de plaats gekregen en dat alleen al maakte haar beter. Sedes had de hele tijd staan toekijken.

In dat witte kleed zag ze er als een nieuw mens uit, dacht hij. Het was intussen zo druk geweest dat hij geen twee seconden had gevonden om haar even apart te spreken. Hun conversatie had zich beperkt tot wisselende blikken en knikjes die af en toe weer werden onderbroken door het hoofd van een verpleger die haar een bus water gaf.

Toen alle drukte verdwenen was, kwam Sedes schoorvoetend bij haar staan. Hij ging naast haar in het gras zitten.

'Hoe voel je je?'

'Alsof ik net drie aangebrande zalmstukken naar binnen heb gewerkt,' zei Belli.

'Het heeft niet veel gescheeld,' zei Sedes.

'Ik weet het. Ik herinner me niet zoveel meer.'

'Misschien is dat maar goed ook.'

Hij keek neer op haar vuile nagels. Belli zei:

'Ik heb gehoord dat je achter het stuur bent gekropen.'

'Je ziet wat ervan komt,' zei Sedes met een knik naar de toegetakelde stallen.

'Niet voor herhaling vatbaar?'
'Niet voor herhaling vatbaar.'
'Jammer, ik denk dat je nochtans talent hebt als stuntrijder.'
Toen zwegen ze even.
'Sedes...'
Maar Sedes zei:
'Ik weet het. Het heeft niet veel gescheeld.'
En zo bleven ze nog een tijdje zitten in het hoge gras dat lekker fris rook en als los zand door hun vingers glipte.

Moens en Lambroux stonden bij commissaris Musseeuw die niets anders deed dan de hele tijd knikken en instemmend de wenkbrauwen omhoogtrekken. Naast hen stond Kirstina Berk met haar rug tegen de politiewagen geleund. Ze zag eruit alsof ze net zelf - als een verrassingsact - uit de brandende stal was gestormd. Een wrak. Haar wangen waren ingevallen en ze leek op twee uur tijd drie kilo afgevallen te zijn. Ze hield de hele tijd een zijden zakdoek tegen haar neus gedrukt, alsof ze zelf ook last had van de rook. Maar in feite was het geen rook, maar water, in de vorm van tranen, die ze tegen trachtte te houden.

Commissaris Musseeuw draaide zich weg van Moens en Lambroux en richtte zich tot Kirstina Berk. Berk wees vragend naar de politiewagen en toen stapte ze achteraan in, naast haar zoon Sander.

Sedes en Belli keken toe hoe de twee Berks elk een eigen kant opkeken. Ze verwachtten en hoopten ergens dat Kirstina elk moment het hoofd van haar zoon naar zich zou toedraaien en het zachtjes zou kussen, zoals in een film. Maar het gebeurde niet. Het leven was geen film. Ondanks de verwoede romantische reddingspogingen van Sedes.

22

Art.9.§1. *Na de uitvoering van zijn opdracht maakt de privédetective ten behoeve van de opdrachtgever een verslag op dat een beschrijving van de verrichte activiteiten en een nauwkeurige berekening van de bezoldiging maakt; Het verslag wordt slechts in twee exemplaren opgemaakt, waarvan het ene bestemd is voor de opdrachtgever, en het andere gedurende vijf jaar wordt bijgehouden door de privédetective. Het verslag bevat de overtuigingsstukken die de privédetective in het kader van zijn opdracht heeft verzameld.*

Het was al over negenen toen Lambroux in haar kantoor het dossier *Berk* afhandelde. Ze vulde een blanco papier in dat altijd officieus achteraan in de hele bundel papieren werd gestoken. Het was het verloop van de laatste dagen en de uiteindelijke oplossing van de zaak. Tegenover haar zaten de twee Scan-teams te wachten tot ze klaar was en ze alles konden overlezen.

Sedes was eerder met Belli meegegaan naar het Heilig-Hartziekenhuis. Daar moest ze nog een heel onderzoek ondergaan. Ze werd in een scanner geschoven en daarna doorverwezen naar een neus- en keelspecialist. De foto's van haar longen werden onmiddellijk geanalyseerd en vertoonden gelukkig geen letsel. Er werd haar verteld dat de barstende hoofdpijn vanzelf na drie dagen zou wegtrekken en dat ze altijd wel een middel kon krijgen, mocht dit niet het geval zijn.

Belli kwam met de röntgenfoto's en vond Sedes die net een tomatensoepje uit de drankautomaat had gehaald. Hij had de indruk dat die soepjes in openbare instellingen zoals ziekenhuizen en winkelcentra er altijd romiger en smakelijker uitzagen dan bij hem thuis.

'Zo zien je longen er dus uit,' zei Sedes. 'Nog nooit gerookt?'

'Mijn longen zijn nog maagd in dat opzicht,' lachte Belli.

Sedes hield de foto's voor zich uit.

'Zeker van? Je hebt ze misschien verwisseld met die van een ander.'

'Ja, zeg. Ik ben geen Berk, hé.'

Zij aan zij wandelden ze de lege, oneindige witte gang van het ziekenhuis door. Ze bevonden zich bijna in een ruimteschip, ver weg van de bewoonde wereld. Sedes kon het niet laten af en toe door de open deuren een blik in de kamers te werpen. Het leven van de gewone mens ontroerde hem soms.

'Zeg,' vroeg Belli hem, terwijl ze Sedes even aanstootte, 'wat dacht je eigenlijk toen je bij die trailer kwam? Dacht je dat ik dood was?'

'Ik weet niet,' zei Sedes. 'Ik dacht, denk ik, vooral aan het feit dat het weer maar eens de man was die de vrouw moest gaan redden. Weinig origineel, Belli.'

'Jij bent zeker goeie vriendjes met Bernard Hendrix?'

'Je kent ons, hé Belli. Alle macho's hebben een klein hartje. Kijk naar Hendrix.'

'Ik kijk momenteel naar jou, Sedes,' zei ze. 'Ik zal mijn theorie moeten herzien.'

'Welke theorie?'

'Mijn theorie over het nieuwe feminisme.'

'Ik wist niet dat er al een nieuwe feminisme bestaat. Ik ben nog maar net begonnen met het oude. Leg eens uit.'

Belli bleef midden in de gang staan en zette haar mond aan een kraantje. Ze veerde weer op.

'Het nieuwe feminisme gaat uit van de rol van de vrouw als gelijkwaardig aan die van de man. Voor het feminisme had je mij gered in mijn passieve rol als object. Het feminisme zorgde ervoor dat de vrouw niet gered wilde worden, maar zelf wilde redden.'

'Je bedoelt dus dat ik in die trailer had moeten zitten?'

'Juist. Volgens het nieuwe feminisme mag de vrouw wel weer gered worden, maar dan in een actieve rol. De man mag weer optreden als macho en als redder, maar het is de vrouw die...'

'Wat wil je hiermee nu eigenlijk zeggen, Belli?'

'Dat ik zelf op onderzoek ben gegaan en daardoor in die trailer ben beland. Ik verdiende het dus om gered te worden door een seksistisch zwijn als jij.'

Ze stopte even en keek hem aan. Toen proestte ze het uit en Sedes begon breed glimlachend te knikken.

'Betekent dat dat je in het vervolg niet meer ingaat op een voorstel voor een dineetje met zijn tweeën?'

'Ik weet het niet,' zei Belli. 'Mijn ingewanden hebben het de laatste twee dagen flink te verduren gekregen. Eerst jouw aanslag en nu die van Berk. Ik weet ook niet welke het ergst was.'

Ze bereikten het einde van de gang en sloegen de klapdeuren open. Ze liepen gelijk door tot aan de infobalie. Zonder te stoppen en met de blik op de draaideur gericht zei Belli:

'Sedes, ik ben toch blij dat ik gered ben.'

'Ook door een seksistisch zwijn als ik?'

'Je weet toch wat ik bedoel.'

'Ja, ik begin je al wat te kennen,' zei Sedes en hij liet Belli voorgaan in de draaideur. Belli stapte in de draaideur en Sedes volgde in het volgende compartiment. Hij zat even in een glazen kubus. In die paar seconden dat ze van elkaar gescheiden waren, dacht Sedes nog even na over Belli's theorie over het feminisme.

'Je hebt gelijk, Belli,' zei hij bijna hardop. 'Er bestaat zoiets als het nieuwe feminisme. Maar jij behoort noch tot het één, noch tot het ander.'

Nu zaten ze allemaal verspreid in Lambroux' laboratorium als leerlingen van de middelbare school die zaten toe te kijken hoe de lerares de proefwerken verbeterde. Het was muisstil. Niemand had nog veel zin om te spreken. Ze waren allemaal uitgeput. Deze zaak had hen - meer dan andere - tot het uiterste gedreven. Lambroux schreef:

'Op zaterdag 19 juli ging de Grote Prijs Teflon door op de Wellington Hippodroom in Oostende. In de zaak Berk, omtrent de verdwijning van het renpaard Salieri, eigendom van mevrouw Kirstina Berk, liet de mysterieuze nieuwe stal N.V. Winner het paard Sacré Neige meelopen. Onderzoek wees uit dat Sacré Neige in feite het ontvoerde paard van mevrouw Berk was. Kirstina's vader Bernard Hendrix verwisselde operatief de twee verschillende identificatiechips. Bernard Hendrix had vroeger een veeartspraktijk in Nederland. De naam Winner is reeds jaren oud en stamt uit de periode dat

Bernard Hendrix zelf ooit kortstondig in het jumpingcircuit actief was. Bernard Hendrix nam de voormalige trainer van de Berkstal, Jos Boddaert onder de arm. Jos Boddaert contacteerde op zijn beurt zijn vriend en jockey, Nico Rogge, om voor N.V. Winner te komen rijden. Het ging zogezegd om een nieuw paard, Sacré Neige. Het plan bestond erin om Salieri onder een andere naam als outsider te laten rijden en een gigantische winst bij de bookmakers op te strijken. Tegelijk werd ook losgeld gevraagd aan de wettelijke eigenares: Kirstina Berk. In werkelijkheid werd de echte Sacré Neige gevangengehouden in een stal in de polders. Maar Bernard Hendrix handelde enkel in opdracht...'

Lambroux strekte even de vingers en keek de anderen aan. Ze schrok van het stilzwijgen en lachte nerveus. Ze was zoveel aandacht niet gewend. Ze hoopte dat er niemand over haar schouder zou komen meeloeren. Eén blik in de historie van haar internetconnectie en ze zouden zo al haar chatters ontmaskeren. Ze balde haar vuisten en ging verder met schrijven.

'Hoe matchen we Sander Berk in dit verhaal?' vroeg ze zich hardop af.

'Jij liever dan ik,' zei Coene. 'Ik snap het nog steeds niet.'

Eén verdieping hoger, in de briefingroom, overhandigde Kirstina Berk een bruine envelop aan Vic Moens. Op de envelop stond geschreven: *SCAN, ter attentie van de heer Vic Moens.*

Kirstina Berk had haar zonnebril op en was heel kort van stof. Naast haar vader had ze ook haar zoon verloren en ze was in de rouw. Ze keek de hele tijd ongedurig om zich heen. Ze wilde zo snel mogelijk weer weg uit dit gebouw waar het ooit allemaal begonnen was.

'Ik vond dat u het recht had dit te horen,' zei Berk zakelijk naar de envelop knikkend. 'Het is de tape van het gesprek met de psychiater. Het verhoor van de politie is natuurlijk niet vrijgegeven. Maar ik vond...'

Ze zweeg.

'Dank u wel,' zei Moens. 'Dat bent u ons niet verplicht.'

'Ik weet niet waarom ik u dit geef. Misschien heb ik iemand nodig die het beluistert en me kan vertellen dat het echt mijn zoon is die spreekt.'

Daar wist Moens niet veel op te antwoorden.

'In ieder geval...'

Moens wachtte. Maar Kirstina Berk zei niets meer. Ze knikte en verliet het kantoor. Moens hoorde haar hoge hakken de trappen afgaan, steeds sneller en sneller tot ze bijna naar buiten *holde*.

'Schuldige in de zaak Berk: Sander Berk voor ontvoering, valsheid in geschrifte, fraude, poging tot doodslag en moord. Motief in de zaak Berk: afhankelijk van het rapport van medisch en psychologisch onderzoek.'

Het getik van Lambroux hield maar niet op. Het klonk als een piano-concerto, maar dan zonder melodie. Moens kwam binnen. Het getik ging verder. Hij had de envelop nog niet geopend. Hij nam de vrije stoel naast het bureau van Lambroux en installeerde zich. Buiten trad de late avond in. De schemering ging over in het duister, maar niemand van het SCAN-team kreeg het over zijn hart naar huis te gaan. Er ontbrak nog één belangrijke factor in de Berkzaak en iedereen wist dat het antwoord op die vraag in de bruine envelop stak. Moens opende de envelop en haalde er een kleine tape van *Sony* uit. Bijna gelijktijdig stond Coene op van zijn stoel, trok een lade open en reikte een taperecorder aan. Moens nam die aan en zette die zorgvuldig op de rand van Lambroux' bureau. Hij stak de tape erin. Het was allemaal bijna deel van een ceremonie. Niemand sprak. Alleen Lambroux tikte ijverig verder. Moens wachtte. Iedereen wachtte. Toen hield Lambroux er ineens mee op en stak haar handen in de lucht. Zonder iemand aan te kijken, concentreerde ze zich op de taperecorder. Moens drukte op play. Het was twintig over negen, 19 juli en niemand wilde ergens anders zijn.

Na het gebruikelijke geruis begon een mannelijke stem plots te spreken. De omgeving had een zachte echo, wat betekende dat het gesprek plaatsvond in een kleine ruimte. Een kantoor of een cel, of een verhoorkamer. Er werd een stoel verschoven. De mannelijke stem sprak heel neutraal zoals die jongens die in de rechtbank de rechter aankondigen.

'Weergave van het gesprek omtrent de moord op de heren Jos Boddaert en Bernard Harry Hendrix. Datum: zaterdag 19 juli, negentien uur twintig. Opgenomen in verhoorkamer 2B van het kantoor van het gerechtelijk parket van Brugge. In aanwezigheid van mevrouw Els Musseeuw, hoofdcommissaris van de Eenheidspolitie van Oostende, de heer Hans Vereecken, afgevaardigde van het parket, dr. Hilde Duchamps, psychologe en de jongeheer Sander Berk, beschuldigde.'

Na deze officiële voorstelling ging het eigenlijke gesprek van start. Een zachte vrouwenstem maakte meteen komaf met de formele sfeer en sprak heel gemoedelijk. Zij moet net naast de recorder hebben gezeten en het kon bijna niemand anders dan Hilde Duchamps zijn.

'Sander? Ik zou nog even *for the record* willen stellen dat jijzelf toestemming hebt gegeven om dit gesprek te laten opnemen. Klopt dat?'

'Jazeker,' zei Sander Berk nuchter. 'Ik heb die toestemming gegeven.' Er werd gekucht.

'O.k.,' ging dr. Duchamps verder. 'Met betrekking tot je motief voor de tweevoudige moord, op Jos Boddaert en je grootvader, wil ik je een paar vragen stellen.'

Stilte.

'Is dat o.k., Sander?'

De stem van Duchamps ging na twee tellen onmiddellijk verder. Sander Berk moet gewoon geknikt hebben.

'Sander, kun je ons vertellen waarom je precies het paard *Salieri*, eigendom van je moeder, hebt laten verdwijnen?'

'Natuurlijk. Ik haat haar.'

'Waarom haat je haar, Sander?' vroeg Duchamps snel.

'Ik haat haar al mijn hele leven. En hem ook. Ik haat ze allebei.'

'We hebben een paar zaken nagetrokken, Sander. Van je twaalfde tot je vijftiende ben je in therapie gegaan. Klopt dat?'

'Ja.'

'Dat was in Nederland. In Eindhoven, hé?'

'Ja.'

'Ja, bij dr. Hiddink,' zei Duchamps en ze liet een paar papieren wapperen.

'Waarom had je toen problemen, Sander?'

Sander kuchte luid. Toen antwoordde hij harder:

'Ik had allerlei problemen. Bedplassen, stotteren, hyperkinesie. Ik was wat je zou kunnen noemen, een eersteklas probleemkind. Mijn moeder vond me lastig. De dokters vertelden haar dat ik hyperkinetisch was, maar nog vond ze me gewoon lastig. Zelfs toen de dokters mij *Belladonna* of een ander kalmeermiddel voorschreven, weet ze het nog altijd aan mezelf. Ik haatte haar.'

'Waarom, Sander?'

Stilte.

'Die haat tegenover je moeder komt niet door die problemen, hé, Sander? Die problemen waren de eerste symptomen van je haat, nietwaar? Daar had je het toch over met dr. Hiddink? Dat staat in zijn rapport. Vanwaar kwam die haat dan?'

'Ik haat mijn moeder omdat ze mij heeft gehad.'

'Wat bedoel je precies met dat ze jou heeft gehad?'

'Wel, dat ze me op de wereld heeft gezet. Daar haat ik haar om.'

'Was het dan verkeerd om jou op de wereld te zetten, Sander?'

'Dat dacht ik wel, ja,' zei Sander hard. 'Dat was verrekt verkeerd, ja.'

'En je grootvader? Waarom haatte je hem?'

'Hem haatte ik omdat hij me gemaakt heeft.'

Het was plots even stil. Weer werd er een stoel verschoven. In de achtergrond fezelden twee stemmen tegen elkaar.

'Wat bedoel je precies met "gemaakt"?'

'Wat ik bedoel? Dat hij mijn moeder geneukt heeft! En dat zij het lef niet had om me *weg* te doen. Snap-ie, dokter? Dat monster wilde altijd al een zoon hebben, maar hij moest het stellen met een dochter en omdat hij zijn handen niet kon thuishouden, maakte hij dan maar een zoon bij zijn eigen dochter. Wat vind je daarvan als motief?'

Sander Berk moest even bekomen van zijn razernij. Ook de rest was aan het bekomen. Dat hoorde je zo aan de stilte. Het was een ander soort stilte dan daarvoor. Dr. Duchamps was een goeie psychologe. Ze ging onmiddellijk verder en gaf Sander geen tijd om zich te herstellen.

'Waarom heb je dan nu pas stappen ondernomen, Sander?'

'Ze hebben me al die tijd een verhaaltje voorgehouden. Maar die therapie heeft me veel geholpen en ik ben er zelf achtergekomen. En dus bedacht ik dit plan. Ik heb het op één nacht bedacht,' zei hij bijna fier. Je zag hem zo in het rond kijken. Hoofden afgaan.

'Ze deden allebei alsof er geen vuiltje aan de lucht was. En maar lekker met die paarden bezig zijn en maar lekker gaan vissen. Ik heb er lang over gedacht om mezelf van kant te maken. Maar dan dacht ik: waarom zou ik? *Zij* hebben mij gemaakt, niet ik. *Zij* zijn de daders en zij moeten worden gestraft.'

'En dus besloot je ze allebei op hun eigen manier te straffen?'

'Verrekt ja, natuurlijk. Dat paard was haar echte zoon. Het betekende zoveel meer dan ik. Ik zorgde dus voor de contacten en gebruikte *hem*, mijn monster, als man achter de schermen. Ik liet hem in de waan dat het me enkel ging om het gebrek aan aandacht, maar het lag al vanaf het begin vast dat hij op een pijnlijke manier zou boeten voor zijn daden.'

'Heb je nooit geprobeerd om hierover te praten, Sander?'

'Met wie? Met haar? Ik denk het niet, nee. Ik spreek geen paardentaal.'

Dr. Duchamps schraapte de keel. Er werd een glas neergezet. Het klonk zeer ingehouden. Toen schakelde ze heel zachtjes over op een ander onderwerp.

'En Jos Boddaert, Sander? Wat had Boddaert te maken met jouw familiale problemen?'

Hier ging dr. Duchamps even uit de bocht. De term *familiale problemen* klonk veel te pejoratief, alsof incest geen voldoende sterk motief vormde om een moord te plegen.

'Boddaert was trainer. Die wist nergens van af. Hij begon enkel onraad te ruiken wat dat paard betrof. Hij kende het natuurlijk evengoed als zijn eigen zus. Hij wist dat er iets scheelde.'

'Hoe kwam het dan dat Nico Rogges vingerafdrukken op het

moordwapen zaten?' vroeg een derde stem plots. Het was Musseeuw en ze werd onmiddellijk terechtgewezen door de dokter die zei:

'Mevrouw Musseeuw, alstublieft...'

Maar Sander Berk antwoordde maar al te graag. Zijn stem klonk iets verderaf. Wellicht had hij zich wat gedraaid om Musseeuw persoonlijk van repliek te dienen.

'Ik haatte hem ook.'

'Wie? Nico Rogge?' vroeg de dokter die Berk weer naar zich toetrok.

'Jazeker.'

'Waarom, Sander?'

'Ik haatte hem omdat hij me niet wilde hebben.'

Geschuif op de stoelen.

'Als ik het dus goed samenvat, Sander, haatte je dus drie mensen in je leven: je moeder omdat ze je heeft gebaard, je grootvader of je vader omdat hij je heeft gemaakt en Nico Rogge omdat hij je niet wilde hebben.'

'Klopt als een bus,' zei Berk stoutmoedig. 'U kent er wat van, dokter.'

'Meneer Berk...' zei de mannelijke stem op de achtergrond die aan het begin iedereen mooi had voorgesteld.

'Sander, als we even teruggaan naar je eigen...'

Moens drukte op de stopknop. Iedereen kwam weer tot de realiteit. Al zat iedereen al de hele tijd in de realiteit. Tot over hun oren. Niemand sprak. De stilte sloot mooi aan bij die van de tape. Moens haalde de tape uit de recorder en stak hem weg in de bruine envelop. Hij trachtte die dicht te kleven met een vluchtige lik van zijn tong, maar de envelop was evenmin herbruikbaar als het leven van Sander Berk.

Moens keek nu naar Lambroux en knikte naar haar toetsenbord.

Het was ten slotte Coene die de stilte verbrak.

'Hoe brengen we die doping aan in het dossier?'

Moens antwoordde zonder op te kijken van de punt van zijn met aarde besmeurde schoen.

'Simpel. We doen het niet. We zwijgen erover.'

'Waarom?'

'Daar hebben we helemaal geen bewijzen van. Het is trouwens niet aan ons om te beslissen. Als we ons daarin mengen, moeten ze ons volgend jaar ook maar eens meesturen naar de Ronde van Frankrijk.'

'Ik kan me gerust vrijmaken in die periode,' zei Coene.

'We hebben ook niet echt een, *excusez le mot*, poot om op te staan,' zei Tydgat, terwijl hij toch mooi opstond en het tegendeel bewees. 'Het is al moeilijk om aan te tonen dat er doping wordt gebruikt om sneller te lopen. Hoe brengen we de mensen aan het verstand dat Boddaert doping gebruikte om zijn paard minder snel te laten lopen. Want dat was toch wat hij deed, niet? Hij mocht *Salieri* in de huid van *Sacré Neige* niet onmiddellijk scherp stellen. Anders zou Nico Rogge wel iets gemerkt hebben en tegelijk zou *Sacré Neige* zich te snel opwerken als kanshebber in de *Grote Prijs*. Dus wat doet hij? Hij geeft haar regelmatig een dosis *Belladonna*.'

Lambroux hield opeens op met tikken. Ze overlas haar scherm even diagonaal en bracht nog een paar wijzigingen aan. Toen zuchtte ze en keek Moens aan.

'Ik voel me net een secretaresse die een speech voor haar baas moet schrijven,' zei ze.

'Het is geen speech,' zei Moens waarmee hij bedoelde dat de woorden *secretaresse* en *baas* wel golden.

Lambroux stak de printer in gang. Het printen klonk als een ontevreden gegrom. Er schoof een A4 uit dat meteen in de handen van Moens kwam. Die las het snel en hield het dan losjes in zijn hand alsof hij het voor een prijsje aanbood aan de eerste de beste koper. Niemand reageerde. Iedereen wist hoe het verhaal in mekaar stak. Waarom het nog eens nalezen? Moens stak het papier in het dossier. Hij hield zich aan zijn routine. Net zoals hij een briefing begon en eindigde volgens zijn vaste ritueel, sloot hij altijd op dezelfde manier een dossier af. Hij nam een elastiekje uit een lege bus theefilters en trok het rond het dossier. Toen klemde hij het onder de arm, klaar om het in het archief in de garage te zetten.

'Goed werk, jongens en meisjes,' zei hij droogjes. 'Ik meen het.'

Niemand glimlachte. Het was pikdonker buiten. Een voor een stonden ze op, schoven de stoelen onder hun bureau.

'Ik zie jullie maandag?'

'Goed weekend, chef,' zei Belli.

'Tot maandag dan,' zei Moens en met tegenzin trok hij de deur achter zich dicht. Hij wist ook wel dat de twee teams nog zouden afzakken naar Den Artiest, het stamcafé van SCAN, dat gelegen was in de Kapucijnenstraat, nabij het Casino, vlak in het uitgaanscentrum van Oostende. Maar Moens kon natuurlijk nooit toegeven aan de verleiding om zich in die mate onder zijn werknemers te mengen. SCAN bleef al bij al een bedrijf. Een bedrijf dat hij moest leiden, al kon het wel geen kwaad dat ze hem succes hadden gewenst bij zijn zeilwedstrijd morgen. Hij wist dat ze het wisten, want hij had het opzettelijk aan Tydgat verteld. Misschien verwachtte hij wel te veel van zijn werknemers. Niet iedereen kon zomaar de knop omdraaien en de complexe persoonlijkheid van Sander Berk tijdens het weekend aan de deur zetten. Misschien kon hij het zelf wel niet.

'Ziezo,' zuchtte Coene. 'Iemand zin om nog naar Den Artiest te gaan?'

'Komaan, Coene,' zei Tydgat. 'Heb jij dan echt geen thuis?'

'Ik heb wel zin om nog iets te drinken,' zei Belli.

'Ik ook,' zei Sedes.

Ze zeiden het allemaal zeer sereen en ingehouden, alsof ze zich geneerden bij het vieren van een zoveelste opgeloste zaak.

Diezelfde avond ging Sedes als eerste van de kliek naar huis. Het was over elven en hij had op tijd zijn biezen gepakt. Hij had zich tot twee watertjes beperkt, maar toen Coene heviger werd en iedereen op sleeptouw nam, vond Sedes het verstandiger het daarbij te laten. Hij stond nu voor zijn eigen dubbele deur met het dikgroene glas. Er had vroeger een koperen bord naast gehangen van een dokter of een advocaat. Hij zou er ooit ook zo'n gravure hangen, maar hij wist nog niet wat hij erop zou zetten. *'Frank Sedes, uw redder in nood.'*

Het huis rook muf en nieuw tegelijk. Sedes besloot niet meteen onder de wol te kruipen. Hij stak een cd van Georges Moustaki in en liet de hele stereo-installatie in alle vertrekken van het huis zijn gang gaan. Hij nam een douche. Toen hij uit de douche kwam viel het hem op dat het tijd werd om nieuwe spots op te hangen. Hij vond de oude spots wel nog in orde, maar... hij wilde niet dat zijn huis af was. Het was net als zijn karakter. Dr. Duchamps zou hem wellicht kunnen vertellen dat je elke dag groeit. Zo wilde hij ook zijn huis laten groeien.

Hij trok zijn badjas aan, nam het rieten stoeltje dat Phaedra had gekozen om bij de telefoon in de hal te zetten en ging op zijn binnenkoertje naar de laserstralen kijken die van een nabije discotheek in de lucht werden geprojecteerd. Binnen had hij één klein leeslampje laten branden om mogelijke inbrekers te tonen dat er iemand thuis was. Zo zat hij daar een klein halfuurtje.

Toen werd er gebeld. Het was Belli. Ze had haar sandalen in de hand en was op haar blote voeten naar zijn huis gewandeld. Ze zag er lichtjes aangeschoten uit, maar eerder op een prettige manier. Sedes zei:

'Buitengegooid uit Den Artiest?'

'Het gezelschap werd te grof,' zei Belli zuchtend. 'Coene begon aan een striptease. Dat was me een beetje te veel van het goede.'

Ze ging binnen en liet zich verrassen door de stem van Georges Moustaki.

'Wie is dat?'

'Moustaki,' zei Sedes.

'Ah, Grieks. 't Is eens iets anders dan die Franse chansons.'

Na de intro begon Moustaki aan een paar strofen ongebreideld Frans. Sedes liet Belli ernaar luisteren. Maar ze reageerde niet. Ofwel luisterde ze niet, ofwel was ze te beschaamd.

'Je ziet eruit alsof je nog lang niet slapen gaat.'

'Ik heb nog geen zin om te gaan slapen,' zei hij. 'Er zitten nog te veel dingen in mijn hoofd.'

'Wat was je dan van plan te doen?'

'Ik weet niet. Een paar spots losschroeven.'

'Je beschouwt dit huis een beetje als je levenswerk, hé?'

Ze glimlachte geniepig. Aangeschoten zag ze er best charmant uit, die Belli.

'Dat zou pas zielig zijn. Nee, ik wil er gewoon het beste huis van de straat van maken. Da's alles.'

'Maar het zal nooit af zijn, hé? Ik bedoel, voor jou zal er altijd iets aan schelen.'

En toen keek Belli hem aan op een manier zoals ze hem nog nooit eerder had aangekeken. Als een niet-collega. Als iemand die iemand anders binnenlaat in haar leven. Sedes had geen idee wat het was dat het 'm deed, maar iets in die blik deed zijn hart gloeien. Het kon natuurlijk geen liefde zijn, want hij had de liefde voor Phaedra nog niet helemaal verteerd. Maar het was wel aangenaam. En dus zei hij zacht:

'Nee, misschien niet. Ik ben nogal perfectionistisch in die dingen.'

'Wat voor iemand was ze?' vroeg Belli ongegeneerd.

'Wie?'

'Die vrouw op de foto.'

'Welke foto?'

'De foto die...'

Ze zweeg. Sedes begon te glimlachen.

'Je bedoelt de foto die ik heb weggenomen en die nu in mijn pri-véhok ligt?'

Belli knikte.

'Phaedra was fantastisch.'

Belli zweeg.

'Ze was negentig procent van de tijd fantastisch. Maar het probleem was dat ze die tien procent net niet fantastisch was.'

'En daar kon je niet mee leven?'

'Ik weet dat ik daarover niet mag klagen. Ik bedoel, ik ben zelf maar voor tien procent fantastisch...'

'Vandaag was je fantastisch,' pikte Belli in. 'Hoe dan ook, niemand is voor honderd procent fantastisch.'

'Ik weet het.'

'Jij bent een complexe persoonlijkheid, Sedes.'

'Dat klinkt normaal altijd zeer negatief. Maar nu niet.'

'Ik bedoelde het ook niet zo, Sedes.'

'Dank je wel,' zei Sedes. 'Van hetzelfde laken een broek, Belli.'

En zo bleven ze nog een tijdje zitten op het binnenkoertje, in stil-te luisterend naar die mompelende Georges Moustaki en kijkend naar een dwaallicht dat heen en weer werd geslingerd. Sedes voelde een gevoel van trots opkomen dat hij Belli had geleerd een Moustaki-sessie ten minste *uit te zitten*. Wie zo pardoes zou binnengevallen zijn, zou ze misschien als een jong koppel hebben aangezien dat net een huis had gekocht. De sfeersetting was perfect. De muziek was perfect en ook de timing was perfect. Maar het was niet voor honderd procent perfect en hoe hard ze allebei ook naar de open lucht zaten te glimlachen, toch vonden hun lichamen en hun lippen elkaar niet.

De volgende ochtend gedroeg Moens zich allerminst als de grote chef van SCAN. Hij zat, als een kleine peuter die voor de eerste maal in een go-kart mocht, in een kleine zeilwagen met een fluorescerend geel zeil, gesponsord door bakkerij De Witte. Moens leek in zijn groene parka van olieleer veel te groot voor de zeilwagen. Hij had een grote stofbril op met een zwarte elastiek, een kruising tussen een sportbril en een duikbril, wellicht om de wind en het opstuivende zand uit zijn ogen te houden. Hij stak zijn duim op zoals piloten soms doen voor ze opstijgen en glimlachte oppergelukkig naar zijn trouwe werknemers die naar hem kwamen kijken.

Het was nog geen negen uur en het was de eerste keer dat de SCAN-werknemers zich inlieten met het privéleven van hun collega's, laat staan met het privéleven van hun chef. Het zou wellicht ook niet vaak meer voorkomen, maar het was het gevoel dat ze de voorbije dagen samen op elkaars huid hadden geleefd dat hen hier op het winderige strand van Oostende samenbracht. Hoe vreemd het ook mocht klinken, de dag na het beëindigen van een grote zaak als deze hield altijd het gevaar in van een zwart gat. *The day after*.

Dus stonden Sedes en Belli en Coene en Tydgat en Lambroux allemaal met een regenjekker, met op de rug het logo en de naam SCAN, toe te kijken hoe Moens bijna een oud vrouwtje omverreed. Het weer stond in schril contrast met de dag van de *Grote Prijs*. Het regende miezerig en kleintjes en van over de zee kwam een stevige wind opzetten die de golven hoog deed opslaan.

Even over negenen verzamelden de zeilwagens met alle moeite

naast elkaar aan een geïmproviseerde startlijn. Op de dijk stonden een paar gekken die deze provinciaalse bezigheid per se wilden zien. Voor de rest leek het hele strand van Oostende afgehuurd voor dit zootje freaks. Coene zei:

'Dit is werkelijk de laatste race die ik wil zien. Ik zit goed voor de komende tien jaar.'

'Dit is de eerste keer dat ik Moens zonder das zie,' merkte Tydgat op.

'O.k.,' zei Lambroux. 'Wie wil er iets inzetten. Tydgat? Coene?'

'Wat, op Moens toch niet?' riep Coene boven de wind uit.

'Waarom niet?'

'Als hij iets slikt wel, anders zou ik nog geen cent op hem zetten,' zei Coene.

Een al even amateuristisch startschot werd gegeven en hop, weg waren ze. Ontzettend traag kwamen ze op gang, sommigen trapten zichzelf in gang. Het duurde een eeuwigheid voor ze de wind in de zeilen kregen. Tydgat stelde voor dat ze de race eigenlijk ook evengoed vanaf de dijk konden volgen. En eigenlijk ook best van achter een raam van een of andere taverne. Ze stapten allemaal door het harde, natte zand naar de houten trap. Sedes en Belli sloten het rijtje af. Belli keek omhoog en zag in de donkere, grijze donderwolken allerlei figuurtjes. Ergens zag ze ook een paardenkop, maar toen sloot ze even de ogen en was hij weg. Hopelijk bleef dat nog een tijdje zo. Aan de houten trap vroeg Belli:

'Weet je, Sedes, ik heb nooit echt begrepen wat je naam betekent. Sedes, wat betekent dat eigenlijk?'

'Het komt van het Latijn,' zei Sedes. 'Het betekent woonplaats of vaste stek.'

'Werkelijk?'

'Ja.'

'Ik heb gisteren het woordenboek eens doorbladerd.'

'Ach zo.'

'Ja, daar stond nog een andere betekenis in.'

'Werkelijk, Belli?'

'Ja.'

'Ik weet het. Maar die hou ik meestal voor mezelf.'

Belli lachte en trok zich op aan de trap. Sedes zei:

'Je zegt er toch niets over tegen Coene, hé?'

Sedes volgde Belli. Ze antwoordde niet, maar Sedes begon haar al zo goed te kennen dat hij ervan overtuigd was dat er een brede, sexy glimlach op dat intrigerende gezicht lag.

-se'des (Lat.), v. 1. zetel, woonplaats.
-se'des bel'li: het oorlogstoneel

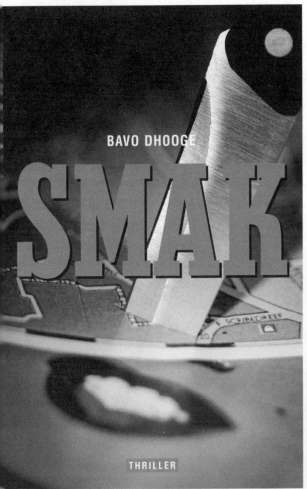

BAVO DHOOGE

SMAK

THRILLER

GASTON VAN CAMP

DE ZAAK MYRTION

THRILLER

VERA HOORENS

HET RECHT OP
DE EERSTE NACHT

THRILLER

PATRICK BERNAUW - GUY DIDELEZ

SPEELTJE

THRILLER